破果

破果

Hika

ク・ビョンモ

小山内園子 訳

岩波書店

파과
(BRUISED FRUIT)
by Gu Byeong-mo

First published 2018 by Wisdomhouse Inc., Seoul,
this Japanese edition published 2022 by Iwanami Shoten, Publishers, Tokyo
by arrangement with Wisdomhouse Inc., Seoul
through Imprima Korea Agency, Seoul and BARBARA J. ZITWER, New York.

This book is published with the support of
the Literature Translation Institute of Korea (LTI Korea).

つまり、金曜の夜という時間帯の電車は決まってそうなのだ。密着を通り越して、軟体動物の吸盤のように互いにひっつき合った赤の他人の身体とのあいだに、紙一枚分の隙間があるだけでもありがたく。誰かが口を開けたり息をついたりするたびに、頭上から浴びせられる焼肉のにおい、ニンニク臭、酒くささに息をこらえながらも、そのにおいが五日間の労働の終わりを告げてくれることに安堵を感じる時間。果たして来年も、あるいは来月も、もっと言えばすぐ次の週も、この時間帯の電車に揺られていることができるだろうかという、実存への不安をわずかであれ抑えこめる時間。次の駅でドアが開き、吐き出される黒山の労働者——彼らの顔に垂れ下がった疲労と苦悩と、早く家にたどり着いて、ウェットティッシュみたいになった身体をマットレスの上に解放したいと願うその渇望の狭間に、彼女は入り込む。

アイボリーのフェルト帽で灰色の髪を隠し、おとなしめのフラワープリントのブラウスに地味なカーキのリネンコート、黒のストレートパンツを合わせたその女性は、持ち手が短い中形で茶色のボストンバッグを腕に提げている。実年齢は六五歳くらいなのだろうが、顔に刻まれた皺の数と深さだけでは八〇近くに見える。身のこなしや人相、服装は強い印象を残すほどではないが、電車の中の数多《あまた》いる老人のとりわけ一人に、普通の人がつかのま以上の視線を向けるとすれば、それはきっと、その老人が最後尾の車両から順に集めてきた古紙の束を胸にかき抱きつつ、ひょっとしたら誰かが新聞紙を置き忘れているかもしれないと網棚の上を漁り、そのせいで吊革につかまった乗客たちの肩にぶつかりまくっているとか、紫の水玉模様がプリント染めされたバルーンパンツに健康シューズという出で立ちで、乗り込むやいなや搾りたての胡麻油だのショウガだののにおいがプンプンしている大包みを、明らかに通行の邪魔になるような場所にどすんと下ろし、その脇にわざとらしく座りこんで、アァ、つらいつらいと呻き声をあげ、結局、座っていたうちの誰かが、今にも気絶せんばかりの身を起こしてやって席を譲らざるをえなくなるからだ。はたまたそういうのとは逆に、老年女性によく見られるパーマへアのショートカットではなく帽子もなし、腰まで届くストレートのシルバーヘアの高齢者が、お年寄りの顔面にありがちなシミはお白粉でザザザッと隠し、震えのきた手で必死に引いたガタガタのアイラインに、ご丁寧にも唇には真っ赤なティントを塗っていたり、パステルカラーのミニドレスに身を包んでいたりなどしたらそれこそ見もの、長時間、下手したらその女性が降車するまで視線を釘付けにすることだろう。前者が、その存在だけでも即人々を不愉快にさせるとすれば、後者は現実的な不調和がこちらを当惑させるわけだが、二つのうちのどちらであれ、あまり深く関わりたくないという点では一致している。

そういう点から見ると、彼女は誰もがかくあるべしと思う、教養あふれ尊敬に値する年長者の典型である。わざとらしく咳払いをしながら腰を曲げ、ドア付近のバーを握りしめてブツブツ言ったりする代わりに、とっくに空きのないシルバーシートへとまっすぐに向かう。最近の若い人たちはなってない、と毒づいたりもしない。一般的な中産階級の老人はかくやあらんと思わせる、それこそ標準的な高齢者に近く、不足なところも過剰なところもない――帽子から足の先までノーブランドのもの、かといって安っぽくはなく、東大門《トンデムン》の商店街や近所の婦人服の店、あるいはデパート最上階の催事場で催される在庫一掃セールあたりで見つかりそうなアイテムばかりでコーディネートされた――身なりだから、若者にとっての視覚公害にはならない。これ見よがしに登山用のジャンパーや各種スポーツブランドを自慢げに着込み、赤い顔をして放歌高吟《ほうかこうぎん》したりもしない。どんな場面にも自然に溶け込み、あたかもずっとそこにいた二〇番目のエキストラのように存在する彼女には、孫育てに追われるシニア世代風の疲労の色も皆無、子供を独立させた後もすっかり板についた倹約癖でつましく余生を送っている年金生活者の佇まいさえ漂わせている。乗客たちは耳にイヤホンをしてそれぞれ自分の携帯電話の液晶画面を見つめ、人の波が押し寄せると身をすくめ、そのあいだに老人一人が入って来たかどうかなど、すぐに忘れてしまう。分別区分がわかりづらい紙ゴミのように認識から消し去ってしまう。あるいは認識自体、最初からできない。

次の駅で杖をついた老人が一人、内臓まで吐き出すかと思うほど痰がからんだ咳をしながら立ち上がり、すると彼女は、すぐさま空いた席に腰を下ろす。帽子を深くかぶり直した後でバッグから取り出すのは、合皮のケースに入ったハンディサイズの聖書である。老人が膝の上に聖書を広げ、一文字一文字ルーペを使って読んでいく光景もまた、電車の中では異様でも物珍しくもない。少なくとも、見知らぬ人の腕をつかんでイエス、天国、不信、地獄をはじめとした聖書の文句を注入しようとしさえしなければ。高齢者があちこちで近しい人の訃報に触れ、遅まきながら信心を起こし、聖書やら仏教やらの本を読みはじめるというのはよくある話であって、さらに一歩進んで高尚な知性をうかがわせるくらい並々ならぬインパクトを与えるとすれば、論語や孟子あたりの書物のはず。加えて老人が女性で、目を落としている本の背表紙にプラトンや資本論、ないしはヘーゲル、カント、スピノザといった文字が躍っていれば、それはそれで人々の驚嘆と、あんたホントにそれ読んで理解できてるのか、という一抹の疑念の含まれた視線が向けられるだろう。

そうして、すべての姿態が嫌悪感を与えず異質でもなく、他者が期待する基準値——実際の平均値とは無関係の——にピッタリ合致して、どんな耳目も集めない彼女は、膝に顔が触れるぐらい頭を下げ、ルーペの中の拡大された文字をたどっているようでいて、たまにふと、レンズの外に目をやって対角線上の座席のほうを見る。

五〇代後半の男の後ろ姿が見える。こっくり船を漕いで、寝入っているようだ。毛染めのタイミングを逃したらしい頭は白髪交じり、茶褐色の革ジャケットに黒のスラックスという身なりで、持ち手を手首に通す集金カバン風のクラッチバッグは各種書類や紙幣で膨れ上がり、黒のフェラガモの靴は磨り減って傷が目立つ。吊革を握り、列車の振動に合わせて右へ左へと身体が揺れ、その一部始終から彼女は目を離さない。

立ち寝をしていた男の肩が大きくグラつく。目覚めてバツが悪くなったのか、男は真向かいに座っている若い女性の額をこれ見よがしにツンと指でつつき、そうされた女性は大きく目を見開いて男を見上げる。女性は眉間に一度皺を寄せると持っていた携帯電話に目を落とすが、その額を男は再び、今度は前よりもやや強く、ツン、ツンと連続して突く。周囲は、はじめ女性のことを男の娘か、息子の嫁あたりだろうと思っていたが、彼女の反応で二人に何の面識もないことがわかる。アジョッシ《おじさん》、何なんですか。女性がはっきりそう尋ねると、男は叱責の口ぶりになる。アジョッシだァ？　小娘のくせに誰にモノ言ってんだ、偉っそうに。年寄りが目の前にいんのに、知らねえふりして携帯なんか見やがって。周囲の空気がざわつきはじめる。若い女性は、やや声を低めて言う。あの、ハラボジ《おじいさん》、私、妊娠してるんです。その言葉に、聖書を読んでいた老婦人も、周りの人間も、反射的に女性の腹部へと目を向けるが、ベビードール風のAラインのトップスを着た女性の腹がせり出しているか否かはわからず、ただ顔がむくんで全体的にふっくらしているという事実しか確認できない。男は咳払いをして声を張り上げる。最近の若い女ときたら、てんで結婚はしようとしない、ガキは産まない、義務は果たさねえくせに、都合のいいときだけ「妊娠してます」ときたもんだ。チキンだの豚足だのありったけがっついといて、腹だの乳だのに脂肪がついてんのと、腹にガキがいるのと、こっちが見分けられないとでも、思ってんのかよ？　仮に事実だろうがなあ、世の中で、ガキが出来んのは、オマエだけか？　オマエだけ、ガキ産むのか？　一言終わるたびに額をつく指を女性は二回ほど払いのけたが、男はあきらめない。女性は誰か助けてくれそうな人がいないかと見回すが、横に並んでいる中高年男性たちは首をすくめ、必死に寝る努力をしている。女性は少し強めに相手の手をはねのけて叫ぶ。他の男の人には何もしないのに、女だからってバカにしてるんですか？　妊娠中って言ってるじゃないですか！　男は周囲をチラリと眺め、誰も彼女に助け船を出そうとしないのを確認すると、今度は、はじめっからデコピンにしとくんだった、と言いだす。このアマ、ふざけたこと言ってっから、こんな目に遭うんだよ。腹ボテだって嘘ついて、年長者にいちいち楯突くヤツがどこにいる。指の力に押されて後頭部を軽く窓にぶつけたその若い女性は、それが痛くてではないのだろうが啜《すす》り泣きを始める。向かいの妊婦優先席のすぐ隣に座っていた五〇代前半の女性が立ち上がり、男の肩に手をかけて止める。ハラボジ、あちらにどうぞ。男は仕方なさそうに最後までブツブツ言いながら空いた席に腰を下ろし、集金カバンを抱きかかえた姿勢で腕を組み目を閉じる。五〇代女性は、屈辱感まみれの表情を浮かべた若い女性に近づくと、肩をたたく。お嬢さん、じゃなかった、お母さん、泣かないで。こんなことで泣いててどうするの？　もうお母さんになる人が。そして少し声をひそめ、世の中にはあんな年寄りばっかりじゃないから、あんまりガッカリしないでね。それも、さして年もとってなさそうなアジョッシが、自分の都合のいいときばっかり老人ぶって……。そのとき、電車が次の駅に停車するため減速し、車内アナウンスが流れ、若い女性はバッグをつかんで立ち上がると、あらん限りの声で叫ぶ。

現に会ったのがあの人なのに？　あんなのばっかりじゃないって言われても、意味わかんないですよ！

ついさっき座ったばかりだからもう寝入っているはずはないのに、集金カバンの男は素知らぬふりで目をつむり、若い女性はその駅がもともと降車予定だったのか、それともこの状況から抜け出すためか、五〇代女性の慰めを後に残してホームへ降りる。列車のドアが閉まり、妊婦の座っていた席に五〇代女性がためらいがちに再び腰を下ろし、周りの人々は目を閉じている男を一度ねめつけはするものの、すぐにこの騒ぎを忘れてしまう。老婦人もまた、膝の上に広げた聖書に視線を落とす。彼女は、自分の行動や装身具の一つまで人の目につかないことをすべての作業の第一歩と考えているから、その騒ぎに介入しなかったことで罪悪感を抱いたりはしない。五〇代女性が仲裁に入らなかったとしても、おそらくは関わりをもたないまま、若い妊婦の狼狽した表情と涙をただ眺めていたことだろう。

それから五つほど停車駅を過ぎ、次の駅名と乗り換え案内のアナウンスが流れると、男は目を開いて身体を起こす。老婦人も聖書を閉じてバッグにしまい、それからルーペを袖の奥に押し込んで立ち上がる。ドア付近に立った男の背後にあまり密着しすぎない程度に、だが、他人間が割り込もうとは思わない程度に、距離をとって近寄る。

列車が停まり、圧力が充満した炊飯器のコックを抜くようにドアが開く。スクリーンドアの位置がややズレている。いかにも乗り換えの駅らしく、人々は互いの背を押しながら電車を降りるが、両手に包みを抱えた中年女性の一団が、万が一にも残っているかもしれない空席に陣取ろうという本能で、乗客が降りきるのを待たずに身体を横にねじこみ、押し込み、ドアのあたりは騒然とする。そのとき突然、男が集金カバンをかけたほうの手で胸を押さえ、身体をビクリとさせてその場に立ち尽くす。降りる客も乗りこむ客も、ドアを塞ぐようにして立つこの男の身体を圧迫し、彼は人波にさらわれて揉みくちゃになり、結局はホームへと押し出される。

　ちょっと何だよ、どいてください！　ホームでも、流れを妨げるこの男を人々はできるだけよけて進もうとするが、どうしても肩や背中がぶつからざるをえない。そんななか、片方の肩に長くて大きいスポーツバッグをかけ、乗り換え通路へと急いでいた青年も、男を避けようと身体を横にひねるが、なにせかなりの体格と身長のため、スポーツバッグの角を男の頭にボン、と音がするほど当ててしまう。やば、すんません、そう言って青年が振り返った瞬間、男はすでに集金カバンを抱えた姿勢でその場にうつ伏せに倒れている。スポーツバッグの青年は顔面蒼白になり、いや、オレ何もしてないし、と言いたげな顔で周囲を見回すも、他の人間は心配そうな顔をしつつ大概はチラリと眺めて通り過ぎていくだけ、足を止めて見物する者は、手助けしなくてすむよう青年を遠巻きにしてその場面を見守り、視線は揃いもそろって青年の不注意を非難し、彼が責任をとることを求めている。青年はその不運と災難をどうにもできずにへたりこみ、心ここにあらずの状態で、おじさん、大丈夫ですか、とつぶやきながら男の身体を揺さぶり、そこでようやく尋常ならざる事態に気づく。公益要員〔公的機関の業務支援を行う兵役。現「社会服務要員」〕と駅員が駆けつけ、倒れた男の身体をひっくり返す。青ざめた顔に穿たれ開いた二つの瞳孔は、入り込んだら最後、いつか世界の果てにたどりつけそうなほど深い闇が稠密《ちゅうみつ》するトンネルのごとくである。仰向けにしたため、彼らはまだ、男の革ジャケットの背中にくっきりと引かれた刃物の痕を見つけることができない。

彼女は、トイレの一番奥の個室でトイレットペーパーを大量に巻き取ってまとめると、指の関節二つ分ほどの匕首《あいくち》にこびりついた毒をざっと拭き取る。変色したトイレットペーパーを便器に捨て、水を流す。残りは家で手術用手袋をはめ、完璧に洗浄するつもりだ。血管に浸透すれば数秒以内に神経麻痺が起きるシアン化カリウム系だから、彼女自身、取り扱いには細心の注意を払っている。おまけに最近は手に震えが来ているから、充分な装備で慎重を期さなければならない。匕首にルーペ型のキャップをはめると、レンズがトイレの照明と金属反射の両方を受けてキラキラと光る。ドアの向こうで手を洗ったり、誰かと電話をしたりしている娘たちがその輝きに気づく前に、彼女はルーペをバッグにしまい込み、鍵をかける。

トイレを後にして地下鉄の出口へと身体を向けたところで、男たちの集団とぶつかって倒れ込みそうになるのをなんとかかわす。橙《だいだい》色の服に身を包んだ二、三人の救急隊員が、四、五段抜かしで階段を駆け降り、飛ぶように改札口を乗り越えていく。彼らが立てた埃っぽい風の名残が、彼女のコートの前立てを揺らす。

人混みのなかで仕事を終え、角を曲がるときは……

スピードを落としたり、壁際に寄ったりせず、外へ、大きな円を描くように動けって言っただろうが。向こうから来るヤツにぶつかって、持っていた物をすっかりぶちまけたらどうする。

ここに証拠品があります、ご自由にどうぞ、とでも言うつもりか？

　そう言っていた人の顔つきをつい昨日のことのように思い出しながら、彼女は家までの最大限複雑なルートを思い浮かべる。このまま外へ出て一ブロック歩けばバス停だから、そこで何番のバスでも構わず乗り、できるだけ離れた他の路線の地下鉄駅で降りて、あえて遠回りをしよう。精一杯の軌跡を描き、手相のように広がるルートで帰ろう。身体が許す限り。彼女は、ゆっくりした足取りで地下鉄出口へと向かう。頭上から帳《とばり》を下ろす、地上の輝ける闇を目指し進んでいく。

夜が白みはじめる頃、灰色のトレーニングウェア姿で玄関ドアを出ようとすると、無用《ムヨン》が主人の気配に目を開け、尾を振りながら近づいてくる。爪角《チョガク》は無用の頭を撫でながら、昨夜、一種の事後処理の末に疲れきってしまい、無用の飲み水の交換も餌の補充もしていなかったことに気づく。「あんたもこの年になってごらん。うっかり忘れるんだよ」

乾燥した室内の空気に水用の皿はほとんど干上り、餌の皿の底に数粒残っていたドッグフードも、最低限の水分まで放散してカチカチになっていた。爪角は残ったフードを捨て、皿をシンクで水に浸けて洗いながら、ふと無用を振り返って付け加える。

「まあ、人間の年にすれば、あんたも似たようなもんか」

最後に動物病院に行ったとき、獣医師から一二歳ぐらいだろうと言われたのは記憶にあるが、いざそれがいつのことで、何の治療で、どうして治療をしに行ったかの覚えはなく、どうでもいいことばかりが断続的に頭の中を湿らしては、たちまち蒸発していく。正確に何年前、どこで、どういうわけでこいつを拾ってきたものか。童話や身辺雑記的な文章が載っている小冊子にありがちな捨て犬との出会いの公式にならって、空から雨が落ちていたある日、傘を差して通りがかったまさにそのタイミングで、段ボール箱に入れられたこいつが、いかにも傷ついていますという濡れた目で、自分を見上げてでもきたのだろうか。そんなことさえ記憶はおぼろげだ。あるいはちょうど「防疫」を終えた帰り道で、いくら機械的な繰り返しで慣れているとはいえ、ついさっき誰かの命をひねりつぶして家に戻ってくる道すがら、命あるものと目が合ったその瞬間に、衝動と気まぐれが扁桃体をくすぐり、こいつを拾わなければ後悔するという予感でも生じたのだろうか。これまた思い出せない。はっきりしているのは自分の性格からいって、インターネットの愛犬掲示板や動物病院経由で、子犬のうちに引き取ったはずはないことだけだ。とはいえ、当時は生きものを連れ帰るなんて無用《ムヨン》な真似をしたものだという感覚ばかりが鮮明にあって、だからこんな名前をつけたのだろう。

「一緒に来る?」

なんとなく一度、訊いてみるだけ。無用が彼女の朝のトレーニングに同行するかわり、気だるい眠気やゆったりした呼吸に身を任せるようになって大分経つ。

無用を残して鉄の門を閉め、一ブロックほど歩いたところで、ふと自分が皿を洗ったあと新しい水と餌を満たしてきたか怪しくなってくる。ひょっとしたら餌でいっぱいにした皿を、床ではなく冷蔵庫の中に置いてきたような気もするが、もう一度戻って確認するには遠くまで来すぎてしまった。アイロン、もしくはガスをつけっぱなしにしたかもしれないとか、浴槽に湯をはろうとして蛇口をひねったまま忘れたのでは、という不安なら、一度襲われたら最後、必ず引き返さなければならなくなるが、これまでハタとそう思って大急ぎで引き返し、実際に目の前で惨状が繰り広げられていたということはなく、電気も水道も、常に強迫的なくらいに締まっていた。申し訳ないが、少しのあいだ、犬の餌くらいどうってことないだろう。何日も家を空ける防疫でもなし、ほんの一、二時間、身体を動かしに行く程度なのだから。

行ける場所といえば近くの森林公園の湧き水が出るあたりで、近頃では可能なトレーニングの範囲がますます狭まり、いまやジョギングがせいぜいだ。森林公園の脇には鉄棒や踏み台昇降器、エアロバイクといった簡単な公共の運動器具が置かれているが、それらはあくまで基礎体力の維持にどうにか役立つぐらいのもので、最後にジムでベンチプレスやバタフライマシーンを使ったのがいつだったかも覚えていない。

もちろん、望めばいつでも、何度でも、三カ月フリーの会員権を手に入れることはできる。骨も筋肉もまだまだ十分いけるから、そうした器具を扱うのにさして支障はないだろう。ジムで汗を流す老人の姿など、いくらでも目にする。ただし地域や所得水準によって違いはあり、爪角が住んでいる地域の半径一キロ内にある二カ所のジムは、ほとんどの器具が旧式で種類も少ないうえに男女共用のため、彼女が必要とする器具は常に男たちが占領していて割り込む隙がなく、トレーニング目的というよりは町の男たちの社交場に近かった。江南《カンナム》〔ソウル南東部に位置し、特に富裕層が集まる地域）のほうに行けば、マンションが入った巨大複合商業施設の中にシニア専用ジムが見つからないわけではないが、身体が完全になまったという危機感に襲われるまでは訪れる気になれない。実はすでに一度、その手の場所に出かけているのだが、フロントのスタッフが、住所はあたりまえのように省略して「何棟の何号室でいらっしゃいますか」とだけ言うのに不快感を抱いた。爪角が自分のところのマンションの住人ではなく、いわんやこの地域に住んでもいないと知ったスタッフはギョッとし、本人としては親しみを込めたつもりだったのであろうその行為が、むしろ決定打になった。まあ、そうだったんですね、お母さん。こちらはどうやってお知りになったんですか？　誰の紹介で来たか、ネットで知ったのか、そのルートを尋ねたのだろうが、爪角の耳には「あんたみたいな人が来ていいところじゃないのに」……と聞こえ、続けてスタッフが、シニア向けの筋力維持ならびに筋力強化トレーニングメニューを読み上げつつ「他のどこでも体験できない特別コースへようこそ」だの「素晴らしいチョイス」だの言いかけたときには、すでに次のようなセリフを言い残して踵を返していた。あたしは、おたくのお母さんじゃないですよ。

　どれもこれもが言い訳でしかない。爪角がジムに行かないでいる真の理由は、別のところにあった。たとえば、担当でもない男性インストラクターが通りがかって、寝っ転がりダンベルを上げる彼女の手足に隆起する筋肉に驚愕し、おばあさん、本当に六〇を超えてらっしゃるんですか？　おじいさんなら何人かいらっしゃいましたけど、家事を預かるお母さんがたは、こういうところ、なかなか難しいでしょうに……いい歳をして何が運動よ、ってウンザリした顔をなさったかと思えば、何万ウォン〔一万ウォンは日本円にして約一〇〇〇円〕もしない会費なのに、それを出すなら一つでも多く孫にお菓子を買ってやったほうがいい、とかおっしゃいますからねえ……普段はどんな運動をされてるんです？　と声をかけてくるのは日常茶飯事だった。そうなると周りで身体を動かしていた他のご婦人方までが集まってきて、ウチの同じ年頃の姑なんて、運動するって言っては毎週同好会のお年寄りだけで集まって、フル装備で山に登りに出かけるけど、実際は登山よりも、ゴザ敷いてお酒を飲んで踊りを踊って花札してって時間のほうが長いのよ、などと言い出し、やがて「お茶でもご一緒しましょ」と親しげな態度をとり始めるようになった。さらに一週間後、隣のランニングマシーンで走っていた若い女が名刺を差し出して、自分は夕方六時の番組でさまざまな異色の人物を取材しているプロデューサーである、真の「最高の身体《モムチャン》」を持つ女性の手本を見せてほしい、と出演を打診されたこともあった。そのプロデューサーの目の前で、二〇日分ほど残っていたジムのクーポンをビリビリに裂いて答えの代わりとすることもできたのに、爪角は単に翌日からトレーニングに行くのをやめ、インストラクターからの電話を避けて番号を変えるほうを選んだ。

防疫業に従事する者のうち、特に若い世代は、そういうルートで番組の取材を受け、自分の筋肉自慢をして、寄ってきたファンなりアンチなりに営業用の笑顔を浮かべつつ、陰ではいくらでも本来の防疫業に打ちこめるという才能の持ち主が多かった。ややケースは異なるが、昨年、あるケーブルテレビの番組に起業成功者として紹介されていたオンラインショップの社長の夫が防疫業者であることを、爪角は知っている。彼は神経を図太くしきれなかったのか、数秒以上はファインダーの中にとどまらないよう努力し、カメラを正面から見たり笑顔を作ったりすることもしなかった。動線を追うカメラの前で習慣的に、あるいは意識的にカメラを避け、わざと忙しくしている感じがしたが、妻のビジネスに家族全員が心を一つに取り組んでいるというコンセプトの手前、一カットも映らないでいるのは難しかったのだろう、自分の店の商品を手に取って親指を突き立てるポーズは見せていた。そのオンラインショップは、新鮮な材料におふくろの手間と真心をたっぷりこめた赤ちゃん用離乳食を、毎朝作り立ての状態で配達するという業態で、爪角は、カボチャをふかし、肉を挽き、豆腐を潰し、人参を切っていた同じ手で防疫もするその男に、皮肉を通り越して切なさまでもがわきあがり、包丁さばきもリズミカルだったし、むしろ仕事のやり方という点では似た業種なのかもしれないと寛大なことを思ったりもした。画面の中では内助の功ならぬ外助の功に徹する夫、ないしはシャッターマン〔自営業の妻が稼ぎ、自分は店の開け閉めだけをしているような無職の夫〕として消極的な姿を見せながら、画面の外ではまったく別人になれるという才能は、個人レベルでの変身能力や面の皮の厚さ以上に、もう少し大規模で繊細なマネージメント能力を必要とする。つまり、ネットワークをいくつかつくり、それらが抵触しないように管理することだ。電子メールと記事の検索以外ネットを使わないほど情報化と無縁の爪角にとって、それはあまりにも高度すぎる能力、疲れる管轄外の業務であり、いまさら新たに習得する必要のなさそうなオプションだった。

　必ずしも番組に出たことだけが理由ではなかったろうし、出演時間だって二分にも満たなかったのだが、その若い防疫業者は今年の初め、完全に業界を去ったと聞いた。それが爪角には、ネットワークの切り離しや調整に失敗した結果と映った。彼は相変わらず、妻と一緒に赤ちゃんの離乳食をつくっているのだろうか。家族全員で心を一つにして、かわりばえしない日常を受け入れ、世の中の栄養と愛情をごっそりかき集めながら、子供たちが日々必要とする栄養食を、今日も蒸しているのだろうか。

明け方の光が完全に追いやられ、周囲の事物の輪郭がくっきりしはじめると、中高年が次々と現れる。これ以上一人で公共の運動器具を握ったりぶら下がったりしているわけにもいかず、爪角は湧き水の場所を後にする。

家に戻って確かめてみると、無用の餌と水の皿はたっぷりと満たされ、きちんと床の上に置かれていた。朝食を済ませたのか、餌の真ん中がぽこりとへこんでいる。無用は、齧っていた布製の人形を口から放すと爪角の隣に近づき、だが一度飛び上がって見せるだけ。主人の手つきを感じとり、生きた人間の体温を確認し終えるなり、すぐに立ち去ってオモチャ探しに夢中になる。主人に情がないというよりは、主人の好みがどんなふうか、いまだに命あるもののぬくもりがかなり苦手で、どれほどそれになじむことを耐えがたいと思っているか、を学習しているせいだ。無用の存在は、爪角が道に迷ってさすらわないための、仕事を終え道を見失わずに帰宅するための、一種のマイルストーンのようなものなのである。無用は、あくまで適切な距離を維持している。だからそれは、最小限にして最適な生存申告。

エージェンシーに入ってデスクのベルを鳴らすと、奥の資料室のドアが開いて、眠たげな目のヘウが欠伸を噛み殺しながら出迎える。こんな時間にやって来る業者が爪角以外にはいないことに気がゆるんで、服の乱れもボサボサの頭もそのままだ。

「顧客だったらどうするつもりだよ。身なりはちゃんとしな」

「顧客だったら電話してから来ますよ。看板だって出てないんだし」

「また資料室で寝てたの?」

「一晩中、ある人のサポートにちょっと入ってたんです。ウチ、やっぱり資料室のソファーはちょっと張替えたほうがよさそうですね。ほら、バッファローの革とかそういうやつに。さんざんネズミに齧られてる安物だから、腰を痛めちゃう」

「あんたの給料でやるんなら、誰も止めないさ」

爪角は、防疫が終了し、これ以上目を通す必要がなくなった書類の束をヘウへと戻す。

「キム社長の依頼の件は終わり。報告書はそっちで頼むよ」

「死亡は、確認してますよね?」

言葉遣いはいつもと変わらないが、近ごろはこの質問がめっきり多くなって、爪角としてはまったく面白くない。

「形式上、手続き上の質問だっていうのはわかっているけどね。新聞にベタ記事でも見当たらないんなら、サツ回りの記者あたりに聞いたらいいじゃないか」

「申し訳ないんですけど、いま探りを入れるのはちょっと。この前の国会議員の収賄疑惑をもみ消すのに、大々的なスキャンダルを仕込んでる最中なんですよ」

「アイツらは年がら年中そんなことばかりしてるんだ、あたしの知ったこっちゃない。年寄りは信頼できないって言われているようで、いい気がしないね」

「いえいえ、大おば様の仕事だから、きっちりされてるってことはわかってるんです。私がこの仕事についてからだって、もう一〇年以上見てきてますから。でも」

「でも？」

「室長が……これからは、手順もしっかり確認しろって言うので」

思った通りだ。ヘウは適当にごまかしているが、ソン室長の腹のうちはわかっている。爪角の六五回目の誕生日もついこのあいだだったし、その年なら現業はおろか、席をあたためているだけの単純で細かい作業をする職員だって、露骨な引退勧告を受ける時期だろう。ましてやこの仕事は、瞬発力に判断力ならびに身体能力までバランスが取れていないと、業務を超えて生存に直結する問題だから、室長が不安になるのは無理もない。老人の動きがちょっと鈍いとか、つまらない勘違いをしただけでも、エージェンシーにとっては百害あって一利なしなわけで、クビを切る機会を絶えずうかがっているソン室長の顔が頭に浮かぶ。

その場合、少し威厳を保とうと「あたしはね、あんたの親父さんが青二才のチーム長だった頃から、とっくにこの仕事をしてたんだ。あんたのオムツだってあたしが替えたようなもんなんだから」と、ソン室長に年功序列を主張するわけにもいかない。そんなことをしたら、外の世界によくある家族経営や親族経営の中小企業の、腐った人間に情をかけ、切りたくても切れないままにいいかげんな会社経営を続けるやりかたと大差なくなるし、そういう穀潰しレベルの老いぼれに扱われるのは、爪角としてもプライドが傷つく。ソン室長が、あくまで創設メンバーへの礼儀として「大おば様」と呼びながら、その実、生きる屍《しかばね》の年寄りは追い払うべしとの気配をあからさまに見せるようなら、爪角としてはいつでも退くつもりでいた。

この間、管理が面倒で報酬は月給制で受け取ってきたが、実際に彼女が稼いでエージェンシーに預けてあるカネは、間で抜かれていないと仮定した場合決して少ない額ではなく、引退を望むなら、これまでの預金分を一括でよこせと言えばいいことだった。物価が変わっていることを考えると、家賃収入が期待できるビルの購入とまではいかないだろうが、住宅街にチキンとビールの小さい店を出すくらいはなんとかなるだろう。無理に事業拡大したり、ジェントリフィケーション〔都市で、低所得者層が居住する地域の再開発が進んだ結果、家賃が高騰してもとの居住者が転居を余儀なくされる現象〕の犠牲になったり、他人の口車に乗って店を潰してしまったりさえしなければ、余生を送るのにさしたる問題はないかもしれない。突然やって来て事業資金を使い果たすタチの悪い親戚もいないし、面倒を見るべき家族もないから、自分の身の一つくらい、老いていく無用と一緒でも手に余ることはないはずだ。生来、他人の話に耳を傾けるとか関係を作るとかが苦手なタチだから、たまに客と冗談を言いあったり酔客をなだめたりには苦労するかもしれないが、宴会部長的な役割がビール店経営の必須要素でもあるまいし、平気だろう。

どんな職種でも五〇を過ぎれば、下を管理していた人間だって引退の圧力にさらされるのであり、巨大物流企業を思いのままに牛耳っていたお偉方でさえ、会社を後にすれば退職金で会社の近くに小さな食堂を開いたりする。その手の話はよく見聞きしてきたし、実体はともかくとして、人はそれを「第二の人生のスタート」と見なしていた。若いうちに自我みたいなものをとっくに発揮しつくし、あるいはたとえ発揮できていなかったとか、そもそも自我それ自体がなかったとしても、店をやったり不動産を転がしたりという老後の対策をとれるだけで御の字なのが、いまという時代だ。老後どころか二〇、三〇、四〇代を無事に生き抜くのだって大変な、みんなどこにも根を下ろすことができない不況のときである。そんな八方ふさがりの状況のなか、いつでも気が向いたときに自分の労働の対価を引き出せることを考えると、我が子の顔色を窺いつつ小遣いをねだるだの、それもできずに身動きも難しい狭い借間で凍えているだのよりは、優雅な晩年といえる。

緊張から解放され、安楽イスに身を預けられる可能性が複数あるにもかかわらず、爪角はいままで、防疫の現場と実務にこだわってきた。現場を離れたら、添え木でなんとか持ちこたえてきた人生がまるごと吹き飛んでしまうような不安や虚しさが生まれるから、というだけが理由ではなかった。引退した防疫業者のうち、良い末路をたどったケースは多いとはいえず、キャリアの長い防疫業者の引退はほとんどの場合、現場での不慮の死という形をとっていた。食堂やクリーニング店を開く、あるいは仏門に入るという者もいないわけではない。だが、そうした安全な着地の邪魔をするのが防疫という仕事の特殊性だった。病的な習慣や中毒とかとはやや性格を異にするものの、結局は抜け出すことができずに仕方なく続けてしまうという点では、麻薬や賭け事に似ていた。四五年間人殺しを稼業にしてきた人間が、いまさら人の口に入るチキンを揚げたり、人の身体を包むジャケットやワンピースのたぐいをクリーニングしたりして生計を立てるのは、老いた狼が卵を孵《かえ》そうとするのと同じくらい、イメージするのが難しい図だった。防疫の現場で死を迎えるのではなく、自分の意向半分、他者の意向半分で引退し、休息をとり、そうして訪れる暇つぶしの日々は、この世のどんな職業、どんな組織に身を置いていた誰よりも自分の過去を否定させ、消し去りたくさせるだろう。爪角はそう思っていた。

持続的に喪失し、摩耗していくだけが人生なのだから、そこから過去一〇年を切り取ろうが四五年まとめて削除しようが、何の関係もない。絶えず消し去られ、チョーク跡しか残らない黒板みたいなものが人生なのは変わらないし、いまになって鉄板みたいに面の皮を厚くして、天寿を全うしようなどとも思わない。非業の死であれ客死であれ、適当な時期にこの世をおさらばすればそれで終わりと思うときもあるが、そんな強がった姿勢でいざソン室長を前にすると、どういうわけだか何も言えなくなり、毎回黙ってその場を離れていた。

魅力的な仕事とは思わないさ。必ず誰かがしなけりゃいけないならいっそ俺がする、なんて言い訳もしない。個々人の正義の実現なんて、それこそ噴飯ものだ。だがな。ネズミだの虫だのを退治した見返りにカネを貯めて、それを後で、自分がネズミや虫以下になった時にそっくり使えるなら、それだけで悪くない話だろうな。

そう言っていた人と、食卓を囲んだり、落ちてきた霰《あられ》が髪に留まったりするような平凡な場面を、ほんの一瞬思い描いたことがあった。鼻で笑われそうで言えなかった素朴な光景、願ってはいけない日々を。

「こんちわあ」

そのとき。裏口から入ってきたトゥの声が、爪角の回想を遮る。

「あっ、バアちゃんだ」

実は、ドアが開くより先にフージェール系の香りが鼻をくすぐり、だしぬけの不快感に彼の到着を予感はしていた。顔を合わせて楽しい相手ではない。ヘウがよこした書類にサインをし、次の仕事の資料が入ったぶ厚い封筒を受け取って、バッグに押し込みながら身体の向きを変えると、トゥが爪角の腕をつかむ。

「どこ行くんだよ、バアちゃん。久しぶりなんだから、ゆっくりしていこうよ」

ヤツはそう言いながら、もう片方の手でもじゃもじゃの頭を掻いている。会うたびにタメ口でちょっかいを出してくるトゥは、ヘウより少し年下の三〇代前半、顧客ニーズをよくわかっているという評価で、ソン室長からさかんに目をかけられている防疫業者だ。防疫業をする者が香水とは正気の沙汰ではないと爪角は思うが、これは生まれつきの体臭で、仕事のときはむしろ、その香りを中和する脱臭剤が必要との弁明には唖然とした。たしかに、若くて能力のあるヤツほど、電信柱にテリトリー表示をする犬と同じで、現場に自分の痕跡やら体臭やら、わざわざしるしを残していい気になりたがることを知らないわけではなかったから、その弁明とやらも、犬の膀胱が開いた音くらいにしか思わなかった。

無邪気でのんびりした話しぶり、鈍そうな態度は、一見すると何かとんでもないことをやらかしそうな感じがある。トゥという偽名もどこか愚鈍な響きがあるし、おまけに今日の服装は、事業に失敗してアルコールに溺れ、家は奪われるわタンスやテーブルは差し押さえられるわ、腎臓まで取られる一歩手前の人間を彷彿とさせる。だが実際はその逆で、よく観察すると顔にはふてぶてしさが潜んでいる。身体機能が落ちるから酒も煙草もやらないのはあたりまえ、高位高官をしょっちゅう相手にしているから、必要に応じてブランドもののスーツもあれこれと着こなす。迅速、正確、緻密という防疫業者が基本として身に着けておくべき属性はもちろん、サービス精神まである。どんな方法であれ防疫さえ完了させればいいと思う業者がいる一方で、トゥは、防疫の過程の些細なステップ一つも顧客ニーズに合わせて執り行う。特に注文がない場合、ターゲットを探して「駆除」するまでに、国内居住者なら一泊二日ほどあれば十分だが、「端が水皿に浸かったタオルのように微かな兆候をじわじわと漂わせ、ターゲットを不安と焦りでたっぷり湿らせた後で、体中の孔という孔から排泄物が漏れ出すくらいの恐怖を味わわせて、最大限凄惨な死を与えてほしい」というオプションオーダーが入ろうものなら――中には「手始めにすべての指を節ごとに折り、両手ぶん、計二八個の節からまず届けてくれ」とか「先に手足の関節を粉々にしてほしい」とか、深い怨恨からというにはあまりにも面倒かつ情緒的問題がうかがえる注文も多かった――必要な舞台を設定し演出しながら、最長三カ月近くターゲットの周辺をうろつき回ることもある。

はじめは些細な異変や疑念程度だったものが、圧迫感や恐怖が高じて呼吸困難のような状態になり、そこで初めてターゲットは、歪んだ日常や廃墟と化した世界を目にすることになる。

トゥは、ターゲットの気が触れるそのギリギリ手前で本性を現す。この場合、完全に狂う隙を与えないようターゲットの精神的余裕を緻密に計算し、一方では作品に差し込むネジを締めたりゆるめたりしながら正確な見立てをつけることが肝要だ。相手の精神が破壊された状態で駆除すれば慈悲を与えることになり、依頼人の要求に応えられないのである。そこから先は周囲の状況が許す限り、というより、周囲の状況を自分の都合に合わせて変更するほうが多いのだが、最も残忍なやり方で、ゆっくりと防疫を進めていく。ソン室長の話によれば、トゥ自身はかなり楽しんでやっているものの、その最中は一切笑顔を見せず、あくまで冷静沈着な佇まいは外科医のごとくで、興奮や達成感、芸術家風の狂気が顔にさすこともなく、ピシッと決めた外見は、さしずめ取引先とのミーティングに参加する重役クラスの雰囲気まで漂っているらしい。

しかし、風変わりなオプションは数あれど、唯一「防疫の過程や現場の映像を残してくれ」という求めにだけは応じていなかった。エージェンシーの立場からも、証拠になりうるものを顧客に渡さないのは当然の原則だが、トゥとしては、その場面が業務上の秘密になるとか、依頼人がそんな残酷なシーンを見てはいけないとかいう常識的な考えがあったわけではなく、そういうものを要求すること自体、自分の仕事ぶりを信頼できていないという意味で、沽券にかかわると考えていたのだった。

世間にたまにいる典型的な天才タイプなら、「あいつは何を考えて生きているかわからない」とか「何かというと芝居がかった真似をして人を困惑させる」などの、謎めいているからこそかえって類型化されたキャラクターが付いて回るのだろうが、トゥは、たまにつっかかってくるとき以外は大体が使える、気持ちのいいヤツだ。それがソン室長の大雑把な評価だった。

トゥに特に引っかかるところがあるとすれば、爪角としては事実関係を確認しようがないしする必要もないのだが、陸軍特殊部隊出身であるという点、他に、結局すべて廃棄することになってもエージェンシーから提供されたものだけでない、必要以上の資料をかき集めるのが基本なこと、使用目的がよくわからない本をたくさん読んでいて、何より爪角同様、わざわざエージェンシーに出向いて仕事の依頼を受ける点だった。爪角は長いあいだ続けてきたそのやり方になじみ、思い出したようにエージェンシーへと出退勤をしているが、他の若手はみな例外なくスマートフォン、もうちょっと古典的ならeメールやストレージサービスで業務指示や関連資料を受け取っている、そんな状況で。

三年前から、ソン室長の賛辞と合わせせへウからずいぶんと話を聞かされていたが、直接顔を合わせるのはせいぜい四回にもならない。なのにトゥは初対面のときから、自分の祖母にでも接するようにしつこく話しかけ、あれやこれやと絡んできた。たとえばこんなふうに。

「バアちゃんほどの人なら、若い頃ちょっとナイフやったことある人、いらっしゃ〜い、って言われて出てくる人とは、ちょっと別格じゃないとおかしいよねえ？　だけど、俺が見た感じ、普通の主婦が牛肉に包丁ぶっ刺してるのと、あんまり変わんなかったなー」

最初は爪角も、自分の息子くらいの若い相手が言うことだからと、笑って受け流すつもりで相槌をうっていた。

「恰好をつけるのに必死なヤツは、そう思うんだろうね。主婦に見えたんならむしろ大歓迎だ。牛刀で刺そうが刺身包丁で切ろうが、大事なのは結果だからね。それより、あたしのナイフの使い方を、あんたがどうして知ってるんだ?」

「こないだのパク社長の依頼、おたくでしょ? 俺、近くで見てたの。バアちゃん、刺すときはまっすぐなんだけど、引くときしょっちゅう手首を身体の外のほうにひねるよね? わかっててやってんのか、自覚できてない習慣かはわかんないけど。ナイフの種類にもよるけど、下手すりゃアレ、致命傷を与えられないよ。大量出血に期待っていうのも、ちょっと違うと思うし」

爪角はまず、そばに誰かが近づいている気配をまったく感知できなかったことにショックを受けて身をすくめ——彼女の感覚の鋭さより、相手が気配を消す才能のほうが上回っていたという点で——一方で、たかだか三分足らずに違いないあの状況のなか、以前からの自分の癖を見抜いたトゥの目敏さを褒めてやりたくもなった。

「どこのどいつがチラチラ見てやがるんだ、なんなら一緒に始末しちまおうかと思っていたが、アレはあんただったのか。なるほど、外側に反れて手間はかかったかもしれないが、急所は外れてなかった。それより、偶然通りがかったんならともかく、無駄に人の現場に来て、チラチラ覗くもんじゃないよ」

一瞬トゥの顔をよぎった微笑が、こう言っていた。俺の接近にまったく気づかなかったこと、全部お見通しだよ。知ってて気づかないふりをしてやっているといわんばかりに、トゥが言った。

「なんで？　気が散るから？　てか、バアちゃんが追っかけてきたからって、俺がやられると思う？」

訊き返すトゥの表情に図々しさやあてこする感じはなく、見ようによっては、産着の中でしきりに身体を動かし、愛嬌をふりまく赤ん坊の仕草のようでもあり、ついつい爪角は含み笑いになった。

「正面きって訊かれたら、確実にそうとは言いきれないけどね。同業者が仕事をしているのに、気が散ることをしないのは基本だろ。相手の立場になって考えれば、わかるはずだよ」

「おたく、そうなの？　俺は違うけどな。バアちゃんが隣に来て、鼻穴をビターッとくっつけて見物してたって、やりかけのことは続けられる。そのくらいの集中力こそ基本でしょ？」

この若造は、さだめし落ちているであろう老いた女の感覚や精神力を、いまさかんに皮肉っているのだ。そう気づいた爪角は、もはや甘やかしてやる必要はないと判断した。

「そういうお遊びはよそでやんな。我慢するには、こっちは年を取りすぎてるんでね」

そうして苦笑いまでひっこめ、ヘウが差し出した書類を受け取って立ち上がろうとすると、トゥがいきなり訊いてきた。

「バアちゃんって、もしかして子供いる？」

爪角は一瞬足を止めるが、無視したまま公然とヘウに詰め寄った。

「ヘウさん、ソン室長に言っといて。あんなに目をかけてる業者なら、もう少し管理をきちんとしろってね。どこぞのケツの青いガキが、探偵ごっこなんかして」

「ええ。注意してもらいます」

ヘウは返事をすると、短気な姉が弟をとっちめるような目つきでトゥを見下ろすが、本人はソファーに身を深く沈め、さわやかな笑顔を浮かべながら、刃渡り二五センチはある包丁で爪のささくれを処理している。その姿に爪角は、呆れていたはずの相手にささいなやりとりを越え、心まで開きそうになった自分の不覚を呪いながら続けた。

「何も、それだけを言ってるんじゃないよ。業者同士は互いに知らんふりをするのが基本だろ？　近頃は違うのか？　業者たちは、仕事が終わったらみんなで意気投合して、打ち上げかなんかして情報交換でもしてるのか？　世の中は変わったのに、またこっちがあんまり時代遅れなのかね？」

ヘウは慌てて手をぶんぶん振った。

「やだ、そんなことありませんってば、大おば様。どうぞお気をつけて。また今度ご連絡……」

ヘウの話の途中に背を向け、エージェンシーのドアを閉めてしまったのが、二カ月前のことだった。

戸惑っている様子を気取られまいとしたが、トゥはとっくに爪角の表情にひそむ動揺を見抜いたらしい。

「明け方の風は冷たいのに、毎日のようにカイロもつけず朝っぱらから歩き回ってたら、膝に朝露がたまっちゃうよ」

心が乱れたのは、腕をつかまれてすぐに振り払おうとしたにもかかわらず、トゥの手から自由になれなかったせいだ。努力しているつもりでも、それを上回るスピードで肉体的な老化が進んでいることからくる焦燥感。刈り取りの時期を過ぎた稲穂はしぼむのが定め、若い男と老いた女のあいだには当然力の差があるという事実は、この状況下で考慮の対象とはならない。些細で一瞬のやりとりだったとはいえ、単純に業者VS.業者という場面で、洟たれ小僧に負けたことこそ重要なのだ。相手への感情的な反応というよりは自分の身体の貧弱な状態への失望から、トゥがゆっくり力をゆるめて袖から手を放しても、爪角はその場を離れることさえ思いつかずに、再びソファーへとへたりこむ。

「爪、伸ばそうって気はないの?」

これはまた何の世迷いごとかと顔を向けると、トゥが、今度は彼女の手の甲に浮き出た青い血管をすーっと撫でる。ひんやりした感覚に一瞬金属の道具かと思うが、触れたのは彼の指である。手の甲を覆う薄い皮膚には、叩けば古い埃が舞い上がりそうなほど深く細い皺が幾重にも刻まれていて、血管をたどって先に行けば、いつも通り一ミリ程度で清潔に切り揃えられた丸い爪が、弾力や光沢は失いながらも、かろうじて杏色を保っている。うち三つは肉体活動により潰れ、彩度の感じからいって、まもなく色も失って黒ずむのだろう。

「もったいないし、残念じゃん。一時は〈爪〉って呼ばれてた女が、いまじゃ鋭くもないんなら、せめてホンモノの爪ぐらい伸ばして、あれこれ塗ってあげなくっちゃ」

伸ばしたら、まずお前の顔から、つなぎあわせる気も失せるほど細かく切り刻んでやるだろうよ。そう返事をするのも煩わしく、彼女はもう一度、ひったくるようにして手を引き抜く。トゥは当初の目的を達成したと言わんばかりの笑顔になり、おとなしく手のひらの力を抜く。

「そうやって、オシャレして見せたい相手が、いるんじゃないのー？」

いよいよ調子に乗っている。なんでまた耳を疑うような話を、と思うが、当てずっぽうだったり偶然だったりの可能性のほうが高いから、爪角は顔色を変えない。落ち着き、泰然とした表情を保てていると自分では信じているが、口角や眉がかすかに震えるのを相手は見逃さなかったかもしれない。貴様、なぜそれを知っている——と言えば墓穴を掘ることになるだろう。何を根拠に寝言をほざく、といますぐ胸倉につかみかかりたい衝動を抑えつつ、ジャンパーの内ポケットに入った登山用のバックナイフに触れる。ヤツが言わんとしている対象が、誰にも伝えていない一カ月前の自分の大ケガと関係があるかどうか、探ろうとする。ヤツの表情は、ありのままを言ったまでだというように、ひどく無邪気だ。

見せたい相手？　誰よそれ？　すべて初耳のヘウは二人の表情を交互に見比べるが、トゥ側に好奇心と冷笑、大おば様側に若干の緊張と警戒があるだけで、他はまったくわからない。何やら二人きりで共有されているらしい情報に好奇心はわくものの、それは後回しにして、とりあえずここは、トゥがほんの少しでもからかいの水位を上げた場合にそなえ、割って入る心づもりをする。表情から見て、大おば様はいま敵意と殺気を必死に押し殺していると判断したからだ。それが表に現れた瞬間、間違いなく彼女は、業界のルーキーかつ優良株を殺ってしまうはずだった。

息を整えた末にバックナイフから手を離すと、爪角はなんでもないことのようにつぶやいた。

「何のことやら……さっぱりわからないね」

この頃たまに襲ってくる、刺しこむような腰痛をこらえつつ、爪角は身体を起こす。ガタが来はじめたのは一〇年前だが、一ヵ月前に仕事で事故を起こし、ひどく痛めたのが致命的だったらしい。疼痛はたびたび、伸びをするかのように信号を送ってよこす。

「ちょっと、なんでおとなしい大おば様にしょっちゅう絡むのよ。資料室に行ってて。あんたに頼まれたファイル、整理しておいたから」

ヘウはトゥの背中を両手で押しながら資料室へ向かい、爪角には早くお引き取りを、という目線をよこす。

ヘウが何を心配しているかはよくわかっている。所属業者のあいだでのリンチは珍しくないが、長いあいだ、命令によらない個人レベルでの殺人は禁止事項とされている。ルール遵守のため、エージェンシーでは任務の分掌でも、利害関係がぶつかりそうな双方から依頼が入った場合、片方の側からしか仕事を受けない。相手方の依頼がよその請負業者の手に渡ればそれまでのこと、はした金に目が眩んでエージェンシー内に不信感を生んではいけないからだ。理由のいかんを問わず、所属業者の誰かがこの条項に違反して個人的な殺しをした場合、残りの所属業者は違反者を追って生け捕りにし、ある種の処置を取る。二度とこの業界で同じ仕事ができないよう、防疫に不可欠な身体の一部、主に手、足、あるいは目を除去する「処置」だ。だから、彼女が懐《ふところ》のナイフをいじっていたのは、身中に閉じ込められた憤怒を解き放ってヤツの首を掻き切ろうというよりは、単純に昔から続けている自己暗示や祈禱のようなものだった。

感情が顔に出る人間は、これを長くは続けられない。怒りだろうが、相手に嘘をついている緊張や後悔だろうが、関係なく。特に侮辱に耐えることがいちばん大事だ。なぜなら、お前は女で、そのぶん現場では、侮辱を受けても平気な顔でやり過ごさなけりゃならないことが多いだろうからな。

そう言うと、リュウは無防備だった彼女の顔を目がけ、いきなり重たげなガラスの灰皿を投げつけた。彼女は反射的にかわしたが、予告どころか気配すらなかったため、髪の毛の先をかすめて壁に当たった灰皿が粉々に飛び散り、その破片で顔に引っかき傷を作ることまでは避けられなかった。

だから、そこでかわしちゃダメなんだって。いつでもやたらに動けば反射神経がいいってわけじゃない。大事なのは、状況を把握する能力だ。もしこれが、ターゲットが自分の怒りを抑えられなくて投げたものなら？　そういう時はだまって額で受けるべきだと、いち早く察知すること。これ見よがしにかわしたら、どんなマヌケなターゲットでもおかしいと思うだろ。もちろん、最悪の場合は、飛んできたものをそのままキャッチしてしまうがな。

数多ある身体の部位の中で、よりによってわざわざ爪とは。その名前の由来を何とかして調べ出し、皮肉ってくるとは。やはりヤツの狙いは年寄りへの嫌がらせらしいが、彼女には、トゥがなぜ他人の身の上話までわざわざ持ち出してきてからかうのか、理解できない。単なる老いぼれへの意地悪にしても、彼には得のない相手のはず。まさか、ソン室長が内々に任せている業務の中に、老人の横っ腹をつついて少し神経を刺激してやり、自分から空気を読んで退散するよう仕向けろという指令でも含まれていたのだろうか。にしては、顔を合わせる頻度があまりに少なすぎて効果的ではない。

一時どころか四〇代半ばまでの長きに渡って、彼女は業者たちのあいだで、偽名より覚えやすい「爪《ソントプ》」と呼ばれていた。もともとの偽名の「爪角」からして、ソン室長の父親のそのまた前の室長である、初代室長が付けてくれた名前だった。もちろん、必ずしも攻撃的という意味だけではなかった。獣《けもの》の足爪や角というのは、誰かを狩る以前に自分自身を守るものだ。だから彼女は、いつのまにか与えられていたその名前が自分に似合いだと思ったことはなかった。最初の防疫からいまに至るまで、爪を伸ばしたり飾ったりした経験も皆無で、トレードマークにされる筋合いもない。鋭く、隙がなく、少しもじめじめしたりぐずぐずしたりせず、きれいさっぱり仕上げる業務処理能力の高さに感嘆した初代室長が、いつの頃からか彼女を依頼人に送りこむ際、「いちばん爪の長い子を用意しときますよ」と、一言冗談みたいに返事をするようになり、それがそのまま定着したのだった。もちろん選ぶも何も、あの頃社内で防疫業者といえば、彼女だけのようなものだったのだが。

爪をきっちり切り揃えてエナメルを塗らないのは、一人の人間が、自分の体積や質量をくらます幾百の消極的な方法のうちの一つである。短くて滑らかな爪はゴム粘土にさえ傷をつけないように見えるし、爪の主に内在する攻撃性を覆い隠す役目も果たす。

駅の地下商店街に隙間なく並ぶ、ノーブランドの衣料品店や化粧品売場を歩いていて、爪角はふと、ネイルショップの前で足を止める。黄色や赤に髪をカラーリングしたネイリストたちが横一列に座り、祈りでも捧げるように客の手を握って、頭を垂れている。若い女たちは前に置かれた低いアームレストの上に両手を乗せ、たまに尻をもじもじさせつつも大体は我慢強く同じ姿勢を保ち、その佇まいは、刑吏の刃に手首を切り落とされる直前のアラブの盗賊を思い起こさせる。ネイルアートを教える文化センターの講座が流行して、この手の店が雨後の筍のように増えはじめたとき、爪角はすでに五〇を過ぎていた。あの女たちはなぜ、手錠を嵌められた被告人よろしく両手を前に差し出し、他人に預けているのだろうと、怪訝に思いつつ通り過ぎたこともあった。そこが何をする場所か知ったのは、ちょうど仕事が減って暇だった時期で、なんとなく好奇心をくすぐられないでもなかったが、いい歳をして、誰に見られたくてそんな気まぐれを起こすのかと考え、すぐに新しい仕事が入るだろうし、そのときまた出かけてきていちいち落とすのも面倒だと思い直しただけだった。人工のつけ爪を上に重ねたりするものだとも知らず、ただ自分の爪を伸ばしてこそできるのだと思っていた。

見せたい、相手。

判読不能の暗号みたいに漠然としたイメージが、その声によって、本来の形態を整える。自分の内部にいつ入りこんだのか、わからないもの。はるか昔、永遠の遺失物になったとばかり思っていた欲望の痕跡を不意に自分の体内に見つけて、爪角は眉を顰める。爪だなんて。爪に何かを塗るなんて、考えたこともない。そんな欲求が生まれ、体中の汗腺という汗腺から流れ出す前に、あらかじめ出口を塞いでしまうのが習い性になっていた。なのにいまは、あんなに意味のない、使い道のない、ただ美しいだけのものに目を引かれる。

ヤツが、嘲笑や悪意でべとついた声で、あんなことを言ったせいだ。

彼女は近づいて、ショーウィンドウに展示されているつけ爪を眺める。花びらは恋を占う少女の指先で、いまにもはらはら震え落ちそうに繊細、薄紫色の小鳥は爪の外だけでなく、青空まで飛び立ちそうに生き生きと描かれている。形がうまく判別できない抽象的な図柄まで、どれ一つとっても一幅の絵に違いないが、遠視のせいではっきりと見えないものもあり、いくつかの色や模様は彼女の身体のあちこちにひそむ裂傷や創傷に似ている気がしてくる。少しずつ後ずさりしながらショーウィンドウをじろじろと眺める老婦人の姿に、施術中のマネージャーが目を止め、制服姿の少女の手を握ったままで気を遣う。

「お母さん、爪のお手入れなさいます？　ちょっと座ってお待ちいただいたら、すぐにできますよ」

マネージャーがそう言うと制服の少女が振り返り、爪角を見て眉根を寄せ、尻をサッと引いて避けるように場所を空ける。ひょっとして老人臭でも移りやしないかと心配するように。その程度のことは、地下鉄に乗って腰を降ろせば、一〇〇あったら八〇か九〇の確率で若者が見せる反射作用に近いから、いちいち不快に思うのも煩わしいのであって、爪角は別の理由からそれをためらう。マネージャーは、服装や着飾り具合が全体的に質素でカジュアルなその老婦人が、まさか新しいつけ爪を作って貼りつけ、ラメが散らばったパターンを描いたりビジューをつけたりはしたがらないだろうと高をくくり、なんとなく「お手入れ」という言い方をした。もちろん、どの客に対しても、爪の一つひとつに栄養クリームを塗り、スチームタオルで包みこむ手間を惜しむつもりはないのだろうが、問題は、爪角の爪がこれ以上整えようがないくらいすでに短く切り揃えられた後だったということ、そしてさらなるポイントは「あたしはおたくのお母さんじゃないですよ」――だ。爪角は迷った挙句にその場を離れ、地下鉄乗り場へと小走りになる。そのあいだじゅう、ショーウィンドウの向こうの文様が照明の下に放流され、自分の後を追いかけてくるかのように華麗な輪舞を始めるのを、横顔に感じている。

定期健診といっても、最先端設備を動員して隅々の細胞一つひとつまで出し入れし、洗浄するわけではない。保健所が地域健保に加入する満四〇歳以上に限っておざなりに実施する、ほとんど形式的な問診と胸部レントゲン撮影、ならびに血圧チェックのようなものや基本の血液検査がセットだが、糖尿の所見以上の重度の疾患を発見するのは難しい、そんなレベルだ。身体のどこかを追加で撮影し、一八項目以上の症状をチェックするオプションの血液検査に手を出せば、個人負担は跳ね上がるし、何より絶食や造影剤の服用といった耐え難い段取りがある。中でも最も厄介なのは胃カメラだ。全身麻酔以外の費用は国から補助があるが、意識がクリアな状態で管を咥えるのもしんどいし、かといって誰かの前に無防備な状態をさらして眠りこんでしまうというのも、想像したくないことである。

にもかかわらず年に一度、生真面目に受診することを爪角は忘れない。それさえすっ飛ばしてしまったら――「血圧はギリギリ正常範囲内で糖尿なし」程度のシンプルな事実さえ書類上の数値で確認しなくなったら、自分の身体を怠惰に放置している気がするからだ。身体が変化しようが劣化しようが、それを自然のことと受け入れてあきらめた瞬間、その防疫業者は次の仕事で、うまくいっても次の次の仕事で失敗をしでかすし、失敗はほとんどの場合、業者自身の死というかたちで訪れる。

爪角が受付に行って名前を言うより先に、パク看護師が気づいて目礼をよこす。発熱や腹痛で泣きながら両足をバタつかせている子供たちと、数日以内に世界が滅びても構わないかのように疲れた表情の親たちが陣取る廊下を横切って、爪角は一番奥の三番の診察室へと進む。わざわざ週末と月曜を避けたのに患者は少なくなく、季節の変わり目を実感する。診察室のドアの透明なアクリル板にはめ込まれた本日の担当医の名前を確認し、席に座って待つ。

ここは、午前九時から夜一一時まで診療している三六五日年中無休の総合病院で、「総合」という言葉だけを見れば二次、三次医療機関（比較的高度の医療を提供する機関）のようだが、実際はまだ倒壊していないのが不思議なほどの建物の一フロアで、内科、整形外科、耳鼻咽喉科、小児科に限り、雇われ医師が交代で診ている。夜中、子供がただの発熱や腹痛を起こしたとき、わざわざ大学病院の救急まで駆けこまなくてすむというメリットから、地元の住民が好んで通ってきている。かわりにシフトはバラバラで、ついこのあいだ診てくれた医師と今日も会える保証はない。また、いわゆる金になる――健康保険適用外の――最新映像機器は揃っていないから、すでに症状が相当進んでいる患者が訪れると、医師は紹介状を書いて大学病院へ送る。事実上の医療民営化がひそかに進行中なのとかわらない昨今では、深夜の医療空白を埋める以上の意義は失われつつあるようだ。つい五年前まで、患者は少なくないどころか、腰を下ろす余地もなかったのに。そう思いながら、爪角は呼ばれるままに診察室へ入る。

聴診器を下ろすと、チャン博士は脇に立って待機する若いキム看護師に目配せをする。キム看護師はまだその状況に慣れないらしく、数秒迷ってから診察室を出てドアを閉める。病院に来て半年も経たないキム看護師は、この老婦人が来るたびにチャン博士が看護師に出す人払いの合図に気づくことができず、はじめのうちは何度かぽかんとした顔で二人を順番に眺めていた。いまも相変わらず怪訝には思っているらしいが、余計なことは言わずに席を外すようになっている。他の新人看護師同様、全実習期間を通じて、医師の指示に理由を問うたり、疑問を差し挟んだりしない習慣がついたのだ。もちろん、そうしながらもナースステーションでは、看護師だけでそれらしい前後のストーリーをつなぎ合わせ、囁《ささや》きあうわけだが——二カ月に一度来院する老婦人が、症状とは無関係に毎回チャン先生を指名し、さらには処方箋もなしでそのまま帰宅するケースがほとんどだから何をしに来るのか不明だし、チャン先生はチャン先生で、あの人が来るたび、聴診器を当てた後必ず看護師を追い出すから、二人はスリル満点の老いらくの恋、不倫三昧なのに違いないという、八割がたは朝の連続ドラマみたいな見立てである——爪角としてはどうでもいいことだが、一人は未婚女性、もう一人は五八歳のバツイチ男性だから、不倫でもなければ姦通でもない。人というのはどうやら、あたりまえで正常な状況を最大限誇張するために、わざわざ刺激的な単語を使うものらしい。そもそも爪角とチャン博士との関係は、平凡で素朴な日常の語彙では説明できない。

「特に症状を感じることがあれば、先におっしゃってください。カルテには残さなくても、うかがっておかないといけませんからね」

「腰が少し痛むことは痛みますが、それほどひどくはないので」

「整形外科につなぎましょうか」

「記録が残るのが、嫌で」

「それとなく話を通しておきますから、理学療法でも」

「湿布で結構です」

「じゃあ、そうしますか」

「ところで、先生が今日あたしにおっしゃりたいことは、そういう話じゃない気がするんですが」

「言いたいこと……私がですか？　何だろう？」

チャン博士は何か見落としでもしたかと、パソコンのモニターに浮かんだ彼女専用の別のカルテを再度覗きこむ。その姿が爪角には奇妙に映る。この人、まさか、聞いてないのか？

「この間、大きな問題はありませんがねえ。半年前に風邪の発熱で来られたのが、症状としては最後だし。検査で、もし基本の数値以外に骨密度が気になるということなら、うちではちょっと測定できないので紹介書をお出ししますが。ひょっとして、携帯電話が冷蔵庫の中から出てきたとか、腕時計を電子レンジに入れてダメにしたとかいう記憶力のご心配なら、それは……申し訳ありませんが自然の摂理ですから、どうしようもありませんね。七つほど下の私がこういう言い方をするのもなんですが、私だってあれこれ気をつけていても、もう昔のようにはいきません。断言しますが、今のお仕事ができているうちは、認知症は出てこないでしょう。日常生活だけが要因でもないですから、本当にご心配なら、保健所で認知症の検査を受けることもできますがね、時間の無駄ですよ」

もちろん、身体年齢にくらべて、どの程度の記憶力の衰えが正常範囲内かは気にはなるところだが、爪角が今日、チャン博士から聞かされるだろうと身構えていた内容は、そっち方面の話ではない。わかっていて、あえて自分は関心を見せるべきではないと判断し、事実そのものに知らんふりを決め込んでいるのなら、チャン博士という人物も並々ならぬポーカーフェイスである。確かに、そのくらいでなければ、一五年近くエージェンシーと緊密な協力関係を維持してはこられなかっただろう。あくまで町の、無愛想ながらも誠実な医師として。その裏では、防疫業者の大小さまざまのケガや病気を治療し、各種薬物を売り渡す供給源として。それはチャン博士だけが雇われ医師でなく、この病院のオーナーだからこそ可能なことでもある。

「ああ……ですから、その……そういうことじゃなく」

「なにか、他に問題でも？」

ここまでくれば、一カ月前の晩に爪角が、チキンとビールの店の内装を一瞬でも思い描いたのが形無しなくらいの、業者生命が即終了しかねないくらいの致命的なミスを犯した事実を、チャン博士は知らないと見てよさそうだ。

「……いえ。わかりました」

爪角は立ち上がる。チャン博士が本当に知らないのであれ、知らないふりをしているのであれ、それを問題視しないでいてくれるなら、ありがたい。

「健診結果はいつも通りエージェンシーに送りますか？　それとも、ご自宅に直接？」

その質問もまた、チャン博士が普段口にしている「一緒に老けていく仲間」への最善の配慮である。家に送るかとわざわざ訊くのは、万が一健診結果が意に沿わないものだった場合、その身体状況をエージェンシーに知られることなく、自分から引退の準備をできるよう耳打ちしてやるという意味だろうが、爪角は軽く笑って首を横に振る。

「構いません。普通にヘウさんに送ってください」

「ということは、まだ自信がおありなわけだ」

自信があるからではなく、エージェンシーの人間になめられたくないのだ。一体いつ、正確に何度目の誕生日を迎えたら、もはや自分が使い物にならない道具であることを認めるのかと訊かれたら。その答えは。

いまは考えたくない。失敗することなくずっと命が続いてきたばっかりに、たまたまここまで来てしまったわけで。いつから、こんなふうに未来を夢見、引退後の計画を練る身分になったのだろう。まだ大丈夫。心臓は着実に脈を打っているし、細かい筋肉の震えはあり時折息切れもするが、自分がいま、どこで、何を、どんなふうにやっているか、少しも統制力を失ったことはない。自分の細部を構成する部品は、まだ期限切れの時期を迎えていなかった。

それはともかくとして、すっきりしないものが残る。チャン博士がだまって目をつぶっているのではなく、本当にあのことを知らないとしたら、一カ月前のあの人は、なぜ誰にも何も言わずに沈黙したのだろう。いくら固く約束したとはいえ、かなり図太い人間でも、黙ってやり過ごすのは難しいはずの状況だったのに、あの日の出来事は。

その日、爪角がK郡のとある貯水池付近で防疫を完了したのは、すばしこい相手の並々ならぬ抵抗、そして、何より自分の不注意から、珍しく激闘を繰り広げた末のことだった。

相手は五〇代の男で、違法タクシーのブローカーだったが、ダテに長いあいだ法を犯して暮らしてきたわけではないと言わんばかりに、数分と経たないうちにサイドミラーで尾行に気づくと、わざわざあちらの道こちらの道とくねくね車を走らせはじめた。爪角もまた相手が自分の存在に気づいていることを認識していたが、彼の進む通りに後をついていった。

人影も街灯もない、ハイビーム頼みにならざるをえない狭い二車線の道路で、時速一八〇キロまでスピードを上げて彼を追い抜くと、車体の横にぴったりつけて走行妨害し、そのせいで一五〇キロで走っていた相手は反射的にブレーキを踏んでハンドルを切り、斜面の下へと落下した。闇の中を転がる車体をバックミラーで確認後、彼女もそれなりの速度に落とそうとしたが、加速度に追いつかず急ブレーキになり、したたかに額をハンドルに打ちつけた。

ガンガン痛む頭を我慢しながら後を追って下りると、自力で身体を起こせない亀のようにひっくりかえったまま砂埃を上げた車体の下から、片腕が突き出している。以前であれば、相手の意識の有無を確認するというレベルで、まずはナイフで手足の筋肉を斬りつけ、ひょっとしたら残っているかもしれない先方の戦闘力や生存意志まで粉砕してしまっていたはずなのに、今回は、完全に押し潰されて姿かたちがわからなくなっているかもしれない人間をまずはきちんと引っ張り出してやり、それから防疫に入ろうと、乱れる闇や蒸し暑い夜の空気の中で我知らず判断ミスを犯してしまった。意識のないふりをしていた相手は、爪先まで外に出るが早いか彼女の両足首をつかんだ。爪角は一瞬の油断を嘆く暇はもちろん、後ろ受け身を駆使する余裕もなく転び、地面から突き出ていた鋭い石に背中を突かれた。起き上がろうとすると相手のどっしりした体軀がそのまま覆いかぶさってきた。

それまで自分より小さくて軽い相手とは戦ったことがないくらい、爪角自身も小柄ではあったが、今回のように平均身長以上の男と密着しての接近戦はかなりの久しぶりで、だが単にそれだけが理由とは思えないくらい、胸にのしかかる体重が重く感じられた。心臓の鼓動が乱れ、息を切らしているあいだに、件《くだん》のブローカーは彼女の帽子を奪うことに成功した。すでに闇の中にそれとなく浮かんだ身体の線から「ひょっとして」とは思っていたものが、襲撃者は女だという事実を確認して改めて自信を取り戻し、物理的な征服欲でもわきあがったのか、男はすっくと立ち上がると、彼女の脇腹を何度か蹴りながら、より急な斜面の下を目がけて転がし始めた。

「ナメられちゃ困るな。せいぜいこのレベルでオレを捕まえようなんざ、誰が送り込んだアマだ？　おいおい、おまけにシケたババアかよ。綺麗どころで若くったって、見逃してやるかどうかは迷うところなのに、どこにこんな、犬も避けて通りそうなマズそうなツラをさ。あん？　助けてやろうか？　そうしたら、戻って伝えるか？　次はもうちょっと、使えるアマを送ってくれってな。あん？　女が人手不足なら、せめて相手になりそうな若造を送るとかよう、あん？　コレはどういうことだ、コレは」

疑問文の語尾のイントネーションを力強く上げ、そのたびにリズムに合わせるかのようにキックの強度は増し、爪角は、完全に転げ落ちて貯水池の底に呑みこまれないよう、もつれた雑草を握りしめてこらえていた。

「なに黙ってんだよ、誰から送り込まれたんだ」

うずくまって眉間に皺をよせていた爪角は、ふと笑いを漏らした。それもそのはずで、四五年にわたる防疫人生において、誰に送り込まれたかの依頼元を知っていたケースなど皆無に等しかったからだ。ブローカーは爪角の襟首をつかんで立たせたかと思うと、再び地面に頭を押さえつけ、左腕を取ったまま言った。

「笑ってんのか？　笑えんのか？」

そうして彼女の背に体重を乗せ、耳に熱い息を吹きかけながら続けた。

「じゃあ、お前は誰だ？」

誰かを特定できず、暗殺の代理人に根ほり葉ほり訊くとは、思い当たる先が一つや二つではないという意味だろう。あんたの人生も高が知れてるなと舌打ちしつつ、爪角は膝をつき、頭を地面にこすりつけられた姿勢のまま呟いた。

「……あんた、いくつだ?」

もちろん事前に提供されていた書類で、ブローカーが五三歳であることに加え、現在の愛人との密会の回数やら、それぞれの日付と場所やら、どうでもいい参考情報もすべて頭の中に入っていた。

「洟たれのガキが、初対面でタメ口か」

爪角が低い声でそう言い放ったのと同時に、ブローカーはビクッと身体を震わせて彼女の腕を離し、目を下に落とした。胸の奥深くに刺し込まれたナイフが、夜の空気に反応してかすかに震えていた。とうていまっすぐには引き抜けそうにないにもかかわらず、ブローカーは本能的にその場所へとわななく手を運び、指先が柄《つか》に届く直前に身体が横向きにくずおれた。身体中の血液という血液が心臓に刺しこまれた刃物に集中し、四肢から力が抜け、外に吐こうとする呼気さえ喉の奥に閉じ込められてしまったのだろうと思いながら、彼女は立ち上がった。足もとを見つめるブローカーの瞳は、一度ツンと額を押しただけでこぼれ落ち、地面の上を転がり出しそうなくらい、ぬめって大きく揺らいでいた。

爪角は、横向きに倒れている身体をトンと蹴ってあおむけにした。ブローカーの目は、次に何が来るかを予想していたようだった。彼女のズボンの裾に、すがりつくように手を伸ばしてきた。

その手を足で払うと、とっくに胴体を半分ほど踏み潰されたミミズがのたくるのを確かめて仕留めるように、ナイフの柄を力を込めて踏みつける。たちまち、心臓の分厚い筋肉や血管がちぎれる振動が靴底から伝わってきた。ブローカーの手足が二、三度震えてだらんと伸びるのをなんともなしに見下ろしながら、彼女はつま先でナイフの柄を前後に一度ずつ、ぐりっと動かした。

「大方わかってはいたが、あんたは本当に考えナシだね。人を制圧したけりゃ、そいつが何を持っているか、調べて取り上げるのが先だろ。結構な時間をくれてやったのに、一人で勝手に盛り上がって、止まらなくなるとはね」

だが、相手はすでにその言葉を聞くことはできなかったし、爪角もまた彼に聞かせようと思って呟いたわけではなかった。単にリュウがそばにいたら間違いなくそう指摘しただろうと思い、リュウがいないから、自分が彼になりかわって呪文のようにつぶやくのが、長いあいだの習慣になっていた。

死体を袋に詰めてトランクにのせた。それから、足首にゴムが入った厚手のビニール素材の、消毒および殺菌作業時に使用する使い捨て靴カバーをスニーカーの上に重ね、その状態で、ちょっと前まで追いつ追われつしていた道へ引き返し、下りながら足で踏んだり、こすったり、掘り返したりした。あまりに深く地面がえぐられていたり、踏み固められていたりしないよう、そこそこランダムに、精一杯自然に近い状態を整えたが、一つの問題は、横転した車を丸ごと抱えては移動させられないことで、だから運転席の脇に、ブローカーの身体が引きずり出された痕だけをつけておいた。ついさっき脱がせた彼の靴で、斜面を上るような恰好の足跡をいくつか残した。歩幅一つひとつは目分量だが、成人男性の平均的な歩幅に該当する約七〇センチ間隔を保ち、そうしているあいだも自分の足跡が残らないよう、ビニールで包んだ足で始終地面をならしていた。シナリオはこうだ。運転が未熟で車の横転事故を起こした男が、自力でなんとか脱出。道路に上がって助けを求めるも、そのまま謎の失踪を遂げる。痕跡がどうも不可解だと貯水池の底をさらうのなら、それはそれで悪くない。貯水池からどんな死体が上がろうが、その中にブローカーのものはないはずだし、むしろそうなれば時間稼ぎができる。人影まばらな道路には監視カメラも設置されていなかった。車同士の衝突ではないから、金属片やガラス片が道路に残っているはずはなく、あるとすれば他の車両と識別できない無意味な痕跡程度だろう。スリップ痕が残っているのが気がかりではあるが、すぐに誰のものか特定することは困難だし、そのうち時間が経てば、その場所を別な車が覆い隠し、通り過ぎていくはずだった。

周囲をランタンで照らしながら、目につくまま髪の毛の一本まで回収するあいだ、彼女はかすむ目を擦った。老眼は致し方ないと思うが、かすみ目が朦朧としてきて次第に視野がぐらつき、激しい眠気にまで襲われるとは尋常ではない。そういえば、さっき石が刺さった背中からずっと血が出ているようだった。流れた血は密着したシャツを濡らして服の内側にぱんぱんに溜まりはじめ、そこでようやく事態に気づいた彼女は、まずは背中に刺さった石まで探して掘り返した。他に纖維片が落ちていないかも確認した。

死体をはじめ、石やゴミなど細々としたものをすべて積みこむと、最後に周囲を見渡して仕上げをして、彼女はエンジンをかけた。車両が貯水池に突っ込んでいれば、次回の水の入れ替えまで事故の痕跡は発見されず、いっそ好都合だ。しかし、いくら慎重に探っても半壊した車両までは移動させられそうになく、他にも遺留痕だの少なくない問題が残っていそうだが、負傷している身ではここまでが限界だった。

その足でS市の墓地公園まで直行し、到着したのは午前四時ごろだった。火葬場の営業時間とは関係なく、事前に連絡を入れていた中間管理人のチェ氏が駐車場入口まで来て彼女を迎えた。最低限の挨拶も不要、チェ氏は自分でトランクを開けるとひょいと袋を肩に担ぎ、爪角はだまってその後をついていった。

建物に入って死体をトレーにのせ終わると、チェ氏はすかさず一番奥の角にある一九号機のドアを開けて火気スイッチを入れ、それから爪角に尋ねた。

「他に入れるもの、ありますか?」

爪角は、持ってきた靴を一足載せた。

「革が燃えづらいって、知っててコレだもんな」

チェ氏がふくれっ面になって言った。

「そのぶん長く焼けばいいじゃないか。昨日今日始めたわけじゃないだろ」

チェ氏は面倒だ、あるいは了解だの両方の意味をこめて軽く手を振るが、続けて彼女が袋に入った重い石までトレーにのせると、今度はほとんど悪態をこらえる顔つきになった。

「石は、燃えづらいどころかまったく燃えないんだって。ホント、このバアさんは。言われないとわかんないんですか？」

「適当にこんがりさせて、公園のどっかに転がしておいて。そこらじゅう石なんだし」

口ではいろいろ言うが、チェ氏のてきぱきした仕事ぶりは十分見てきているから、爪角はトレーが押し込まれ、一九号機のドアが閉まるところまでを確認してその場を後にした。

「請求書はいつも通り、ヘウさんに回しといてちょうだい」

「革に石、ダブルで上げときますよ、まったく」

上部と両側から吹きつける火炎が犠牲者と他のガラクタを包みこみ、その熱気が背を向けたうなじにまで触れている錯覚を抱くが、おそらくそれは、傷口を中心に同心円を描いて広がる痛みのせいのはずだった。


バタバタしていて血が止まったかどうかを確認する暇もなかったが、背筋をしきりに熱いものが流れ、目がちらつき、瞼《まぶた》も落ちそうになる。服の中に溜まりきった血がズボンの裏側までじわじわと濡らしているが、運転をやめるわけにはいかなかった。このまま「少し路上で休憩でも」と車を停めたら最後、二度と目を開けられなくなる予感がした。片手でハンドルを握りしめ、もう片方の手ではチャン博士との通話を試みるが、電源が切られている。朝五時に病院に来てくれというのは無茶な頼みかもしれないが、博士がこれまで携わってきたのは、そもそもそういうたぐいの仕事だろうに。電源を切っておくとはずいぶんと呑気な人間だと、爪角は舌打ちをした。

ここ七、八年は、風邪をひいたとか健診を受けるとかで病院に行くぐらいのもので、いまのようにチャン博士が必要になるような深刻な負傷はなかった。手の届く範囲の傷は普段自分で縫えることもあるが、こちらの実力が錆びていないからというよりは、ターゲットにされた相手が不注意すぎるのではないかと思うくらい、たいていの仕事はあっさり片付いた。所属する業者が増えて、以前ほど彼女に降ってくる仕事が多くなかったうえに、年寄りへの配慮か若しくは嫌がらせか、意図はわからないがエージェンシー側が気を遣い、比較的簡単な依頼を中心に任せているのだろうと理由を推測していた。だが、実際に仕事の現場で確かめてみると、人々の自己防衛や警戒態勢は、ちょっとびっくりするくらい杜撰《ずさん》なのだった。秘書が代わりに運転をする大企業の重役や役員といった人間、ボディガードを別途雇い入れている芸能人は、安全管理は専門家に丸投げして、当人はむしろのほほんと気をゆるませていた。そんなことでは、いくら実力者が脇を固めたところで意味がない。世の中物騒になったと言われるし、外国人による拉致ならびに臓器密売をはじめとしたさまざまな都市伝説も吹聴されている。企業は企業で不況に乗じ、業務の延長線上の会食を一次会までに制限する風土を醸成しているし、あちらこちらで護身用ツールの販売率も着実に上昇中だ。だが統計だけ見ると、地球の終末に合わせて突如犯罪発生率が急上昇したようには思われなかった。従来と同レベルの「夜間発生事件、事故」が、かつては一〇のうち五が活字化されていたとすれば、メディアが発達した現在では一〇のうち九が露出するかたちなのであり、二四時間メディア体制が強化され、一事件あたり七回どころか七〇倍までも復習させられる。興行のためだろうが、政治的な重要案件を覆い隠すためだろうが、メディアがある種の目的をもって騒ぎ立てればその通りに押し流され、ピリピリと緊張した瞬間が過ぎれば、詰め込み学習と復習に慣れきった人々は「いつそんなことがあったっけ」とばかりに元通り弛緩する。危険の中に自分を置き去りにして、より強い刺激に襲われるまでそのままになっている。親きょうだいのみならず、ときには自分自身さえ信じないという警戒や不信のマインドを、基本的に徹底できていないのだ。織りかけの布地や、だらしなく開きっぱなしになった箱みたいに身体は隙だらけ、精神面に至ってはますますそうだった。

地面に転がってる枯葉みたいな人間相手でも、持てる力を、頭のてっぺんまで引っ張り上げる気持ちでやれ。しょっちゅう見くびって、朝飯前だとヘラヘラ向かっていってたら、手を抜いた分だけやり返されるぞ。そいつらを、自分の命綱と金ヅルを握っている客だと思ってみろ。

ハンドルを握る手が思わず滑りそうになり、彼女は何度か目をこすりながらギュッと握り直した。そんないい加減な人間を相手にしてきて、知らず知らずに油断した結果が、まさに今のこのザマだった。リュウの舌打ちの音が車内の空気に振動を起こし、意識を朦朧とさせる傷口に触れ、かき乱していく。なんとか家に着くことさえできれば……救急箱は、常に目につく場所にきちんと置いてある。が、きちんと置いてある、と思うだけで、その「きちんと置いてある」場所が正確にどこかは思い出せなかった。無用は、彼女がつけた名前に似合わず非常に有用で賢い子だから、万が一主人が玄関にそのまま倒れこんでも、血のにおいを嗅ぎつけて自分で救急箱を探し出し、咥えてくるかもしれない。腕を回した姿勢で、身体の後ろの傷をきれいに手当するところまで頭をクリアに保っていられるだろうか。自信はなかったが、消毒薬、ガーゼ、抗生剤、鎮痛剤、の四つを繰り返しつぶやきながら、アクセルを踏む足に力をこめた。昔なら。そう、血管がみずみずしくピンと張りつめ、それに乗って新たな血が果てしなく循環し、弾力に満ちた肌が、放り投げても傷つかない林檎のようだった昔なら、ありえなかったこと。血などすぐに止まる、こんなのは引っかき傷程度と気にも留めなかったろう。そもそもの仕事自体、血を見るほど危険な防疫のうちには入らなかったはずだ……あくまでも、昔なら。

家まであと一五キロというところで、彼女は市場脇の三車線道路沿い、大通りに面した古いビルの三階の一部に灯りが点《つ》いているのを発見した。病院に、誰かが来ている。最後に退勤した看護師が消し忘れたのかもしれないが、この時間に誰か来ているとすれば、それはオーナー以外の人物であるはずがなかった。ひょっとしたらチャン博士は別の防疫業者を治療中で、だから、電話の電源が切れていても気づかなかったのかもしれない。どれもこれもがみな、自分の失策と中途半端な判断を合理化する口実だったが、それより何より、あと一五キロのところでぼんやりした灯りを見上げたら、それ以上家まで運転する気力がなくなってしまった。ここまでだって、底をつきかける意識を蜘蛛の糸一本ほどの気力でつなぎとめてきたのだ。爪角はすぐさま駐車場に車を停め、建物の中に入った。

三階で止まっていたエレベーターは、ボタンを押す前に下りてきた。開いたドアから出てきた一人の老人と一階ですれ違うが、背中から尻を伝って流れた血がもはや靴の中まで濡らしているようで、この時間に建物から出てくる人間を訝《いぶか》しむ余裕までは彼女にはなく、むしろ、ますますチャン博士が中にいるという確信を深めた。チャン博士の客である別の防疫業者が、急ぎの治療を終えて帰る途中らしい。だが、業者の中に、他にも年寄りはいただろうか。

病院の玄関はわずかな隙間を残して閉まったままで、受付と待合室はすっかり闇に沈んでいたが、三番診察室には照明が点いていた。目の前のすべての事物や空間が沈没直前、三番診察室の前に書かれていた名前もまともに読み取れないが、「チャン」という苗字まではっきり見えたと信じて疑わず、爪角はドアを開けた。そこにたとえ誰もいなくても、使えそうな道具なり薬なりがあるはずだった。

「チャン先生」

白衣姿で長身の後ろ姿が、爪角の目の中で斜めに歪んだ。思いがけない声に振り返った医師は、チャン博士の半分も生きていないくらい年若く見え、それだって視界が狭まっていて確実とはいえなかったが、チャン博士でないことだけははっきりしていた。こんな時間に、なぜ、雇われ医師が？　急いでこの場を離れなければと思ったそのとき、相手が「どうしました？」と声をかけて彼女に近づいてきた。伸ばされた手を避けようと後ずさった瞬間、壁面のカレンダーが天井に跳ねあがり、ＬＥＤのスタンドが床に落下した。慌てて駆け寄って声を上げる見知らぬ医師の顔は、ムンクの絵のように歪曲して潰れていった。

つまりその出来事は、四〇年あまり続けてきた防疫の個人史における、致命的な汚点だった。目を開けたとき、彼女の身体は横向きに寝かされていて、首の後ろから腰にかけて異物感があった。手首には絆創膏が巻かれ、そこに刺さった長くて透明な管をたどって視線を這わせると、頭上に吊るされた点滴の瓶からは液体が一滴ずつ、サルビアの花を絞ったときの透明な蜜のように落下しているのが見えた。

「ああ、どうですか?」

背後から、慎重な歩みのようにかけられた男の声に、爪角はようやくそこが三番診察室であると気づいた。彼女の肩がびくんとするのを見て、男が布団の上にそっと手を置いた。

「動かないでください。傷を洗浄して縫ったんです。意識を失くされてたので、局所麻酔は必要ないと判断しました。切傷を含め、傷口は一〇センチ程度ですが、出血がひどくて、着ていた服が上下ともに貼りついてしまっていたので、ハサミで切らざるを得ませんでした。その点はご了承ください」

どう聞いてもチャン博士の声ではなかった。爪角は反射的に、もしくは誰かを急襲しなければならない状況での習慣通りに、手を懐へと持っていったが、ナイフのかわりに触れるのは素肌ばかりで、余計明確に自分の状況を知ることになった。つまり、ほとんど動けなくてまるで気づかなかったが、自分の身体を覆っているのは一重の布団一枚だけ、その上に初対面の男の手が置かれていると知って、いちいち理由を挙げられないほど同時多発的に、侮辱感や混乱が肺腑《はいふ》からわきあがってきた。いま、最も神経を傾けるべきは自分の正体を知ったに違いない相手——何の仕事かまでは確定できなかったにしろ、血のついた服を切ったぐらいだから、ジャンパーの内ポケットに種類別に差してあったナイフも当然目にしたはずで、とにかく、望ましいことをしていない人間ぐらいのことはバカじゃない限りわかるだろう――を消すことであるべきなのに、不思議とそこまでは考えが及ばなかった。薬の効果や傷のせいというわけではないし、エージェンシーがいつも世話になっている病院で騒ぎを起こしたら、後々面倒なことになると心配したわけでもなかった。

「でも幸いでした。輸血が必要な程度かと思ったんですが、傷口が服で圧迫されて止血になったのか、ちょうどその寸前ぐらいのところで来られたんですね。もう少し遅かったら大変なことになってましたよ……。いや、こういう言い方はありきたりかな」

彼女は肩を少し揺すって、もう手をどかしてほしいという合図を送った。

「あんた、誰だ」

防疫以外の一般的な状況では、年齢にかかわらず初対面の相手にタメ口をきくことはしないが――そもそも防疫関係以外の人間と、言葉を交わすこと自体なかったが――いまの状況では、結局この若者を殺らざるを得なくなりそうだし、何より、相手は自分の正体を訝しんでいる真っ最中のはずだから、乱暴な言葉遣いは機先を制するのに不可欠だった。

「僕は、水曜と金曜にここに来ている内科医です」

「そこじゃなくてここ、あたしが見えるところへ」

ゆっくりとスリッパを引きずる音がして、医師はベッドの前のイスに近づき、腰を下ろした。これまで、この病院でチャン博士以外とは会ったことがなく、彼が誰かはもちろん、長く勤めている医師なのか新参者かさえ知るすべはない。推定年齢三〇代半ば……多く見積もっても後半。いま消されちまうには惜しい年齢だね。そう思いながら爪角は、布団の中でゆっくりと身体を動かした。男の表情はほがらかで柔らかく、三回ほど頼まれれば、誰だって自分のポケットをひっくり返し、持てるものすべてを差し出したくなるような雰囲気だが、印象とは違い、意外と目端が利くほうらしい。

「そんなふうに、あちらこちらに目を走らせて様子を探らなくたって大丈夫ですよ。誰も呼んでませんし、ここには僕以外、他の人間はいませんから」

医師のその言葉に、初めて彼女は不安げな視線を彼へと固定した。だったらありがたいが、あたしが何をする人間だと思ってそんな態度をとるのかと尋ねるかわりに、医師の端正な顎の線をじっと見上げ、最低限の疑念と警戒を怠らなかった。この間、明らかにジャンパーの内ポケットをあらためているだろうに、警察を呼んでいないことからして、ひょっとしたらこの人間自体、本物の医者でない、怪しい人物なのかもしれない。ありとあらゆることを疑い憶測する習慣は、彼女にとっては生存の必須要件みたいなものだから、そう考えてもおかしくはなかった。それにしても、手の届くところにありがちな簡易の手術道具みたいなものでさえ、すべて用意周到に片付けられていて見当たらない。デスクのモニター脇にあるペン立てには、いつもピンセットや事務用のハサミがささっているが、この状態で一気にそこまで飛びかかり、つかみ上げる自信はなかった。傷はもう痛まないが、どうにも素っ裸なのが気にかかり、布団を巻き付けた状態で身体を起こすことになるからで、そうなれば自由に動くのは難しいはずだった。

下手をすれば、相手に捕まることだってあるだろう。持ってるもの、着てるもの、全部剝ぎとられることもあるはずだ。そんな状況になったら、自分が生物学的な女だってことは忘れちまえ。誰がお前の身体なんか見たがる？　互いにそんな気になるか？　わずかでも状況を覆せる可能性があったら、迷わずに素っ裸で飛び出すんだ。それで失敗したら、そりゃお前の最後のプライドや迷いのせいさ。

しかし、リュウが言ったような状況はこれまで一度も起きたことはなく、したがって、どんな業務でも深刻な実存の危機を感じたことはなかった。そのうち、身体にできた大小さまざまな傷を人目にさらすのが嫌になって公衆浴場さえ利用しなくなった。彼女はいま、こんな瞬間でもどうにかして身体を隠そうとする本能からは自由になれないものだと、ぼんやり考えていた。

相変わらず周囲に目をこらすのを止めない彼女に気づいたのか、医師が口を開いた。

「何かお探しかもしれませんけど、とりあえず、尖ってるとか危険そうなものは全部、ちゃんとしまってあります。ここで騒ぎが起きたら、僕が院長に合わせる顔がありませんから」

このあたりまでくると、本物の医師だろうがヤミだろうが、世間話くらいはできる相手のようにも感じられたが、彼女は自分がどういう人間か正直に打ち明けるつもりは毛頭なかったし、かといって若い医師と人生や何かについて語り合う関係になるつもりはますますなかった。

「若いのに鼻が利くね。あんたは、あたしが何者かわかってるのか？」

医師は肩をすくめて見せた。

「さあ？　患者さんですよね」

　その時点で、彼女はすでに布団の中で絆創膏を剝がし、針を抜いていた。次の瞬間、腕を伸ばして枕元のフックにかかった点滴瓶をひったくると、ベッドの鉄製のサイドレールに叩きつけた。残っていた点滴液が破片と一緒に四方に飛び散り、医師は腕で目をかばったが、彼女は片腕でその医師の首を壁に押し当てると、上半分が割れた点滴瓶の切断面を目に近づけた。ほんの二秒足らずの出来事だが、そのあいだもずっと気になるらしく、布団は身体に巻き付けたままだった。

「覚えときな。若いのが、ピーチクパーチク無駄口を叩いたせいで、あの世送りになることもあるんだよ。狙いはなんだ？　なんでこんな時間に病院にいるのか、そこから言ってもらおうか」

　狙ったのは正確には目だが、瓶の丸い切断面の一部は、医師の鼻を削ぎ落しかねないほどに迫っていた。

「傷が……開きます」

　深呼吸をした後の第一声はそれだった。ささいな息遣いまで聞こえるほどの至近距離で医師が口を開くと、スキンローションと消毒薬が混じったようなかすかな香りが広がり、なぜか彼女は、その香りにむかつきも頭痛も感じなかった。いまにも怪しい輩《やから》に頸動脈を切られそうなピンチなのに、なんでまたそんな、親切めかした、気遣うような、自分をかえりみない言葉が出るのか。

「関係ない。何者か言いな」

だから、彼の首を押す彼女の腕に、ひときわ力がこもる。

「ですから医者です。こんな時間にいるのは……僕の父が、すぐそこの市場で果物を売ってるんですが、秋夕《チュソク》〔陰暦八月一五日の節句。家族が集まって先祖に果物や料理をお供えし、儀式を行う〕が近づいて最近は明け方近くに出かけていて、腰痛が悪化したらしいと言うので、勝手にレントゲンを撮って、鎮痛剤を出して、見送ったところです。病院の物を私用で使ったわけです」

彼女はようやく、さっきエレベーターで鉢合わせた老人のことを思い出した。

「僕が言いたいのは、後ろめたい者同士、お互い口をつぐみませんかってことです。同意されますか？　患者さんが何をしている方か、少しも知りたいとは思いませんし、とりあえず僕自身、薬の横流しでクビを切られたくはありませんから」

　この人間を信じていいだろうか。この人間が、看護師をはじめとした誰に対しても、何気ない会話でも、口を割らない保証はあるだろうか。医師の首を押す腕にさらに力を加えながら、今後起きうる事態に頭をめぐらせる。約束が守られなければ、一足遅れで斬ってしまえば終わりだろう。かわりにキャリアに汚点を残すか、自分が業界から去らなければならなくなるはずだ。場合によっては、生き残ることも期待薄かもしれない。爪角は、腕の中にいる人間の命とその他の諸般の事情の重さを、改めて天秤にかけた。

　腕をほどいて突き飛ばすと、医師は診察デスクに勢いよく倒れこんで肩をぶつけ、うずくまった。三、四回咳をしてから服の乱れを整える医師の前に立って、彼女は、点滴の瓶を持ったまま威嚇した。

「今日見たことは全部忘れな。あんたは何も見てないし、ここでは何も起きていない」

「ええ、ええ、わかっています。僕のほうこそ、出勤前にここにはいなかったことにしたいですから。いずれにせよ、ちょっとそれを置いて話しませんか」

だが、服を手に入れ、身に着けてここを出るまで、爪角は瓶を手から放す気はなかった。

「内科医が針を使っちゃ、そもそもダメなんじゃないのか？　血を流している人を見かければ、いつもこんないい加減な真似をしてるのか？」

「していません。大慌てで、やっとのことで縫ったもんですから、あまりきれいには仕上りませんでした。治ってからも痕が残りそうです。お風呂は一週間ぐらいしてからのほうがいいでしょう。糸が溶けるまで二カ月くらいはかかるはずです」

医師は時計を確認すると、本当に看護師たちが出勤してくる前に身を隠すつもりか、メチャクチャになっているあたりを片付け始めた。その姿に次第に緊張が解け、医師に対するささやかな信頼が生まれたが、それは、防疫業者が他者と向き合うときに抱く複眼の視点であって、とにかく手あたり次第誰でも疑おうとする反面、それが真の人間か否かを見極める目も発達した結果である。この医師は、溺れているところを助けてやったにもかかわらず、水の中に落としたものまでよこせと凄む人間を相手に、最小限の敵愾心《てきがいしん》さえ見せようとしない。その態度には、方法こそ若干正しくないが、医師としてすべきことをしただけ、という真っ当さと無関心さが宿っていた。

彼女は、半分になった瓶をようやくベッドに軽く放り投げ、診察室の窓越しに外を見下ろした。六時半過ぎ。少なくない人が動き出す時間であり、市場通りだけに一般の住宅地より余計往来は活発だ。これからどうしたものか。布団を巻きつけたまま外に出たとして、駐車場まで無事たどり着ければ車内に身は隠せるが、結局、家まで運転せざるをえない。彼女は車に乗り降りするそのわずかなあいだも、人目につく真似をしたくない。レントゲン室には患者衣が数着あるはずだが、上半身用だけだろう。

その時、診察デスクの脇に紙袋が二つ、並んで置かれているのが目に入った。一つは切り刻まれた服、もう一つは適当に選んでつっこんだという雰囲気の新品の服の上下で、いずれも、それまで着ていた服と同様の黒やネズミ色系統だった。

「休まれているあいだに、朝市で買ってきたんです。好みに合うかどうかはわかりませんが、だいたい似たようなものを選びました。どうですか」

「気が利くね。いくらだった?」

彼はこちらに背を向けると床の破片を掃きはじめ、そのあいだに、爪角は慌てて新しい服を取り出し、身に着けた。

「高いものじゃありません。差し上げます」

「金を取るのは気が引けるからそう言うんだろうが、それはいけないよ。治療費込みなんだから。そっちがそのつもりなら、こっちの勝手で置いていくからね」

フッ、肩越しに彼が漏らした笑いが聞こえた。

「じゃあ、そうしてください。うちの娘に、アイスクリームでも買ってやろうかな」

袖にもう片方の腕を通していた爪角が、ふと動きを止めた。娘《タル》という一音節の単語が、耳のあたりでアイスクリームみたいに溶けて滴《したた》った。だが、すぐに素早くボタンをかけ、古い服が入った紙袋を手にとった。

「手間をとらせたね。じゃあ」

「ちょっと待ってください」

医師は高い本棚の上へと手を伸ばすと、ガチャガチャ言わせながら何かを下ろした。

「忘れ物をするところでしたよ」

彼が差し出したのは、衛生用ビニールバッグに密閉された彼女の仕事道具だった。彼女は驚いて道具の包みをひったくった。

「これで、何かしたのか?」

「海苔巻き《キムパプ》でも作ったと思います? ただ洗浄して、消毒したんです」

「つまらない真似をしたら……」

次は必ず、斬り捨てるか沈めてやる、とは言わなかった。おそらく二度とは会わない相手だ。そのまま診察室のドアを閉め、建物の階段を駈け降りながら、彼女は上がった息を鎮めるために、しばらく胸を押さえた。

彼女が去った後、修羅場を片付け、やはり立ち去る準備をしていた医師は、カミソリの刃のようにパリッとした五万ウォン札四枚がキーボードの下に挟まっているのを見つけるはずだ。

思いがけないプレゼントに喜ぶ娘の顔を思い描くだろうか、はたまた、あの年寄りは結局無駄な真似をして、と苦笑いするだろうか。いずれにせよ、彼はまちがいなくほほえむはずで、そのほほえみがどんなふうかを想像しながら、爪角はハンドルを握る手に力を込めた。失血のせいか、やけに目の前がクラクラし、何度か頭を振り回して。

チャン博士の定期健診を終えると、爪角は隣の市場へ立ち寄る。透明でぶ厚いドーム型の屋根がかかった通りは、看板のサイズやデザインが統一されて、昔ながらの市場と呼ぶには若干ギャップがあるくらい現代的な店構えであり、昔市場をぶらついたときに彼女がときどき感じていた郷愁の余韻はなく、ドライで客観的な証拠品のごとくに立ち並んでいる。豆もやしを一袋買って、もう少し安くしてだの、もう一つかみおまけしてだの言おうものなら、睨まれそうな雰囲気である。おまけに市場の真ん中には、小さくないスーパーマーケットまであった。開店して間もないらしく、記念イベントや景品のお知らせが目立つところに貼られ、看板こそ個人商店の屋号だが、規模や品ぞろえは大型スーパーと似たスケールだ。八百屋や乾物屋、精米所だけでも何度も目にするこの市場で、それらをすべて扱うスーパーの出店がどんな意味を持つか、彼女にはわからない。ただこの市場の店主たちが、半径一キロ内に建設中の大型スーパーの開店に反対していることは知っている。大型スーパーに匹敵する店が市場の真ん中に立ち、客で賑わうところを見れば、それは新店建設を阻止し客を引きとめる一種の方法かとも思う。

そうであろうがなかろうが、爪角は健康食品ショップを通り過ぎ、一軒の青果店の前に立つ。

たまに見かけていた店主の男性は配達に出たらしく、片足を引きずって作業をしていたその妻が、客の姿をみとめて喜色満面になる。爪角は迷った末、桃をちょっと見せてほしいと言う。

　すでに爪角は万が一に備え、例の若い医師の名前や、その両親が働く青果店がどこかを、たった一度の調査で割り出していた。医師の苗字はカンだった。カン(강)とチャン(장)。チャンとカン。あの日未明に病院に侵入したとき、アクリル板の名札は、翌日の診療担当のカン博士のものへと、前の晩のうちに看護師に入れ替えられていた。気絶一歩手前の出血のために、その字画の微妙な違いに気づけなかったのだった。

　どう言い訳をしようが、他人に正体を知られそうになったことが大失態であるとわからないわけではなく――具体的な職業や決定的な所属組織こそ明かさなかっただけで、彼女の身分は相手方に知られたも同然であり、彼が知らないふりを続けてくれなければ身動きもとれない状態じゃないか――もしカン博士が、多少の問責は覚悟の上で、明け方の三番診察室での出来事をチャン博士に正直に報告すれば――爪角は、カン博士が本当に約束を守るとは思ってもいなかった――その話がエージェンシーの耳に入らない道理はない。少なくとも信頼をなくしたまま去りたくないと思うほどには、爪角はこの職業に愛情を感じていた。仕事の性格からいって、おおっぴらに「愛情」というのも若干居心地の悪い表現ではあるが、かといって身体を動かすことへの執念や創立メンバーとしての執着、ないしは「自分にしかできない」的な固執というのもしっくりこない。いってみれば臍《へそ》の緒みたいな感情だった。それも、かろうじて栄養を供給していながら、だしぬけに赤ん坊の首をぎゅっと締めつけかねない臍の緒。いつ死に結びつくか、わからないような。

店主の女性が、並んだ果物の中から柔らかそうな白桃の箱を取り、よく見えるように客の前に差し出す。

「ほとんどお砂糖ですよ、お砂糖。口の中に入ると、すうーっと溶けてね。嚙む必要がありませんから」

一箱に一二個入りだ。爪角は首を横に振る。

「そんなにたくさんは。四個あればたくさんなんです」

実のところ家で無用と一個ずつ食べるのがせいぜいだから、二個あれば十分なのだが、商売人が二個だけ袋に入れて売りたくはないだろうと考える。なに、無用と二個ずつ分ければいいことだ。

「何人家族で、四個だけなんておっしゃるんですか？　これ、見た目より日持ちがしますから。ゆっくり召し上がればいいですよ」

そう言いながら、女性はビニール袋に桃を四個入れて差し出そうとして、ふと、うっかりするところだったというように、自然で和やかな仕草でもう一つおまけをする。爪角は、きれいな紙幣を何枚か選んで渡し、袋を受け取りながら女性の顔、正確にはずっと目立って震えている白いものの混じった睫毛《まつげ》を、じっと見つめる。持続的な睫毛の震えは、慢性疲労やミネラル不足の表れだ。加えて、結構風が冷たくなり始めた季節なのに暖房一つないこの店で、それも、こんな天気の日に、だらだら汗を流しているところを見ると、体調がいいとはいえないのだろう。全体的な印象や身体状況は、子供の進学に全精力を使って自分を顧みる余裕もなく、鎮痛剤でどうにかこうにか延命してきたせいで手の施しようがなくなった、典型的かつ通俗的な母親の犠牲精神を思わせる。もちろん、その子供にあたる人物は大学病院で教授になったり、自分の病院を開業したりはしていないわけで、当初親が願っていた出世のイメージとはかなりのギャップがあるのだろうが。ともかく、八個でも六個でもなく、せいぜい四個買っただけでわざわざ一個サービスする市場の商人の情は、長引く景気停滞や在来市場の連続崩壊以降、なかなかお目にかかれないものだったから体験としても少し新鮮で、さりげなく専門外の処置をしたうえに患者の服まで自腹で用意したカン博士を思わせた。彼はおそらく、この母親に似てあなんだろう。

そのとき、青果店の前に一台の自転車が、爪角のバッグのあたりをかすめて停まる。

「おおっと、こりゃ申し訳ありません」

ブレーキをかけ、かろうじて転倒を免れた自転車を見て、女性が叱りつける。

「バランスを取るのが大変なら、自転車はやめてって言ったじゃないの。最近の女物のバッグは、うっかり一度引っ掻いただけでどんなことになるか。バッグ一つで数百万ウォンはするんだから、まったく」

「おい、わざとやったと思ってるのか」

揉めている夫婦に、自分のバッグは二万五千ウォンの安物だと伝えるか迷った爪角は、ふと、男性が自転車の後ろから抱き下ろした小さな女の子に目を引かれる。おばあちゃん！　大声を上げながら店の中に走っていく女の子は、幼稚園の名前と電話番号が書かれた黄色いバッグを背負っている。

「おじいちゃん、本当に運転がヘタなんだよ。これからは、絶対自転車乗らないから」

「ああ、ヘニちゃん、ちょっとおばあちゃんが言ってみただけなの。他にどうしようもないでしょ？　歩いて帰ってくるには遠いんだし。ちょっとガタガタしても、おとなしくおじいちゃんと自転車にしようね」

「パパの車があるもん！」

「パパは毎日忙しいでしょ。今日はこっちの病院、明日はあっちの病院って出かけてて……」

祖母にそう言われ、子供は拗ねたように唇を尖らせる。ああ、カン博士の娘なんだ。あの子はあの日、何味のアイスクリームを食べたのだろう。あるいは可愛い服の一枚でも買ってもらって、袖を通しただろうか。近頃の子供服はとんでもなく高いらしいから、あれじゃ足りなかったんじゃないだろうか。頰と耳のあいだの小さくて可愛らしいほくろを見つけて、爪角の口元にひとりでに笑みが浮かぶ。子供のぷっくりした頰に、宇宙の粒子が広がっている。一つの存在の中に収斂された時間、凝縮した言語が、子供の身体からリズムをまとって弾け出す。誰かが絶対そうでなければと決めたわけでもあるまいに、孫をもったことのない老いた女でさえ、幼い少女を見ると自然とこんな感情が胸のうちに広がるものなのだろうか。海辺に住んでいない人ばかりが、海に憧れるように。手の届かない存在への驚嘆と、満たされない感覚に向けられる対象化。

「ママも忙しそうだこと」

独り言みたいにつぶやきながら、爪角は一抹の罪悪感を抱く。カン博士の妻がとうに亡くなっている事実を知っているからだ。しかし、こんな場面で普通の近所の老婦人なら、母親はどこへ行ってて祖父が送り迎えをしているのか的な、子を持つ母の役割論をたきつけてお節介な真似をするのが自然な態度のはず。そんなふうに爪角は普通の老婦人を演じる。子供たちを独立させ、空《から》の巣症候群に悩みながら、同年代の人々と、ひとときの話し相手になっているかのようにふるまう。

「母親は、天国に行きましてね」

「あら……それはすみません、余計なことを」

爪角は、驚く気配を見せながらつばを押さえ、帽子を目深にかぶる。もっと干渉好きで話好きなら、ここで「どうしてまた若い身空で！」と、相手をまったく知らなくても当然若い妻と決めつけ、他人の苦痛は顧みず、自分の好奇心を満足させようとするのだろうが、さすがにそこまでは難しい。

「いえいえ、もう過ぎたことですから。ちょっと大きな大学病院で出産したんですけど、処置が遅れて、可哀想に逝ってしまって。何か大きな病気があったわけでもなかったのにね」

そこから女性は、いまだに当時を思い出すと腸《はらわた》が煮えくりかえると言わんばかりに話を続ける。それほど親しくない中途半端な知り合いより、むしろ赤の他人のほうに自分の人生の歩みを打ち明け、全部書いたらゆうに小説一冊ぶんになると言い添えるこの年代のこういう姿は、パゴタ公園〔ソウル初の近代式公園。歴史的な名所であると同時に、高齢者の憩いの場所〕や電車で見慣れているから、爪角はおとなしく耳を傾ける。

「いくら科が違うからって、亭主がいわゆる医者なのに、なんであんなに虚しく逝かなきゃならないのかってねえ。息子はさんざん悔しがって、何日も病院の床に大の字になって騒いで、なのに先輩も後輩も、同期や教授たちも、すっかり知らんふりを決めこむじゃありませんか。それどころか息子を引きずり出して、口を塞いで。胸がつぶれそうでしたよ。まったく、誰が金をよこせ、責任者を処分しろって言ったのさ。人のやることだからそういうこともある、何も言えない、いつ自分だってそうなるかわからないんだから。ただ、すみませんの一言だけを聞きたいって騒いでたのに、これっぽっちも耳を傾けてくれなくて……結局、後のほうで執刀医だか、教授だかが呼びつけてきて、息子になんて言ったと思います？「がっぽりとりたい手合いだって、はじめは「望んでいるのは誠実な謝罪だけ」って言うだろ」。いくらなんでも、そこまでひどい言いようはないでしょうよ。そんなんで大学病院に愛想をつかして、結局よそへは行かず、町の病院を点々としてるんです。アルバイトみたいに。それでも、我が子の姿を見ながら、舌を噛み切って死にたい気持ちをなんとか我慢して暮らしてますよ」

「それは、ずいぶんおつらかったですねえ。でも、奥さんが店番もする、お孫さんも見るでは大変でしょうに。それほど時間が経ったのなら、そろそろ」

言っていて自分の無神経さに気づき、爪角は言葉を止める。子供が、祖母と話している客を見上げて好奇心を露わにしているのに、その子の前で、新しい母親を迎えるべきじゃないかと口にするところだった。もちろん悪意はまったくないが、これほどの大きなお世話もないだろう。だが女性は、客がのみこんだ言葉の続きを、こんな状況だったら当然のことと言わんばかりに見透かす。

「いいえ、その辺の歯医者とか美容整形じゃなくて、まるでお金にならない科の居候医者ですからね、軽い気持ちで来てくれる人なんかいませんよ。子供だってこんなに大きいし、私たち年寄りだって、ただの商売人だし。どこがよくて来るもんですか。いまの若い人たちがそういうことにどれほど詳しいか。医者なんて、まったく名ばかりで」

そのとき、近所に簡単な配達でもあるのか、林檎箱を自転車の後部にくくりつけていた男性が女性を叱りつけた。

「身の上話はいい加減にして、お客さんをお送りしないか。何をお引き止めしてるんだ」

ようやく女性は、きまり悪そうに膝から子供を下ろしてレジを開け、釣銭を数える。

「ああ、年をとると口数ばっかり多くなって……ごめんなさいね」

「いいえ。時間だけはありあまるほどですから。私も、たまにそうなりますよ」

もちろん爪角は、たまにどころかまったく、自分の話を他人に打ち明けることはないが、事実とは違う言葉で女性を安心させる。まだ幼稚園バッグを背中にしょっていた子供は、それを床に放りだして客に「さようなら」と深々とお辞儀をする。バッグの内側に貼られたラベルに「カン・ヘニ」と名前が書かれている。爪角は、涼しげな顔立ちが愛らしいその子を見下ろす。一目見てカン博士の娘だとは気づかないから、ずいぶん母親似らしい。

「お姫様は何歳？」

「ごさいっ」

五歳……カン博士の娘は五歳。わかっていて尋ねたのに、わざわざ子供の声で聞かされると、「さいっ」という発音に宿った水分がいつまでも蒸発せず、耳のあたりに残る気がする。

「おばあちゃんとおじいちゃんの言うことをよく聞いて、おりこうにね。またね」

父親と祖父母のうちの誰がうっかりしたものか、子供の首もとには半分ちぎれた値札がついたままだが、見ないふりで背を向ける。彼女は、一カ月前に三番診療室を出ながら感じた眩暈《めまい》に似た感覚を誰にも言わないはずだし、この祖父母と孫を目にして、あえてあの時の感覚を想起しようとは思わないはずだ。つかのまであれ、自分のいる世界を構成する肉片や血のしずくや骨のかけらのことを忘れ、緊張をゆるめ、あたたかい夢を見そうになった瞬間を、点滴瓶の破片を慎重に拾い集めていた指と、汝のすべての罪を赦せりといわんばかりの消毒薬のにおいが入り混じった笑みを、思い浮かべないはずだ。いま胸のうちにぼんやりと広がる胎動めいたものは、自分を取り囲む日常とは別の世界と一時的に接触したことで生じた、ささやかな興奮に過ぎない。そこに身を深く浸すことができず、足だけちらりと濡らして戻って来たことからくる、心残りの反映でしかない。

歩いている途中、不意に袋から白桃を一つ取り出して、鼻に当ててみる。ヘタから下のあたりは染め上げたように赤みが差し、ピンクから白までグラデーションになった薄い皮はベルベットのようだ。表面のふわふわした毛も、果肉が漂わせる甘い香りを遮ることはできず、その香りに鼻の奥が刺激されて、舌先に残ったほほえみの苦味が少しずつ消え始める。

地下鉄駅近くのスンデ屋〔「スンデ」は豚の血液、餅米、春雨などを腸詰めにした韓国式ソーセージ。安価で腹持ちがいいとされる〕の前で、傾いたスツールになんとか腰を下ろし、ちょうどこっちをねめつけている老人に、その桃を差し出す。老人は、よく言えば放浪する吟遊詩人風の風貌で、どういう縁か、たまに市場に現れては何軒かの家で食事を恵んでもらっている。家への帰り方を忘れたのか、それともかつてこの辺に自分の家があったのか。交番勤めの警官の親族と思われる中年の男女が、何度か回収でもするみたいに老人を交番に引っ張っていったが、気が付けばまた涼しい顔で現れ、同じ場所を徘徊している。

単に目が合い、ちょうど手にあり、そのまま再び袋に戻すのもきまりが悪くて差し出しただけなのに、むしろ物乞い扱いする恰好だから、拒まれると覚悟もしていたのに、老人は差し出された桃をじっと見つめると、何の言葉や合図もなく黄ばんだ手で受け取り、皮も剝かずに齧りつく。ところどころ黒い穴が見える老人の歯と歯のあいだに皮と果肉が押し込められ、一つの世界が彼の口の中で破壊される。その光景と、口元からたっぷりの果汁が滴り、手首を伝って落ちるのを見届けてから、彼女はその場を後にする。

わざわざ味わってみなくても、口の中に広がる甘味、えがらっぽいほど甘くてどろりとしたネクターのにおいこそ、心臓に閉じ込められた秘密の本質だ。梢《こずえ》の先でよく見えないが、いつのまにか新たに芽生えている、若葉のような心の。

子供のリーダーシップを育て、優れた才能を開発するという論理論述哲学塾からちょうど戻ってきたばかりの少年が鍵を取り出すと、鉄製のドアの向こうに、ズンッと重たげな何かがぶつかった。ドアスコープのあたりでした音は、そのまま鈍く床へと下りていった。

母親は二週間の海外セミナーに出かけているし、いま家にいる人といえば、短期で雇われたお手伝いさんだけのはず。引っ越しまではまだ一週間ほどあるのに、もう作業員がやって来て荷物を動かし、ドタバタやっているのだろうか。それも、よりによってすっかり夕暮れどきに。首を傾げているうちにうっかり手を滑らせて鍵の束を落とし、ラインストーンがはめ込まれたイニシャルのキーホルダーが壊れた。新しいマンションに引っ越したら、玄関は暗証番号キーにしようって、ちょっと言っとかなくちゃ。何度かガチャガチャさせてノブを引っぱると、ドアの開く感覚がいつもより重く感じられた。巨大なサンセベリアの鉢植えのようなものが、内側から寄りかかっているみたいに。

ドアが床に四五度の扇形を描いて開き、内側から流れ出るように倒れてきた体軀が少年の足の甲にあたった。少年は、自分の足の甲を押す父親の頭を見下ろした。両目は開いたまま、頭のてっぺんから眉間にかけ、赤黒い血の筋が四、五本できていた。倒れることで方向を見失った血の筋は少年の足と廊下の床を濡らし、あっという間に血だまりをつくり始め、すると、すぐに血のにおいが鼻の奥をくすぐったのだが、不思議なことに、いま目の前に父親の赤く染まった頭があるから「血のにおいだ」と思うだけで、少年が感じ取ったのは一般に連想される生臭さや死臭ではなく、あたたかくてふわふわした、パンケーキにかけるメイプルシロップのようなにおいだった。つまり、父親の頭が自分の足を押さえつけているにもかかわらず、ただヴァニタスの静物画のように見下ろすばかりで、その場から逃げようとも思えなかったのは皮肉なそのにおいのせいなのに、なぜ死がそれほど柔らかく甘い香りを漂わせられるのかがいっこうに理解できず、それは、ついさっきまでリーダーシップを涵養する論理論述哲学塾で学んでいたこととはまるで別の種類の感覚だったから、少年の全身からは現実感が角質のように剝がれ落ちたのだった。

顔を上げて家の中を眺めると、玄関のたたきの前には誰もいない。リビングに続く通路だけが死者の舌のように長く伸び、壁の向こうから夕方の風が吹きこんでいた。リビングでベランダの窓が開く音がして、それこそが父親をこんなふうにした張本人の気配だと最低限の因果関係を把握したとき、少年のズボンを小便が伝い、靴の中までぬくめた。相手の顔を遠巻きにでも目撃してこそ、後で警察に一言でも協力ができるはずだと思うに至り、ようやく少年は、なかなかその重みのために押しのけられなかった父親の頭を大慌てで振り払うと、土足でリビングに駈けこんだ。

最初に見えたのは真珠色の背中で、首に巻いたスカーフが、大きく衿を抜いてシャツを羽織っただけの背中を半分ほど隠していた。月の光に反射して硬そうな脊椎と肩甲骨が浮き上がり、いまにもそこから翼が生え出しそうだった。外を目指してベランダの手すりをまたいだその人は、息遣いの気配に半分ほど振り返ると平然と少年を睨みつけ、それがこの六日間家事をしてくれていたお手伝いさんの姿だと確認した瞬間、少年が記憶に入力すべきいくつかの事実――推定四〇代初めから半ばの女性、痩せ型で小柄、セミロングのストレートヘア――は忘却の彼方に消えた。少年は、彼女のシルエットに沿って起きた微風が、窓の外ではらはら舞う花びらを乗せて流れ込んでくるような錯覚に襲われた。父さんをあんなふうにしておいて、どうしてあなたの服や顔には一滴の血も飛ばず、そんなにきれいなんですか。それは一体どういう技術なんですか。少年は一瞬、心から知りたくなり、場合によっては彼女が犯人ではない可能性まで探りかねなかった。

彼女がサッシを開けて飛び降りる直前、口を開いて何か言った気がしたが、彼女の全身から吐き出されるかのような冷気と風の音で、少年の耳には届かなかった。姿が見えなくなってしばらくしてから、「ここは四階なのに」とやっと気づいた少年は、ぬるぬるした足をゆっくり引きずってベランダに近づいた。その途中も、ベランダに立って下を見下ろすと同時に、待ってましたとばかりに彼女の手が伸びてきて足首をつかみ、自分を虚空へ投げ出すのではないかと何度も躊躇した。勇気を振りしぼり、やっとのことでベランダの向こうを見下ろした頃にはすでにかなりの時間が経過していて、当然だがそこには誰もおらず、ただ壁を伝って下りるときに利用したらしい紐とザイルの痕跡ばかりが残されていた。

ちょうど帰ってきた向かいの部屋の女が、廊下に広がる血だまりの中の上半身を発見し、悲鳴をあげながら大急ぎでエレベーターを閉める音がした。少年はリビングの床に座ったまま、あの女が言い残した口の形が「わ・す・れ・な」という言葉だったらしいと思っていて、それからほどなく近づいてきたパトカーのサイレンの音も耳に入らなかった。数人の警察官が、リビングへと続く血まみれの小さな足跡を見つけて息を殺し、「動くな」という声とともに突入してくるが、生け捕りにすべき不法者の代わりに、窓が開いたベランダの向こうをぼんやり眺める子供、その子供が座る場所に溜まっている汚物と血を目にすることになった。警察官は即座に「子供発見」と叫び、どこから持ってきたのか不明の毛布で少年をぐるぐる巻きにした。毛玉だらけのザラザラした毛布からは白い埃が舞い上がり、その埃が窓の外から入ってきた白い花びらと入り乱れ、混じり合い、コケ類のにおいを四方に撒き散らした。

検察は、当時少年の父親が手がけていた住宅建設事業の団地計画立案から承認に至るまで、一連の過程を検討した。事業面積上の過失、ならびに関係機関との協議の不備をはじめとした七件以上の問題点が見つかり、着工段階で無理に建設予定地の形状変更許可を取りつけたという事実もつかんだ。雑多な違法行為から金品の授受に至るまで、関連した機関の担当者が芋づる式に挙げられ、彼らを辞めさせたり塀の中に送ったりして検察の実績向上には役立ったものの、父親がしていたことの多くは、若干時間がかかっても合法的に懲らしめたほうが理に叶っていたから、あえて殺害までする理由とは考えづらかった。一部の下請け業者への仕事の集中、一方的な契約の解除などの横暴、業界慣行にかこつけた不公平な取引契約の継続や、代金をなかなか支払わなかったり値切ったりなどを原因とする怨恨の線も、もれなく洗われた。誰かにとっては息をするみたいにあたりまえでささやかな権力が、別の誰かにとっては憎しみを越え、相手を消してしまいたいという願望になるというのはありうることだ。だが、少年の父親に関しては、上の権力者に自らへつらう卑屈な姿が多く見られるだけで、下請け業界をはじめとした弱者を、建設事業の過程でコーナーに追いつめた痕跡は明らかにならなかった。

よって、住宅建設事業とは別に、父親の私生活が掘り返されるのは当然の流れだったが、歓楽街での一夜限りの関係が数百回あまり、というのが女性関係のすべてと判明、特定の不倫相手はいないことがわかった。所在が確認できた水商売の女性のうち、事件発生前後の期間に疾病、ならびに薬物中毒で死亡した者は六人、そのうち一建設業者の死と関連する状況は見当たらなかった。その後、迷宮入り事件を取り上げた番組で、音声加工と匿名を条件に出演したある精神科医が、被害者の一三歳の息子が見せた落ち着きや、冷笑的で虚ろな印象に違和感を唱えることもあったが、たちまち被害者の子供の衝撃をおもんぱかる人々の社会的反発にぶつかった。

学術セミナーの途中で緊急帰国した母親の証言で、臨時で雇われた家事手伝いが犯人という点には誰も異論を挟まなかった。しかし、果たして彼女が何者で、誰に送り込まれたかというルートは判明しなかった。少年の母親が求人を出した人材派遣会社はそれまでも折にふれ利用してきたところであり、毎日の通いでも隔日の出勤でもなく、母親が理性を失うほど多忙なときにのみ家事代行人を頼んでいたから毎回来る顔も違い、特に今回は、出国日が迫っていて別途面接まではしていなかった。母親に提出されていた住民登録票の謄本や身分証のコピーはすべて偽造品で、少年が目撃した顔とも違っていた。当該の人材派遣業者の代表が拘束され、かなり厳しい取り調べを受けたものの被害者とのつながりは皆無とわかり、運営上の致命的な不注意や管理不行き届きで高額の罰金を支払うとともに会社を畳む、という線で幕引きが図られただけだった。そうこうしているうちに、心証ばかりで物証がないまま次々と中断させられていた父親の住宅建設事業は一部が別の事業体へと引き継がれ、幼い少年一人が二つの季節にわたって閉鎖病棟への入院を強いられて以降、事件は人々のあいだから忘れ去られていった。少年は、時折閃光のように現れては目の前を通り過ぎるだけの母親とその後もまったく良い関係が築けず、親戚は、有能な大学教授の母親に外国人の生物学博士を紹介した。

以来、少年が誰にも言っていないことがあるとすれば、「お手伝いさんとは朝夕すれ違うだけで、顔つきや身なりを特定する自信はない」という前提でモンタージュの作成に協力してはいたが、実は何度も近くで顔を覗きこんだことがあるという事実だった。お手伝いさんは当時、母親が残したメモにしたがって慢性アレルギーのある少年に薬を用意していた。三種類の薬は服用量や時間、間隔ならびに回数がそれぞれ異なるうえ、メモには「子供は錠剤をのみこめないので、砕いて粉にして服用させること、食器棚にすり鉢あり」と書かれていたから、看護が専門でもない人間には面倒でしかないはずだったのに、その女性は毎回、薬を正確に分けては黙って差し出した。少年は、繊細な粉になった薬を受け取ると、彼女の顔をかなりの時間、見上げていた。常にきっちりセットされていた母親の対外的なお仕事ヘアとは違い、無造作で柔らかく、サラサラしたその髪の毛に時折手を伸ばしてみたくなる衝動も感じたから、どれほどショックだったとはいえ、彼女の見た目を忘れるはずがなかった。身分証は偽造だったし、人材派遣会社の担当者が証言した人相や身なりとも一致しておらず、彼女の顔を知るのは亡くなった父親と自分だけだった。

父親がどんな怨みを買ってあんなふうにされ、誰がその黒幕か。少年はその後も知ることはできなかったが、少なくともあの事件の代理人の正体を知ってからは、かなりの時間が経っている。

もともと良い家柄なわけでもない立身出世の人物で、業績を一つひとつ積み上げて高い地位についたうえ、ひそかに政治にも色気を出し、内々にツテを頼って動き回っていたような父親だから、狙っている人物がいないはずはなかった。代理人のあのお手伝いさんは、与えられた任務を遂行しただけのこと。根拠も、事情も、場合によっては誰が親玉で誰が下っ端かを問うこともなく、枝葉的な仕事ばかりをこなしていただろうことは、いまになればよくわかる。だから、この期に及んで「なぜあんなことをした」と問いつめたところで、本人だって覚えていないはずだし、仮に当時、例外的に前後の事情を細かく聞かされ、明確な根拠をもとに動かされていたのだとしても、二〇年ほど経ったいまは記憶の彼方だろうから意味はない……。せいぜい、あの女の爪にやられたヤツが一人二人じゃきかないってだけの話だろう。

そして、三三歳になった少年——男は、「消す」と言うかわりに、「防疫」という言葉を使っている。


普段なら、持ち込まれたり宅配で届いたりするどんな贈答品もデスクで受けとり、主席秘書が内容物をあらためてから会長室に届けられていたはずだ。通常、そうした贈答品を開封すると、中には封がされた手紙や書類が入っており、封筒を手に取ってみて凹凸がなければ、それだけは開封せずに品物と一緒に通過させるが——むろん現金の場合、貧乏ったらしく封筒に入れてやりとりされることはそう多くはなく、基本は林檎箱程度、もう少し見た目に配慮がなされていればサムソナイトのスーツケースあたりが妥当なところだ——封筒の中に書類や紙幣以上の厚く硬いものが触れれば、まずは開封してみるのが原則である。USBなどの場合、デスクで秘書の個人用ノートパソコンに一度差し込んで、正常に動作し、そのまま爆発しないかを一〇分間見守ってから会長に届けられる。そのあいだはウイルスチェックのためにモニターを覗き込んでいるから、おのずと主席秘書は内容物の詳細まですべて承知することになり、必然的に口の堅い親類縁者がその勤めを命じられた。

そんなふうに持ち込まれた品のうち、現金や証書などをのぞく些末なものは、翌日秘書室に戻される。社員で分け合って使うなり食べるなりしろという意味で、会長はとっくにわんさか持っていて不要のブランド品もたまに紛れているから、秘書たちはその時間をわりあい楽しみにしている。

「J製薬のイ会長の使いの方が来られました」

「通せ」

しかし、今日のようにインターホン越しに会長から、「置いていかせろ」ではなく「通せ」と指示があった場合、品物と、それを持ってきた人間の両方を中へ案内する。製薬会社の使いの者が運んできたのは大きな果物籠にすぎないが、外から見える部分に果物を乗せてあるだけで、緩衝材が入った底のほうには現金なり薬なりが詰めこまれているかもしれず、その内容物や彼らのあいだで交わされる取引内容からうかがえる闇の深さは秘書室の管轄外、もっと言えば、いま目の前にいる人間が相手企業の旧知の秘書でない新顔でも、口を挟む権利はない。

にもかかわらず、主席秘書は堅苦しい形式や手続きに従って、訪れた人間の両腕を上げさせ、ドレスシャツからズボンのポケットまで確認の手を下ろしていく。一階ロビーでゲートを通過したときと同じプロセスの繰り返しとわかっていても、その人間の脇の下から膝まで、持参した果物籠もまた金属探知機で隅々まで嘗め回し、それからようやく目礼をする。

「失礼いたしました」

それがおたくの仕事だってことはわかってるさというように、ゆったり泰然とした笑みを浮かべ、使いの者はうなずく。むやみにボディチェックをしたのが申し訳なくなるくらい優雅で慎重な姿態でもって、彼は末席秘書の案内を受け、会長室へと足を向ける。以前、会長に随行した席で何度か顔を合わせたJ製薬の主席秘書より、むしろ人相が良くてスラリとまでしている。加えて、ポール・スミスのフレームの眼鏡にヒューゴ・ボスのスーツ姿。この手の伝達業務には慣れているらしく、キョロキョロとあたりを見回すこともしない。伸びた背筋や端正な歩き方からして、通りすがりに声をかけ、適当に送りこんだ人間ではなさそうだ。何か後ろ暗いところがあるとか怪しい物をやりとりするとき、できるだけ外部に尻尾をつかまれないよう、従業員以外に新たな人間を採用したとしても、それほど不思議なことではない。

会長は、テーブルに置かれた果物籠を一瞥すると、検討していた書類の最後の数行にまた目を戻し、顔を机に向けたままで言う。

「ちょっとそこにかけていてくれたまえ。読みかけのものがあってね」

入ってきた人間がソファーに腰を下ろし、革のカバーが柔らかく波打つ音を聞きながら続ける。

「予定より一〇分早かったな。こちらが分刻みで動く人間だってことは、イ会長から事前に叩き込まれていると思ったがね。前回クラブで会ったときは、これほど礼儀のなっていない方だとは、まったく思わ……」

言いながら顔を上げると、確かにソファーに座っていたはずの人間の姿が消えている。空っぽのソファーに会長が一度目をしばたたかせて呆然とした時間は一秒にも満たなかったのに、気がつけば相手は自分が座っているアームチェアの後方にいて、そう認識するより先に、甲状軟骨を押さえつけられる感覚と呼吸困難に襲われる。会長は本能的に首に手をやるが、そうすればするほど、ピンと張りつめたワイヤーが肉に食いこむ。机の天板下に取り付けられた非常ベルへと会長が震える手を伸ばしかけた一瞬を見逃さず、相手は足でその指を踏みつけ、ひじ掛けに固定する。手の甲の骨が砕けるような音がしたが、首を圧迫された会長の悲鳴は口の外へ出る通路を失い、奥深くへと呑みこまれる。首に巻き付けられたワイヤーをつかもうにも、細いワイヤーと首の肉のあいだには爪一枚かける隙間はない。もう片方の腕を振り回すが、ワイヤーは長く、後ろに立っている相手の服の裾にも届かない。できるだけ大きく腕を振って隙を誘うものの、相手は両端を握ったワイヤー一本で会長の体重に持ちこたえている。もがくのに合わせてアームチェアが横に引っ張られ、やたらにバタつかせる足は、踵を机にぶつけて音を出すことも叶わずに宙を切るばかり。イスの外に身体を出そうとしたり、イスごと転がろうとしたりするが、動きは自由にならない。ふかふかのカーペットは踵をしきりに押し返してくるだけだから、どっしり重たげな無垢材のドアの向こうの秘書室では、中の状況が察知できない。少なくとも一分以内には末席秘書が、「車を用意しろ」という会長からのインターホンがないことを不審に思ってドアを叩く可能性はあるが、そこまで仕事を引き延ばす理由はない。男はワイヤーを巻きとった両手に力をこめて回転させる。すぐに首の内側で何かが切れる音がし、会長はアームチェアに座った姿勢のままうなだれる。会長の鼻の近くに指を差し出して呼吸を確認したのち、男はワイヤーを回収して果物籠をつかみあげると、最後にカーペットの外に脱いであった靴に足を入れる。

インターホンの光が点滅する。受信ボタンを押せば、向こうから何か御用はありませんか、お車を回しましょうかと聞いてくるはずだ。応答が遅ければ誰か入ってくるだろう。男は、会長室の奥に別途設置された会長専用エレベーターに乗りこみ、部屋の向こうでドアをノックする音を聞きながら閉まるボタンを押す。各階停止機能が無効になった状態で、停まるのは一階と地下駐車場のみ。秘書の悲鳴がエレベーターの鉄製の箱を伝って響き、男は靴紐の部分に再びワイヤーを挟み入れる。

地下駐車場に到着すると、会長のリムジンを磨いている管理人の後ろ姿が見える。秘書から事前のインターホンが入っていないのに専用エレベーターのドアが開く音がして、管理人が怪訝な表情で振り返ったその瞬間、男は彼のこめかみと鎖骨を連打する。管理人がぐったり伸びるのと同時に、ブースのベルが鳴る。秘書室からだろう。男は会長車専用出口の自動ドアのボタンを肘で押し、すぐに大通りへと紛れ込む。パトカーが到着したのはそれから一五分ほど後のことで、すでに彼は、一ブロック先でタクシーを拾い乗り込んでいる。社会的に影響が大きい人物の事件であるだけに、企業内部では記者を締め出して静かに初動捜査が始まる。

大部分の防疫はこんなふうだ。誰が、なぜそれを望んだかは訊かない。誰かが、なぜ誰かの駆除すべき害虫、退治すべきネズミの子になったのかは説明しない。長い時間をかけてゆっくりと、あるいはある日突然に、人が虫になることについて、カフカ的な分析を必要としない。依頼人の地位が高かったり要人だったりするほどに、防疫対象もその手の人間になり、社会的立場があるほど、「なぜ」は常に脱落した状態で業者に伝えられる。代理人を介して指示が下達されるから、依頼人が不明のことも多い。防疫対象が駆除されると誰がどんな利益を得るのか、彼の死が生み出す利潤を、防疫業者は計算しない。単に誰かの死によって変動する株価や、社会・経済・文化での大なり小なりの変化を見つけて、ようやく依頼人がどんなたぐいの人間だったか、どういう理由でそんな依頼が入ったかを逆から想像する。陰謀論の大体はそうした過程から生じるが、それだって火のないところに煙は立たないものだから、想像する以上に頭をめぐらしたりはしない。

遠い昔、彼の父親に起きたこともそうだった。

結婚相談所と同じで、依頼人(または代理人)と防疫対象の双方に、社会的地位や影響力ならびに業務遂行の危険度に応じて肉屋のように等級がつけられ、それらの相関関係で受任料が決まる。依頼人のランクが下に行けば行くほど、業者と直で打ち合わせすることが可能だ。防疫の方法を一緒に話し合うこともできるし、防疫の過程で生じる大小さまざまの問題についても意見交換できる。一長一短があるとはいえ、そういうケースはほとんどが痴情のもつれや怨恨がらみで、業者が依頼人の恨みつらみの聞き役になることもある。単刀直入には要件に入らず、ぐるぐると回り道をしながら自分の正当性をアピールしようとする依頼人は、ほとんどが報酬をきっちり払う能力が定かでなく、写真一枚ハラリと投げて「始末してくれ」とだけ一言吐き捨てるタイプとは、漂っている雰囲気からして違う。業者の大多数は高報酬の仕事を望むが、同じくらいにラクな仕事を求める傾向もあり、悲痛な涙声で始まる依頼人の恨みを受け止め、ありきたりの共感をしてやる感情労働を厭わない。つまらないことに命を懸ける人々の謎の執着、悔恨、憤怒を眺めることが、はじめの数年はちょっとしたエンターテインメントみたいで面白かったが、彼らの事情までもが日増しに似たり寄ったりで陳腐になり、聞いていても無感覚、時間の浪費、感情の浪費と感じるようになったから、最近トゥは、今日のような問答無用の仕事をメインにしている。

時代のいかがわしさとは無関係に、誰かを消したいと思う人間は常に溢れているが、乱立する各種代行サービス業ではなく防疫のみを行う事業体は、このエージェンシーをはじめとしてごくわずかしかない。一方、所属する業者の数は次第に増加し、エージェンシーにいてもレギュラーで仕事がとれない一部の業者がフリーランスとして飛び回り、ひそかにメインの顧客を引き抜いてエージェンシーの寝首を掻くこともある。ソン室長のエージェンシーでは三年前から、等級が中、下位の依頼人を地道に集客し、その依頼を入札方式で業者に振り当てることで、フリーランスを呼び寄せる方便にしている。依頼人の身元の一部や防疫対象の情報に加え、ときには、なぜその人間が駆除されなければならないかを比較的詳細に公開もし、仕事の重要度、ないしは難易度の別表もついている。できるだけ手っ取り早いターゲットを見つけて当座の金を得たい業者がそれに入札し、最安値で落札となる。とはいえ依頼人が支払う金額はさほど変わらないから、結果としてはエージェンシーが取る手数料が膨らむかたちで、入札方式は防疫業の質的低下を招く危険性をそっくり抱え込んでいた。にもかかわらず、仕事やコネがない業者が我先にと下位の防疫に入札している状況である。

このままでは、烏合の衆が軽率な真似をしてトラブルを起こすのも時間の問題、緊張と秘密で構築された防疫環境に穴が広がっていくうちに、エージェンシーの正体だってバレるだろうし――実のところ地下経済世界を中心に、正体は大々的に知られてはいるのだが、だからといって水面上に顔を出すのは明らかな問題である――仕事のミスが増えるほど、エージェンシー自体は廃業の危機にさらされるが、ソン室長のザンネンな手腕はいまさらどうしようもないし、そうなろうがなるまいが知ったことか、とトゥは笑いを漏らす。そういうやり方で人的資源をさんざん無駄遣いして、先代の室長が築いたものを全部ダメにして、場末のなんでも屋あたりにとっととと吸収合併されちまえよ。

エージェンシーのメインコンピューターのハードディスクには、過去一五年間の防疫関連データが入っていた。

「業務が終了した資料は跡形もなく破棄される」という原則は、あくまで依頼を取りつけるための外部向けコメントにすぎず、実際はどの依頼人がいつ裏切るかわからないため、録音や動画をはじめとしたほとんどを、問題が生じたときの脅迫用にそのまま保管していた。一つひとつは時効のものも多いし、法律的な意味あいは失われていたが、とはいえひとまとめにしてテレビ局のようなところに投げ込めば、決して小さい案件ではない。過去の事件が新たな生命力を持つ可能性まであるから、データは依頼人のアキレス腱になりうると同時に、エージェンシーの足も引っ張りうる諸刃の剣のようなものだった。破滅の時は仲良しこよし、手と手をとって地獄に落ちるのはあたりまえ、ってわけだあね。ソファーで寝入っているヘウの後ろ姿に時折目をやりつつ、二重三重に設定されたフォルダーのパスワードをゆっくりと解除し、中身を一つずつ確認していたある夜、トゥはそう心の中でつぶやいていた。

手提げ金庫にハードディスクを入れて、さらにその金庫をどこか山奥の別荘で大切に保管する、ソン室長はそんな方法を間違っていると考える人間だった。本来、実物のデータが置かれるべきはそんな大仰な、外部とのルートを遮断する気満々の隠れ家みたいな場所ではなくて、あまりにもありきたりで誰も注意深く調べようとしないところでなければならないと固く信じていた。いざというとき、特に、正義感あふれる検察みたいな輩が押しかけてきて書類をひっくり返しはじめたとき、すぐ目の前のハードディスクだけ抜いて壊しちまえばいい。遠い所に保安警報装置ならびに二、三人の警備員とセットで隔離してある資料というのは、緊急時の破壊がかえって困難、という理屈だ。ソン室長のその信念の結果として、トゥは、鼻風邪と毛細気管支炎でふらふらしていたヘウに薬を溶かした生姜茶を飲ませて眠らせ、余裕たっぷりに資料を探すことができた。一〇分だけ寝るから起こして、と言ったヘウはなんと三時間起きられず、目を覚ますと、長いあいだ事務所に残って見守ってくれていたトゥに謝ることまでした。

一五年前より古い記録は、データでは出てこなかった。手作業で作成されたものは、あまりにもありきたり、なキャビネットの中にあるんだろう。トゥは、脱ぎっぱなしになっていたヘウの上着の内ポケットから鍵の束をつまみ出して一本ずつキャビネットに差し、七本の鍵のうちに合うものがないとわかると、小さめの鍵四本を順番に事務用スチール机の引き出しに差しこんだ。一本の鍵で二番目の引き出しが開き、ティッシュやホチキスといった雑多なものをどかして何度か叩くと、案の定合板の下に別の空間があった。カミソリの刃がかろうじて入るくらいの隙間をつついて合板を取っ払うと、さらに別の鍵の束が姿を現したが、大量にぶら下がった鍵の数が今度は四〇本を超えている。二〇本あまりにラベルが貼られているとはいえ、とっくに廃車になった車のキーに加えて昔の事務所の鍵まで、まったく整理がついていなかった。こいつ、給料もらってて、こんなものも整理せずに何やってんだ。トゥはヘウの後ろ姿を横目で睨みながら一度舌打ちをしたが、ソン室長の性格が頭に浮かんですぐに思い直し、ラベルが貼られたものからキャビネットの鍵穴に差しはじめ、ついに、誰の奥方かは知らないが、「奥様の衣裳簞笥《だんす》」と書かれたとんでもない一本でキャビネットが開いた。

　これが、誰の着る服だってんだよ。キャビネットの中はひどい有様だった。昔の資料もあるにはあるが、年度別、あるいはカナダラ〔日本の「あいうえお」のようなもの〕順で整理されているわけではなく、気にはかかるがどう処理していいかわからない物を適当に重ねておいたという状態だった。それでも一〇年単位で時代区分はされているらしい。彼は、ヘウがもぞもぞと身体を動かす音を聞きながら、中の資料を取り出しては埃を払った。

　過去一六年から二五年までの資料は、旧式の286、または386世代のコンピューターの原始バージョンのソフトウェアで作成されていたが、今ではシステム仕様も環境も合わないためフロッピーディスクでは読みこめず、ドットプリンターや初期モデルのインクジェットプリンターで出力された分厚い文書でしか確認できなかった。二五年より前に至っては、藁半紙にタイプライターで打った上から手書きしたものもあるし、エージェンシーの初期の頃は右から縦書きで書かれた資料〔朝鮮戦争でタイプライターの使用が広がるまで、韓国では右から左に書き進める縦書きの文書が多かった〕、はなはだしくは助詞以外が漢字や日本語のものまで出てきた。動物の足跡をたどるようにそれらを注意深くあらためた末に、トゥは、黄色く変色したインクジェット出力の記録の中に、父親に関する資料を見つけた。

これから、俺はあんたをどうするべきかな。

短く切りそろえられてはいるが、多様で過激で長期の肉体活動のため、傷み、潰れ、おまけにところどころ欠けた皿みたいに割れていた彼女の爪を、トゥはふと思い浮かべる。

一枚ずつ剝がして、それぞれの指の先に花びらが開いたら、もっと綺麗になるよね。華やかでさ。血よりも美しい赤、この世に二つとないもんね。たとえ空気に触れたら、どす黒く変わるとしても、醜くなるからむしろ、深くて残酷な赤。

彼は、父親の頭のてっぺんに穴をあけた女を見つけて報復するという、三流武侠小説的な展開を夢見たことはなかった。乾ききった五六坪の家、一しずくの潤いも見当たらなかった家族とはいえ、確かにあそこが拠り所ではあったし、あの日の出来事で日常が激しく揺さぶられたことは前提としても、いまの仕事に流れ着いたのは、純粋に彼の意志であり選択だった。意志や選択、というとどこか大層な計画の一部のような感じがするが、正確には「たまたま」だった。彼が行ったすべてのうち、必然的な理由が伴っていたことは多くはなかった。これをせずしては生きられないと、背負った業を別の業で解消すべく、身中の熱に浮かされる未熟な巫女《ムーダン》のような切羽つまった気持ちにはなったことがないし、不特定多数の人間を駆除する仕事に格別の愛情を抱いたこともない。かといって、父親を殺した女と同じ真似はできないといった一般的な道徳心も強くはなく、それこそ「たまたま」、この仕事を始めるようになった。ほとんどの出来事はさもないことで形作られ、それらが付着し合ってできるコラージュであり、いまの人生はすべて、「たまたま」の総合とその変容だった。

そうやって、万事を大したことではないと思ってきたから、誰がなぜあの日の防疫を指示したのか、目の色を変えてかぎ回ることもなかった。だがこの仕事を始めてみて、いつかは糸口を発見できるのかもしれないと、ただ漠然と、期待でも願望でもなくかすかな予感程度のものは抱くようになった。それでも真珠色の背中を見せて飛び下りたあの女のことを探ろうとしなかったのは、小柄でいい歳をした女が、今日まで生きのびられているとは、とうてい思えなかったからだ。生きていれば還暦は過ぎているはずで、いまさら老女の皺と向き合ったりしたら、かえって自分の中でより大きなかけらが一つ、剝がれ落ちる気がした。狭い業界とはいえ、世間に業者は少なくないから、女一人の消息を知る者が現れることもないだろうし、派手に彼女の所在を前のめりになって探ったあげく、業務に失敗して死んだなどという後日談を聞かされるのも嫌だった。

だが、実際に父親に関する資料の一部が破棄されているのを確認すると気が抜けてしまい、ことを仕組んだ中心人物について忘れるのにもさして時間はかからなかった。その人物の名前をグーグルで検索すると、同姓同名で三千人以上がヒットした。関連検索ワードをもう少し具体的に組み合わせても、あの日の事件に類似する結果が見当たらなかったことから考えて、中心人物の上にも別な黒幕がいる気がした。少なくとも政財界あたりが関与しているのだろうと予想した父親の死は、下請け業者の下請けの下請けで起きたいざこざレベルに落としこまれて処理されたらしい。本物の黒幕の上に、何層あるかもわからない事情が折り重なってペストリーのように焼き上げられ、皮を剝がせば、これといった内容物がさして見当たらないという事件だった。はじめからなかったのか、あったのになくなったのかも、いまとなっては確認できないような。そんな資料で唯一着目すべき点があったとすれば、それは彼女がまだ存命中であり、なんと現役で活動中という事実だった。

その日からトゥは、業務の受任ならびに報告のやり方を変え、しょっちゅう事務所に出入りするようになった。

これから、俺はあんたになんて言ったらいいのかな。

初めて顔を合わせた瞬間、トゥは、彼女の柳眉や窪んだ両頰、気の強そうな口元をすぐに思い出した。もちろん相手は、牛か鶏でも見るようにぼんやりとした目を向け、こちらが後輩として挨拶しようとしても固辞した。あたしたちは、互いに知らないままでいいんだよ。チームでやる仕事でもなし、知り合いになって得な相手じゃないんだから。当然のことだったのに、彼女が自分を覚えていないとハッキリすると、彼の身体の片隅で薬袋がガサガサと音を立てた。

一つの時期と、それを作ったり壊したりしたいくつかの場面が、ゆらゆらと彼の瞼の奥に押し寄せてきた。

これから、俺はあんたをどうしてやったらいいかな。

あんたはとっくに年寄りで、頑固で、賢明からは程遠い。そうやってなにげなく首を回したときに、俺はいつでも五本の指を広げ、あんたの頭を潰すことができる。あんたは油断しているだろうか。防御したり、かわしたりできるだろうか。おそらく、ラクではないんだろう。視線の速さや心の動きに身体が追いついていないことを、自分でもよくわかっているんだろう。でも、だからって他のどうしようもないヤツらみたいに、最安値で業務を入札したり、クリックで案件探しをしたりして居座ってるんなら、それはそれで、ガッカリなんだけど。

一時は俺のオヤジの頭をぶちのめして殺った女が、なんでその程度の仕事を。それだけは、あってはならないこと。

彼女の後ろ姿へ、無意識のうちに伸ばしていた手をそっと引っ込めて口に当て、トゥはただ見つめていた。引き寄せて指に絡めてみたいと思った髪にかわって、その場所には、パサパサに乾燥してうねった灰色のかたまりが、手も届かないほど高い棚の上に長年たまった埃のようにへばりついている。それは記憶と置き換えられない現在、想像と響きあわない実在、永遠に括弧で括るか、不在のまま残しておくべき感触だった。

トゥはタクシーを降りて歩き、季節の変わり目の激しい寒暖差に苛つきながらジャケットを脱ぐ。ふと、わけもなく、自分でも動揺するほど唐突に、体が糖分を欲しているのを感じる。それは空腹時の内臓の筋肉収縮というのとはやや違う、舌先という末端部位からの、必ずや甘い物でなければならないという強迫ないしは焦燥感である。パンツのポケットを探ったが、チョコレートの包み紙しか出てこない。そのまま丸めて地面に捨てようとしたところで、すぐ脇で落ち葉を掃いている環境美化員の薄緑色の制服が目に留まり、またポケットへと包み紙を押し込む。

いくら歩いてもコンビニやよろず屋が一つも見当たらず、気づけば彼は、ジャケットを乗せていた果物籠から水蜜桃を取り出して口に運んでいる。柔らかな産毛が唇をくすぐったかと思うと、一口齧ってすぐに口元に赤い湿疹ができる。水密桃の豊かな果汁は顎を伝い、手のひらの皺を流れ、手首にはめたロレックスのバンドにしばらく溜まったかと思うと、腕にべとべとした線を描いて滴り、肘までめくったドレスシャツの袖口を濡らす。舌で唇に付いた甘味をさっと舐めとるが、発疹の痒みはますますひどくなり、トゥは、せいぜい一口食べただけの果物を、さりげなく落とすとか街路樹脇のゴミ箱に入れるとかではなく地面へと叩きつける。飛び散った果実の破片が野良猫の毛に飛び、猫は身をちぢこませて遠くに離れ、座り込んで毛に付いた果実のかけらを舐めとる。

なのに彼は、それからもたまに知りたくなることがあった。彼女はなぜ、わざわざ心を砕き、ちゃんと薬を用意してくれたんだろう。その気になればいくらでも薬を差し替えたりいじったりして、幼子から先に始末できる状況だったにもかかわらず。単に、防疫対象以外に手を出さないという原則を固守していたからか。にしては手間のかかる真似を。それこそ、そのへんのものを適当に挽いて小麦粉と混ぜ、薬と言って渡したって、わからなかったのに。

「ああ…………暑っつ」

その独り言には、苛立ちやけだるさに替わって、じっとりした水気とささやかで軽い興奮がにじんでいる。

ふた月に一度ぐらいで仕事が入るから、準備を終えていよいよ決戦の日の朝となると、彼女は敬虔な儀式を執り行うかのように、無用を膝のそばへと引き寄せる。

餌やりやシャンプーをときどきうっかりするし、特に散歩が不足気味だが、無用はこの生活にさしたる不満はないらしく、主人への従順さも、やはり普通の犬とかわらない。とっくに年を取ってから出会ったせいか、お互いに特段の愛着を見せ合うこともしない。家に帰れば無用は玄関にやってきて礼儀正しく尻尾は振るが、飛びかかって身体にしがみつくとか、鼻をこすりつけるとかはしない。まるで、同居人としてせめてこの程度はしないと、といわんばかりの、簡潔でドライな挨拶をすませる。最後に、主人が漂わせている火薬や化学薬品のにおい……何より血のにおいを、くんくん嗅ぐこともある。薬品のにおいが甘かったり香ばしかったりするはずはないから、混乱してぐるぐる回ったり吠えたりしてもおかしくないのに、無用は無念無想、達観のポーズでその場を立ち去る。冷たいからこそ、かえって自分に似合いの相手だと、彼女はときどき考える。いくらなんでも「無用」という名前は失敗だったと思うのは、近づくべきときと退くべきときを知り、主人の心理を把握して最善の距離を保つこの子が、もし他の飼い主に拾われていたなら、もっと有用な伴侶犬になったはずだからだ。

儀式は、無用の頭を数回撫でた後で膝に乗せ、東の方角を向いて座らせることから始まる。

「ちゃんと見な。窓が開いてるよ」

無用は、指をさされたほうに顔を向ける。シンクの前の突き出し窓が外に開いている。無用が精一杯押せば、なんとか身をよじって抜け出せる程度の隙間だ。この窓も、無用を飼うことになったとき、彼女がインテリア業者を呼んで改造したもので、軽く押しただけで開けることができる。施錠はされていない。それまで彼女は、掃除ないしは換気や何かのときにチラッと窓を開ける程度で、それ以外は窓を開けず、施錠も忘れなかった。すっかり老いさらばえ、トップクラスの防疫業者でもない自分の家にいまさら誰かが忍びこんで、何かを捜索したりトラップを仕掛けたりするはずがないとわかってはいても、しじゅう外に出かけて一つところに長居をせず、そのいずれのときも針一本入る隙間がないほどに戸締りをしていた、昔からの習慣だった。

そうだったはずの彼女が、無用と一緒に暮らしてしばらくしてから、こんなふうに常に窓を開けている。豪雨や寒波が通過するときは少し閉めるが、施錠だけはしない。毎朝窓を開けるのを忘れない、と書いたメモを冷蔵庫に貼ってはいるが、いまでは誓いを通り越し、自動反射のようにそうしている。無用には窓を押し開けるやり方を何度も実演して確認させてある。

「忘れちゃだめだよ。同じ話を繰り返す年寄りの小言にしか聞こえないだろうけどね。いつか必ず、そういう日が来るから言っておくんだ」

そうなろうがなるまいが、無用は、めったに抱かない主人が膝に乗せてくれるので、とりあえず彼女の胸に顔を埋める。

「いつかあたしが帰ってこなかったら、あんたは向こうから出て行かなきゃだめなの。トン、ってぶつかっただけで開くのを見たろ？　帰ってこない主人を待って、ゆっくり飢え死にしていくなんて、まっぴらごめんだからね。世話してくれる人を見つけるなり、ゴミ箱を漁るなり、あんたはここを出て行って、何としてでも生きなけりゃ。ただ、犬商人にはつかまるんじゃないよ」

無用は彼女の言葉の意味を理解しているのか、単に音の高低から推測しているだけなのか、顔を上げてじっと彼女を見つめるばかりだ。

「それとね、ひょっとしたら帰ってこないよりも、こっちのほうがずっとわかりやすいかもしれないけどね。ある朝、あんたが目を覚ましたのに、あたしが寝たまんまで動かなかったら、足で蹴っても、吠えても、あたしが起きなかったら、そんときもあんたは、向こうに出て行かなくちゃいけない。誰か助けを呼んで来いっていうんじゃないよ。そういうときは、あたしはとっくに生きてないはずだから。だけど、あんたは生きなけりゃ。万が一あの窓を開けられなかったら、空腹でへとへとになって、結局あたしの死体に食らいつくはずだ。それでも別に構わない。束の間でもあんたの役に立てるんならね。でも、いつかは死臭が外に漏れ出すだろうし、排水管を伝って虫がうようよわいて、人が押しかけてくるだろう。その人たちはあんたを見たら、安楽死させるはずだ。理由はいろいろある。主人の死体を食った犬はそれ以上マトモな頭では生きられないって見方もあるし、変質した肉を食べたんだから、人に細菌やら病気やらをうつすだろうって心配……でも、何よりもだ……あんたはあんまり年を取りすぎていて、誰も面倒を見ようとはしないだろうよ」

いつもと大同小異の念仏調がリズムを帯び、ひとときの平穏が身体の中に広がるのを感じながら、彼女は無用の背中を撫でる。無用は湿った鼻を彼女の顎にこすりつけ、返事の代わりにする。

「必ずしも犬だからってわけじゃない。人間だって同じさ。年寄りはマトモな頭では余生を送れない……年寄りは病気にかかりやすいし、人にうつして回る、とかね……誰も、その人の重さを肩代わりはしないっていう。人間にするのとすっかり同じようなことを、されるはずだよ。最後まで面倒をみてやれなかったとしても、あんたがそんな境遇に置かれるのは、あまり想像したくないんだ。死んでも死にきれない。だから、いつか必要なときがきたら、あんたはあっち側に出て行く。そしてどこへでもお行き。わかったね。生きたままで、手に負えないゴミ扱いされる前に」

無用を連れ帰って名前をつけたのがいつかのことかは正確に覚えていなくても、誰もが初対面で心動かされ、連れて行きたいと思うくらいに小さかったり、かわいかったりする犬でなかったことだけは記憶している。いや、記憶というよりは今の外見から、当時もあまり変わらなかったろうと逆算しているのであって、ひょっとしたら誰も連れ帰りそうにない見かけだったから、自分が拾ってきたのかもしれない。そのときの状況の詳細はよみがえらないが、自分が生きているものを拾ったことへの当惑、生きているものに心動かされ、衝動だけで予定外の行動をとってしまったことへの困惑だけは鮮明である。

無用に何度も言い聞かせてはいるが、その二つのパターンがどちらも比較的高い確率で起こりうるにもかかわらず、実際そうなるまで、彼女は無用に、いつもお決まりの挨拶をするのだろう。ただいま。おはよう。いってくるよ。一日にかける言葉は一〇語にもならず、無用は大体ただ見つめ返すだけだが、やはりこんなことも言うはずだ。そこかしこに垂らさないで風呂場でしな。お食べ。お飲み。散歩に行こうか。吠えないの。怪しい人じゃない。ガスの検針だよ。宅配のドライバーさ。あんたの餌を配達にきたんだってば。彼女が無用にかける言葉は、ほぼこんな一〇種類あまりに限られている。家の中に自分以外の生きた誰かが存在し、その存在に挨拶の言葉をかけるようになるとは。家で誰かが待っていると思って足早になったり、永遠に帰れない気がして苛立ったり。自分の人生に、再びそんな日がめぐってこようとは、無用を連れて帰るまで思いもしなかった。

いってきます。
そんな挨拶、するなと言った人がいた。こちらに背を向けたままで。

それが、帰ってくるなという意味なのか、あるいは、帰ってきて当然なんだから、わざわざ言うなということなのかはわからなかったが、とうてい尋ねる勇気は出なかった。「いって」──「こられない」とは、結局仕事に失敗したことを意味する。そちらのほうが望ましくない気はするが、一方で、「いって」「こられない」覚悟で仕事をしろという意味にもなりうるから、その人がどういうつもりであれ、彼女にとっては「いって」必ず「くる」という言葉こそ、仕事を成功裡に終わらせ戻ってこられるのだという確信を抱く助けとなり、だから、その挨拶をあきらめきれなかった。それからは、背中を見つめながら声を殺して、口の形だけで伝えた。いって……きます。すると、確かに声にはしなかったのに、どういうわけか彼は相変わらず一瞥もくれないまま、一度大きく手を振った。

そのバラック村は、一五歳の少女にとって、三番目の人生が始まった場所だった。

一つ目は生んでくれた親の家で、少女が一二歳でそこを離れた頃には、すでに上に姉一人、下にきょうだい四人がいた。三人は妹で、一番下が弟だった。家は七坪ほどで、母親がビーズの糸通しや封筒貼りをしているあいだ、きょうだいの面倒を見ていたのは姉だった。待ちに待った息子も生まれたことだし、これからは博徒《ばくち》打ちをやめて、まともな仕事で稼ぐと仕事を紹介してもらいに出かけた父親は、それきり戻ってこなかった。家事を一手に引き受けていた姉に代わって、あまりに小さくて幼すぎるきょうだいに代わって、そこそこ力仕事ができ、大人で気も回る二番目が、比較的裕福な暮らしをする父方の従兄弟おじの家に養子に出されるのは自然な結論だった。言葉こそ「養子」だが、当時、大家族の家が一人分の口減らしのために子供を親族の家に送るのは珍しいことではなく、少女は、自分がそこで住み込みのお手伝いとして働くのだとちゃんと理解していた。

おじとその妻は、親切とはいえないものの通俗的ないびりやいじめとは距離のある人たちで、たまに、何の悪気もなく姪の身の上をあざける発言をして盛り上がっていたが――あの子の父親はどこで野垂れ死んだのか、それとも、相変わらず頭のネジがふっとんだままフラフラしているのかも的な――ともかく、人目に付く範囲ではおおむね礼儀正しい人たちだった。

おじは、何を作っているかはわからないが工場の社長だといい、どこに行くにもチマチョゴリに代わって洋装のスーツ姿で、ビーズ飾りがびっしりついたクラッチバッグを脇に挟んでいたおばからは、ドンドンクリーム〔一九四七年に発売された化粧品。高額にもかかわらず人気を呼んだ〕やコティパウダー〔植民地時代から輸入されていたフランス製の化粧品〕のかぐわしい香りがした。夫婦のあいだの子供は息子一人、娘一人の二人のみで、それぞれ少女より五歳と三歳年上だった。彼らを何と呼んだらいいか迷ったが、自分との続柄を考えるのも面倒なので、単にオッパ〔女性が実兄や親しい年上の男性を呼ぶ呼称〕、オンニ〔女性が実姉や親しい年上の女性を呼ぶ呼称〕にした。オンニは、名門女子高の校則にしたがって制服のカラーに届くくらいの直毛を二つに結び、結ぶ紐だけはなんとか赤いものにしようと頑張っていた。学校から帰ると、誰が見ているわけでもないのに、家の中でいつもきらきら光る銀の指輪をはめた。時折、絵本の中や何かで見かける焼きたての白パンみたいな指で、宝石箱の中から黒く変色した銀のアクセサリーを取り出して少女にくれたりもした。中学生のオッパは口数が少なくて、おとなしく神経質そうな感じだったが、少女が毎回決められたおやつのお盆を差し出すと「ありがとう」と礼を言うのを忘れず、皿に羊羹が二切れのっていれば必ず一切れ残したりもした。少女は、残った羊羹を口にほおばりながら黒ずんだ銀の指輪を歯磨き粉で磨き上げた。その家には、塩やナンバーワン粉歯磨き〔一九三〇年発売の庶民的な粉末状歯磨き剤〕に代わって、チューブをしぼって使う「ラッキー歯磨き粉〔一九五四年に発売された韓国初のペーストタイプの歯磨き剤〕」があり、少女は、生まれて初めて見る形状の歯磨き粉が不思議で、無駄づかいしないよう慎重に、豆粒ほどを歯ブラシの上にしぼり出した。一生懸命磨いた結果、ほぼ元通りの色になった指輪をはめてみると、オンニの四番目の指にはめられていたものが自分には二番目の指でもゆるかったが、それでも浴室の白熱電球に手をかざして、しばしうっとりした。ひょっとしたらその恍惚の境地は、自分には無意味な指輪より、浴室いっぱいに充満したラッキー歯磨き粉とコティ石鹼〔一九五〇年代発売の化粧石鹼〕の香りのせいかもしれなかった。

　二人のみ、とは。息子と娘。この、無限の単純さと合理性を兼ね備えた組み合わせとは。簡潔な中の豊かさを目にし、それに慣れれば慣れるほど、少女は自分が後にしてきた場所を豚小屋のようだと思った。幼い身体さえ割りこませる余地がなくて横向きに雑魚寝をし、同じ姿勢で寝た末っ子の赤ん坊が、姉たちの胸と背中のあいだで窒息しそうになるくらい狭くて汚かったから、というだけではない。熾烈な諍《いさか》いと養うべき口ばかりがあり余る場所で、空間や財力に見合わないくらいやたらと子作りをしていた両親のふるまいは、交尾さえさせればブーブー鳴いて子豚を産む豚のようなものだったと、おじの家を見て初めて思ったのだった。子供がもつれあって山を作って寝ている七坪の家のどこで、どうやって、両親はそんな真似をして末っ子まで作ったのか。理解できない。おまけに、誰でもそんなふうに子供をもうけて生きるものだと思いこみ、子供といえば無条件に「息子」ができるまで――その息子をどう活用するかは後になってから考えることで――ずっと産み続けるのが当然だと思いこみ、そうこうしているうちに家はより傾き、すぐにでも手をつないで飢え死にしそうな状況になって、ようやく子供のうちの誰が一番マシだ、不細工だ、大食いだと選び、よそに送ってハイおしまいという、そんな近代化が立ち遅れた愚か者たちが、豚以外の何かであるとはとうてい思われなかった。

おじの家である二階建ての洋館には、ピアノと電話機、さらにテレビまであった。少女としては手を触れるのがためらわれる未知の領域の新文物だったが、ただちらりと眺めているだけでも気分はよかった。他方、厨房にはオッパより二つ上の賄《まかな》い女中がいて、少女は、自分の役目が彼女の補助であることを、誰に言われなくても家に来た初日から、体と心を働かせて理解した。

料理のような難しい仕事は女中がやり、少女はメモの通りに買い出しをしたり、取っておいた米のとぎ汁で皿洗いをしたりした。買い出しは二日に一度だが、家族六人分の食材が入った籠は決して軽くなかったし、一日分のとぎ汁をとりわける作業は面倒で、たまに、皿にこびりついた油汚れを落とすのにあっという間に使いきってしまい、女中からこっぴどく叱られたりもした。工場の取引客が外国から持ってきてくれたという食器洗い洗剤は、魔法の一滴のごとき秘密兵器だからこそ、めったやたらには使えなかった。握力が必要な洗濯は、始めのうちは一緒にやっていたが、少女が仕事に慣れて手足に力がついてくると、大きな布団こそ二人で踏み洗いをするものの、他の服数枚を洗うのはすべて少女の役目になった。他にも、二階建ての洋館のあちこちを毎日掃き、磨き、庭で雲のようにこんもり茂った木々に水をやって伸びた枝を切るかたわら、深夜には翌日おじが着ていく服やオンニの制服やらをコテでアイロンがけし、そういうことを全部こなすだけで一日はあっという間だった。

宵の口にはオンニが弾くピアノの音色を聞き、夕食後から消灯まではテレビドラマの音声を小耳にはさみながら、少女としてはそのすべての音を耳学問するだけでも十分優雅な生活だった。この家の人たちは激しく罵ることをせず、低い声でやさしく話す。常に満たされ、気を遣ったり苛立ったりせずにすむ空間でこそ、人はそんなふうに静かに声を落とし、やさしく話せるということを漠然と感じた。

賄い女中と一緒に使っている台所部屋は横向きで寝る必要がなく、二人が大の字になってもまだ余裕があったから、少女はその慣れない広さにしょっちゅう寝返りを打ち、しみついた習慣で隅に身体を寄せ横を向いて眠っていたが、すると、ときどき壁の向こうから、おじとその妻がひそひそ話す声が聞こえたりもした。内容は主に義務教育に関することで、あの子を学校に行かせて、ハングルや加減乗除ぐらいは修めさせてやるか否か、というテーマであり、「なにも女の子をわざわざ学校にまでやらなくても」と「とはいえ親戚だから」のあいだで、結論は容易に出ないようだった。

そのままおとなしくしていれば、少なくとも衣食の心配は不要だったおじの家を出たのは、一見、肺病を患う植民地時代の詩人のようだったオッパを無意識に背負い投げし、床に叩きつけてから三日目のことだった。

当時は、オンニとある銀行幹部の縁談がほぼまとまりつつあり、婚礼の品が両家を行き交っていた時期で、新居に持って行く荷物をまとめ、捨てるものは捨ててと整理を進めていたために部屋はほとんど倉庫のようだったが、オンニを嫁入りさせたらその部屋もお前にやろう、次の春からは学校にも行かせてやろうというおじの言葉に、少女は明らかに浮き足だっていた。不用品の処分を手伝ってほしいと言われてオンニの部屋に足を踏み入れると、オンニは、小さくなったり着飽きたりした服を仕分けしては事あるごとに少女の肩に押し当て、そんな娘を、おじ夫婦も好きにさせていた。少女はなんとなく気が引け、そのお洋服は台所のお姉さんのほうが似合いそう、などと遠慮したが、実のところ、賄い女中よりは自分のほうが若干おじと家族に近いというひそかな自負が生まれていたし、何より、オンニに小さい服は女中にも小さいことを知っていた。一人きりで部屋を使う。学校にも行く。突如新たに登場した一山の服と装身具。それまで二人で使っていた台所部屋だって運動場のようだったのに、生活レベルが向上し、いまや望む範囲が拳一つぶんほど広くなっていた。親戚として、この程度の扱いはされてもいいのではないかという、内に秘めた身分上昇の感覚。豚小屋から脱した自分の物理的な跳躍に感謝を捧げつつ、これ以上は望まないと思いながらも、いざ目の前に別の角度の現実が広がると、自分の謙虚さなど期待をしない「ふり」でしかなかったことに改めて気づかされ……要するに、少女の気はゆるんでいた。

そんな状態で夕食後の皿洗いを手早く終わらせ、家族がリビングで車座になってテレビを見ているとき、少女は、もう一度その充足の喜びをせっかちに味わいたくなって、こっそりオンニの部屋へと忍び込んだ。早くこの部屋が空いてしまえば。ここが、完全に自分のものになったなら。心の奥で独り言をつぶやいているうちについつい気持ちが高ぶり、化粧台の脇にうやうやしく置かれたオンニの指輪とネックレスを身に着けてみたのだった。それは新郎側から贈られた婚礼品ではなかったものの、嫁ぐときに持参しろとおじの妻が用意した装身具だった。たくさんの中から一つほど選び、鏡に映し、肋骨をくすぐるような幸福にいっとき浸ったところで問題はないだろうと、少女は信じていた。だが、やがて訪れるはずの幸福の一部を前倒しで味わうより先に、自分を呼ぶ女中のきつい声が聞こえ、早くこの部屋を出なくてはと焦るあまり、少女は貴金属を元の箱ではなく、自分のポケットに突っ込んでしまった。翌日、家じゅうが大騒ぎになる前にタイミングを見て戻すなり、少なくとも持ち主に先に渡して謝罪するなりしていれば違ったのかもしれないが、事が起きた後は余計に恐ろしくなって、むしろさらに奥へと隠しこんでしまった。

おじ夫婦は、台所部屋の小さな引き出しの中からタオルの一枚まで広げて探したが貴金属は出てこず、女中は疑われて悔しいと泣き始め、少女は平気な顔を続けた。女中は、それでなくても少女の身分上昇を不公平に感じていたのだが、醜い嫉妬と思われるかと口をつぐみ、無実が明らかになり次第、その月までの給料を精算してもらって出て行ってやる、と地団太を踏んだ。そんなことには関知せず、おじの妻は台所部屋で二人が着ていた服のポケットや、それぞれが履いていた靴下の中まで調べたが、やはり見つからなかった。オンニが「下着まで残らず脱がせて素っ裸にしなきゃダメ」と騒ぐと、教養あるおじの妻はそんな娘を大声で叱った。着ている下着まで脱がせるなんて、一応は一つ屋根の下で何年か同じ釜の飯を食べてきた家族に失礼でしょ。部屋から出てこなければここにはないの。この子たちは、ここまで疑われただけでもう十分。オンニの疑うようなまなざしをかわしながら、少女は胸を撫でおろした。もちろん、彼らの目の前で服を脱いだところで、おじの妻が勘のいいタイプでない限り、見つけ出すのは困難だったろう。問題の貴金属は、少女が着用していた胸当ての中にあった。数カ月前に女中から、奥様が外国のどこかから手に入れてくださったものだけど、小さくなったから、と紐のついたタオルを差し出され、そう言われるまで少女は自分の身体の変化を認識できていなかった。事件のとき、慌てるにまかせて胸当ての縫込みをこじ開け、幾重にもなった布の隙間に貴金属を押しこんだのだ。通常、人の服を剝いで裸体を捜索しようとする場合は、脱いだ服をいちいち触って確かめるより、身体そのものに目が行くはずだった。

次の日、オンニがおじの妻と連れ立って、新郎となる人と新居に収めるタンスを見つくろいに出かけ、買い出しから戻った少女は、女中が銀行の用事で家にいないことを知った。チャンスだった。

こっそり貴金属を元の場所に戻そうとオンニの部屋へ行くと、今度はドアに鍵がかかっていた。入口が固く閉ざされているのは、ここ数日、さかんにその部屋に出入りしていた少女――親戚の小さな子――を明らかに疑ってのことで、それだけで少女は幸福の絶頂から突き飛ばされ、奈落の底へと真っ逆さまに落下した。その混乱は、やがて不安や羞恥心というより怒りに変わり、気がつけば自分が原因をつくったことさえ忘れていた。あんたたちは何様のつもりで、このあたしを。その時だった。家に帰ってきたオッパが少女の襟首を引っつかみ、泥棒は後ろめたくなって現場に来るっていうもんな、と悪態をついた。胸倉を揺さぶられて少女は握っていた貴金属を落とし、するとオッパは、少女の救いがたい父親に始まって、どうしようもない血筋、乞食、博打打ち、ペテン師、泥棒猫など、思いつく限りの言葉を浴びせかけ、まだ何か隠し持っているかもしれないと少女の上半身の服を脱がせようとした。次の瞬間、オッパの身体は宙に浮き、彼の足が廊下の天井からぶら下がっていた照明にぶつかった。ちょうどそのタイミングで、家具業者との約束に行き違いがあったとおじの妻とオンニが帰宅し、二人の目の前で少女は、意識を失って伸びているオッパ、オッパの腹の上に落下した照明を、ただみじろぎもせず見つめるだけだった。唖然とした彼女たちの表情をしばらく見上げていてようやく、一足遅れで自分のしたことを理解した。

　肩の骨にヒビが入ったのはもちろん、照明を蹴りあげた足にはギプスが必要だったし、他にも身体のあちこちに刺さった破片を抜きとって炎症の様子を見るということで、オッパは数日間病院から戻ることができなかった。互いに二度と顔を合わせなくてすむよう、オッパが帰宅する前に出て行ったほうがいいと、おじの妻は一万ファン〔一九五三～一九六二年まで流通していた韓国の通貨〕を渡す以外にはどんな責任の所在も問わず、それが少女に対する彼女なりの最後の施しだった。

　予想しなかったわけではなかったが、少女が戻ったとき、かつての家は人の気配が消えて少なくとも半年は経過した状態に見え、家族がどこへ行ったのか、もしかすると順番に川に身投げでもしたのか、その行方や消息を知る隣人はいなかった。

　がらんとした空き家の前にぼんやりしゃがみこみ、なんとか思いついたことといえば、もう一度おじの元に戻って許しを乞わざるをえないという選択肢だけだった。彼らの二階建ての洋館に戻った場合にどんな現実が待ち受けているか、十分見当はついたが、あそこに恋々とするのはよそうと思えるほどの自尊心は、もはや少女に残されていなかった。

　だが、最終バスの時間はとうに過ぎていたので、どこの家でもいいから一晩置いてもらおうと歩き出し、たどり着いたのは、粗末な家とテントが向かい合って軒を連ねるバラック市場だった。

　少女は、一万ファンという大金を抱えているのが恐ろしくてきつく胸元をかきあわせてばかりいたが、人出の多い繁華街に出て少し恐怖感が薄れた。こういうところなら、スリにさえ気をつけていれば、人けのない場所よりはむしろ歩きやすそうだ。互いに面識のない人の流れはそれぞれが自分の道を行くのに忙しく、誰かに捕らえられて危害を加えられそうには思えないし、たとえそうなっても、あんなに多くの人が行き交っているんだから。何かあった場合は誰かが、せめて言葉の通じない米兵さんあたりが助けてくれるかもしれない、と純真なことを考えていた。自分にやさしくない世界の本性をすでにさんざん見せつけられ、飛び出してきた道中にもかかわらず、裏には一点のぬくもりがあるかもしれないと、相変わらず寄せてしまう期待。

四、五軒に一軒は美容室、あるいはブティック、三軒に一軒はどういう雑貨屋なのか、ナイフや帽子、チョッキなどがぶら下がって売られ、入口の前には軍の食料輸送箱《レーションボックス》が積み上げられている。二軒に一軒は酒を出しているのか、外国語の歌とともに原色の照明の灯りが中から漏れていた。本能と直感で、その周辺だけは避けたほうがよさそうだと思ったが、いくら見渡しても判で押したような眺めで、どちらに足を向けたらいいかわからなかった。

どう見ても小さな女の子がいていい場所ではなかったせいか、酒場と酒場のあいだの、薄紙みたいに挟まって見落としてしまいそうなよろず屋から、一人の男が現れて少女に手招きをした。ついこの前背負い投げをしたオッパよりは五、六歳年上らしいが、見ず知らずの人が怖くて、おいそれとは店の中に足を踏み入れる気になれなかった。いよいよとなったらオッパを投げ飛ばしたのと同じことをすればいいのだろうが、少女はそれまで、自分がそんな怪力や技術の持ち主だと思ったことがなく、単に重たい洗濯物を扱っているうちに力がついて、そこに瞬間的な驚きが加わって思わず振り回したのだと信じていた。再びあんな場面に遭遇して同じにできる自信はない。だが、男の肩越しに彼の妻らしき女が顔をのぞかせているのを見て、ようやく緊張がゆるんだ。

男はリュウ、女はチョといった。少女は、よろず屋の片隅の手狭な部屋で、チョが用意した食事にありついた。

事情を聞いたリュウは、自分の知り合いのクラブで厨房の手伝いをする気はあるかと訊いてきた。クラブ、という言葉に、それが何を意味するかはわからないながらも、箸を動かしている途中で少女は本能的にギクリとし、チョは眉根を寄せた。米兵からそそがれた酒を飲んで、アイツらと一緒に踊れって言ってんじゃない。台所仕事、少しはやってたんだろ？

台所仕事、という耳慣れた言葉にふと気をひかれた。そのくらいだったら、明日おじ夫婦の前で土下座するより一〇〇倍マシだ。おまけに腹が満ちて理性が戻ってくると、二階建ての洋館の前でざんばら髪になり、裸足になり、額を地面にこすりつけ、家族全員いなくなってしまったんです、と慈悲を乞うたところで、彼らが気の毒がって自分を受け入れてくれるとは思えなかった。働き口を与えようという人が現れるや否や、それまで雲隠れしたとばかり思っていた自尊心がむくむくとわき上がってきた。何が悲しくてあそこに？　帰るもんか。

少女は、リュウの店からもらった、何の悪態かわからない英語が前後にプリントされた大きなボックスTシャツと長いコットンパンツを身に着け、酒瓶でいっぱいの箱を担いで運んだ。Tシャツの肩のラインはほぼ肘まで下がり、裾は膝まで隠していたから、まるで袋をかぶっているようだった。小さな子が、それでもうまく力を使ってきちんきちんと仕事をこなしていたので、紹介されたクラブの支配人としては、幼いこと以外何の不満も表に出さなかった。

クラブ裏口の向かいにある部屋に寝泊まりしているお姉さんたちの一人が、見られる顔や身なりにしておくのも客への礼儀だよ、と自分のパウダーパフを貸してくれたりもしたが、どうせ厨房と市場を行き来するだけの自分が、客の誰かによく見られるはずはないから、と遠慮した。嫌ならやめときな、と言い捨て、お姉さんはすぐに鏡台に向かうと、厚くてふわふわしたパフを顔に叩いた。そうしながら、着替えをしている少女に鏡越しに言った。カネを稼ぐ方法は他にもあるけどね、支配人に何を言われても、ただだまって聞き流すんだよ。リュウさんが紹介した子だから、やたらなことはできないだろうけどさ。

四〇代後半のクラブ支配人は調子がよくて図々しいところがあり、おとなしくしている人間の背中や肩、はたまた尻を堂々とぺたぺた触るのが常だったが、基本的に悪い人間ではないらしく、やがて少女は、その程度のちょっかいに免疫までできた。米喰い虫と呼ばれる無報酬の住み込み女中から、若干とはいえ労働の対価を得る働き手になったことで、そんな不快感までもが労働の一部と受け止められるくらいには現実に目が向くようになっていたし、自分の後ろにはリュウが保証書のように貼りついていて、あくまで特別扱いされている感じがあった。

とはいえ、寝床と食事を提供されてする仕事というのは、定められた範囲をたやすく超えがちなもので、裏口から出入りして酒の箱を軽々と運び、料理を温め、皿洗いと掃除をしていた少女は、客が増え音楽であふれかえると、たまに店内に呼ばれて給仕をしたりもした。その頃になると接客にもさほど抵抗感がなくなっていて、理由は、バーには普段リュウがいて安心だったからだ。よろず屋はチョに任せ、何かよくわからない人脈でも広げるつもりか、新規事業でも構想中なのか、リュウはお姉さんたちを交えずに米兵と並んで座り、ビールジョッキを片手に短くない時間をすごしていた。彼が自分の知らない国の言葉で、慣れた調子で、米兵たちと話している姿はなんとなくそれらしく、自分とは住む世界の違う人に思えた。リュウはたまに少女を見かけると目で挨拶をし、やがて目での挨拶は手振りに代わり、戸惑った少女が知らんふりで通り過ぎようとするとそこに言葉まで加わって、すると、隣にいる米兵たちの視線も自然と一緒に少女のほうに向かった。誰？　と聞くような身振りでリュウの肩を叩き、こちらを指さす様子に、少女の顔が赤らんだ。

夜更けになると、リュウの少し低い声や笑ったときのまなざしを思い出しながら、布団の中で丸く膨らんだ胸をなでおろし、隣の布団のお姉さんが英会話の本をたどたどしく読む声を聴いているうちに眠りに落ちた。夢の筋をたどれば、そこにはなぜかよく眉を顰めたチョの姿があり、すると、少女は朝目覚めてからも、理由のわからない重い痺れを全身に感じた。

その日の夜は、しょっちゅう来ていた米兵が団体で休暇でも取ったように閑散としていて、人待ち顔のリュウが一人、バーでビールを啜っていた。今日は客が少ないから厨房の手伝いだけですむだろうと、少女は緊張で常にこわばった肩をほぐし、伸びをした。すると、支配人がいつもの調子で背中に軽く触れながら嫌味を言った。おい、暇そうだなあ。お前は運がいいよ。こっちは酒税が上がって、死にそうなのによう。少女はすぐに姿勢を正し、それ以上拭く必要もない皿を手に取って、いたずらに磨きながら腰を下ろした。

支配人がただそんなふうに通り過ぎただけなら、普段と変わらない一日だったろうが、支配人が出て行ったドアを何気なく振り返ったその先に、対角線上の場所で話しこんでいる支配人と一人の米兵が見えた。途中、支配人が親指を反らして明らかに自分のいるドアの奥を指し、すると米兵もこちらを覗きこもうとする。少女は死角に身を隠そうとしたが、ふと、自分が何かへマでもやらかしたのかもしれないと思い、とりあえずはじっとしていた。チラチラ盗み見する目つきが、ますます頻繁になった気がした。彼らと無関係の所ではあったが、とりあえずは同じ方向に座っているリュウを見つけ、少女は声に出さず口の形で尋ねてみた。一体、なんの話、してますか？　しかしリュウはチョと喧嘩でもしたのか、何か別な考え事で忙しいというように答えてはくれず、ただ少女から目をそらしてビールを飲むばかりだった。

　今日は早く下がって休めと支配人に命じられ、少女は挨拶をしてその場を去った。バーに目をやると、すっぽかされたのか、あるいは目当ての客と会って外に出たのか、リュウの姿はすでにない。こんなふうに支配人から退勤しろと言ってもらったのに、さっきは何の話だったのかと訊くのも変に騒ぎ立てているようだし、世の中には自分が口出ししてはいけないことがたくさんあるのだと考えながら裏口を出た。ただ心残りがあるとすれば、リュウがいつもと違って自分の視線を避けたことだった。これまで自分がリュウに気づかないふりをし、仕事に集中するため顔を背けていたとすれば、今日は、わざわざサインまで送ったにもかかわらず、あっちが無視したんじゃないか？　チョとともにリュウは単なる恩人で、恩返しすべきという名分しかない関係だから、彼が気分次第、または状況次第で見せる反応に一喜一憂する理由はなかった。なのに、夢の中でのチョの不愉快そうな表情と重なって、自分は何か悪いことをしたのだろうかと振り返ってしまう。夫婦はもしかしたらケンカをしたのかもしれない。チョは、あたしがどんな目でリュウを見ているかに気づいたのかもしれない。まさか。最近は仕事が忙しくなってきたし、自分の生活という感覚もわかってきたし、あの家に食事をしに行くことだって、ほとんどなくなってるし。だけど、ひょっとしたらリュウのほうが、あたしの視線の意味に気づいて、奥さんに笑い話みたいに話してしまったのかも。それで誤解が生まれて、ケンカになったとか。

お姉さんの部屋までは一〇歩もなかった。二歩進む前に、少女は後ろから襲いかかってくる成人男性特有の熱気と影を感じた。後ろを振り返ったり適切な反応をとったりする前に、巨大な手が口を塞いだ。オーツ麦のにおいを漂わせた手は、少女の顔すべてを覆うくらい大きかった。続いて、引き締まった太い腕が腰に回され、お姉さんの部屋とは逆方向の、バラックの狭い部屋へと担ぎこまれた。

誰の住み家かはわからないが、無人の部屋に入るなり冷たいオンドルの床に投げ出されて、闇の中で少女は置かれた状況を察知した。出口といえば、今しがた入ってきて男が巨大な体軀で塞いでいるそのドア一つきりだった。まもなく男に腕を取られ、少女は逃げようと足をバタつかせて狭い部屋の壁に頭をぶつけた。少女がひと声悲鳴を上げ、片方の手で頭をかばうと、男は、いかにもなだめるふうだが本質的には脅すような口調で、意味の分からない言葉を口にした。パイプ ダウン、イージーガール、アッ、オールレディ ペイド フォー ユー。耳に浴びせかけられる外国語に、一瞬ぽかんとして少女が抵抗を止めると、相手は溜息をついて続けた。アッ ガラ ゲッツ マ マニーズ ウォース。ディール イズ シールド。オーケイ? そのなかで少女が聞き取れた言葉は「マニー」と「オーケイ」以外なかったが、事の次第をおぼろげに想像するにはそれで十分だった。

シルエットから判断した男の身体は、おじの家のオッパなんか指の先で捻りつぶせそうなくらい巨大だった。胸から下にかかった重みから察するに、こんな男を自力で突き飛ばすどころか、この重みに耐えているだけで肋骨の一本一本が砕けそうだ。現実を把握して受け入れる前に身体からするすると力が抜け、自動的なあきらめの境地になるのにさほど時間はかからなかったが、上半身の服が引きちぎられた瞬間、頭に浮かんだのは一つの顔だった。両方の手首を頭の上に持ち上げられ、縛られる前に、自力で巨体を押し返すことはできなかったものの、少なくとも男の指を一本つかんで後ろに反らし、完全に折り曲げてしまうだけの瞬発力はあった。男はもう一方の手で少女の頬を鼻が曲がるほど殴りつけ、やはり意味はわからないが、トーンからいって罵倒なのは明らかな短い言葉を吐き捨てると、覆いかぶさっていた上半身をやや起こした。突然反られた指が筋肉の痛みだけで骨には異常がないことを確認し、小さな溜息を洩らしたそのわずかな瞬間、男に隙が生まれた。その隙に、少女の手は床から棒を探り当て、それを握りしめた。キメの粗い粉の感触がして錆びたにおいがするから、何かの空き缶や蝶番から外れた金具らしい。爪楊枝よりは長く箸より短い、つまみの串焼きを作るときに使う串ぐらいの長さだった。少女はそれをどう使おうと思ったわけではないが、ほぼ本能的に長袖の奥に押しこむと、いつにもましてゆっくりと深呼吸をした。男は、幼い子供に反撃されて突如わきあがったかのような征服欲を剝き出しにし、いつ、どこから取り出したのかわからないナイフで、服の残りの部分を引き裂き始めた。腹立ちまぎれだろうがもともとの嗜好だろうが、この後は間違いなく自分がナイフでメッタ刺しにされるとの予感に、少女は身体を横に転がした。太ももから下は男の足に組み敷かれてそれ以上向きを変えられなかったが、予想は大当たりと言わんばかりに、少女が頭を動かすのとほぼ同時に、それまで頭のあった場所にナイフが突き立てられ、髪の一部が切り落とされた。次の攻撃はかわせないだろう。男がさらに多様な悪態を吐きながら床に刺さったナイフを抜きとった瞬間、少女は片手を振って袖の奥から鉄串を取り出すと、二度目のナイフが襲いかかってくる直前に、それを男の顔へ突き刺した。刺さったのは偶然にも男が開けていた口のどこかで、喉を引き裂いたらしい。男は、悲鳴を上げるどころかそれ以上一言の悪態も言えずにナイフを落とし、喉を押さえたまま白目を剝いて横向きに倒れた。二、三度手を伸ばし、鉄串を引き抜こうとする身振りを見せたが、筋肉か骨のどこかに引っかかって簡単には抜けないらしい。そもそも、意識を失いかけた人間の力でどうにかできるほど、浅い刺さり方ではなかった。だが完全に息の根が止まったわけでもないから、目を開いたままガタガタ震えはじめ、少女は一瞬ためらった。あの刺さった鉄串を抜いたら、すぐに血が部屋中に飛び散って、自分まで血まみれになるだろう。苦痛と恐怖でがんじがらめになった男が、もはや身体をくねらせる以外何の動きもとれないのは明らかだが、この場合、誰かを呼んで助けを求め、男をなんとか救った後で――それができるようには見えなかったが――自分の正当防衛を主張するべきだろうか。それとも。

このまま、逃げる。

相手は、この国を守ってくれている国家の兵士だった。首にじゃらじゃらぶら下げたドッグタグがなくても、この区域を行き交っている外国人の男は、みな彼のようにありがたい人間なのであり、自分がどんな選択を下そうが、それをやむを得なかったと思ってくれる人は皆無なことを、少女は知っていた。

でも、リュウは。

とにかく、リュウだけは。

今からでも飛び出していって、あたしが殺しかけた人を助けてとリュウに救いを求めたなら、きっと無視はしないはず。彼のよろず屋は、それほど遠くない。

リュウにとってだけは、いい子でいたかったのに。

拾われただけの縁でも。

どこでもいいから遠くに逃げ、二度と会えなくなるほうが、リュウから冷たいまなざしを向けられて誤解されるよりマシだろうか。

男がのたうちまわりながら自分のほうに伸ばす手を振り払って、少女は四角い部屋の中を逃げ回った。彼が息を引き取るのを待っていた。自分が逃げたあとに、一足遅れで生き返られたりしたら面倒だ。男は、いまや少女を捕らえることをあきらめ、ひたすら床にへばりついていた重い身体を引きずって部屋のドアを開けようとしていたが、固く閉ざされたドアは内側から引かないと開かない構造で、それより先に起き上がって横に渡された鉄のかんぬきを持ち上げなければいけなかった。男が最後の力をふりしぼって上半身を起こし、かんぬきまで手を伸ばした。ドアが開いた瞬間に少女は男の脇腹を蹴り上げ、熊の皮のようにくずおれた男は、目を見開いたまま二度と動かなくなった。

そして、スーッと開いたドアの前にはリュウが立っていた。

リュウの姿が目に入るなり、全身の血が頭に上った。男に殺されかかったという事実さえ、いまのこの瞬間に比べたら絶望とも呼べなかったが、なぜか泣き出しはしなかった。リュウが何をどこから聞き、いつから部屋の前にいて、いたならなぜ、自分を助けてくれなかったのか。問いつめる余裕もないままに、少女は声を張り上げた。

——そんなつもりはなかったんです。この人が先に、あたしは。

リュウは少女の口を片手で塞ぐと、もう一方の手の指を自分の唇に当てて見せた。足もとでひっくり返っている男、その開いた口に刺さった鉄串をはじめとして、口から流れ出た血の筋まで観察し、それから部屋の中全体を見渡したあとで、独り言のようにぽつりと言った。

——こりゃ、素質があるな。

一瞬、少女は聞き間違いかと思いリュウを見上げたが、リュウは、いまをなだめるためのありきたりの慰めではなく、心底褒めているような感嘆の笑顔だった。

——派手にやらかしたんなら、死ぬところまで面倒みてやらなくちゃ。姉さんの部屋に、結構荷物はあるのか？

少女は慌てて首を横に振った。服は二、三着を着回しているだけ、後でチョに渡すつもりで枕の下に貯めた給料があるにはあったが、それ以外は身体一つだった。本当に、単純明快を通り越して酷《むご》いほどに生存本位、おまけにその日暮らしで、かけがえのない思い出がつまった品など、どんなものも手にしてはいなかった。もし自分にこれからそんなものができるとしたら、そこには常にリュウと、リュウの家族が含まれるのだろう、そう漠然と思っていただけだ。

——じゃあ、ひとまずうちの店に行ってろ。行ってカミさんの言う通りにするんだ。ここは俺に任せて。早く！

強く肩を押され、どこからが偶然でどこまでがリュウの策略か考える暇もなく、頭の中がぐちゃぐちゃのまま少女は走り出した。いま泣き出せばその場にへたりこんでしまいそうだし、そうなったら二度と立ち上がれない確信があったから、しゃっくりと一緒に喉をせり上がってくる泣き声を押しとどめながら。そのうちに頭に上っていた血はいつしか元通りになり、海の中を遊泳するカタクチイワシのように体の中を漂っていた。

その少女は、店を畳んだリュウとチョとともに都市を離れ、それから一カ月後にようやく知るはずだった。リュウの本当の職業を。また、少女が喉を穿ってしまった男は、米軍の部隊品をバラック市場にしじゅう横流しし、逆にそれをゆすりの種にして何軒かのクラブや店を脅迫していた厄介者だったことを。リュウはリュウで、訊かれれば否定しなかったはずだ。わざわざ少女に何かのテストをしたわけではなく、たまたま男の個人的な性的嗜好をかぎつけ、可能な限り幼女を要求して支配人を困らせていた男が、目的を成し遂げて放心したその隙を狙う計画だったことを。もっとも、当初の予定は男に一泡吹かせるところまでで、想定以上に過激な展開は、純粋に少女が招いたものだった。少女は、あの男とあの場所の痕跡、そして残った問題をどう処理したのか、決してリュウに訊かないはずだ。訊いた瞬間、リュウへの驚異や畏怖が消えただろうことは、その後に発生したさまざまな出来事から、なんとなくわかったろうから。

傍目にはゴルフ道具でも入っていそうな長いバッグを肩にかけて玄関ドアを開けると、後ろで無用が低く弱い鳴き声を上げる。ドアを出る前に、爪角はもう一度無用を振り返る。一度吠えはしたが、危ない仕事をしにどこかへ出かける主人を、止めるつもりはないらしい。玄関奥に静かに座り、彼女を見つめている。個人主義的な生活に最適化された愛犬だ。

何かをする気になったら、たとえ軽い挨拶程度のことであれ、常にいま、しておかなくてはいけない。特に最近はそうだ。身体の向きを変えただけで、ついさっきまで自分が何をしようとしていたかも忘れてしまうような日常だから。彼女は、無用の頭を三、四回撫で、音節ごとにはっきりと声にする。

「いって、くるよ」

息をしている限り、「いって」—「くる」、はず。手足が動く限り。いつかこの子が記憶から消え去るか、その存在を認識さえできなくなるまでは。彼女は玄関ドアを閉める。

事務所に立ち寄った爪角の目に、大きく開けられ、羊の腸《はらわた》のように内容物がさらされたまま応接テーブルの上にほっぽり出されているアタッシェケースと、それを挟んで二人の人間が対峙する場面が飛び込んでくる。アタッシェケースに詰めこまれた羊の腸はもちろん五万ウォン札の山で、腕を組み足を組む五〇代半ばの依頼人、その前に置かれたカップの中で冷めていくコーヒーの両方を交互に眺めているヘウの表情には、一般的な苦悩や煩悶を超え、いますぐカップを取って内容物を依頼人の頭からぶちまけたいという衝動を抑え込む気配がある。爪角には軽く目礼をしただけで、全神経を、上から下までめかしこんだその中年女性に向けている。

「ソン室長の話を信じてきたのに、それはないでしょう？　だから、引き受けてくれるわけ？　くれないわけ？」

依頼人が不満を表明する震える声音には、高圧的というより絶望感や焦燥感がにじんでいて、苛立ちを隠そうともしない表情とはどこか不釣り合いに見えた。ヘウも同じものを感じ取ったのか、それとも、この依頼人がすでに他のめぼしいところを一通り当たった上でここに来たと見越してか、きっぱりと話を切り上げる。

「室長がそうお話ししたのなら、当然お引き受けするべきだとは思います。ただ、もう一度だけこちらで拝見して、きちんと検討の上でご連絡を差し上げたほうがいいかと。内部で合意が取れている話ではありませんので」

「じゃあこれは置いていくから、今日中に連絡をちょうだい」

依頼人はサングラスをかけて立ち上がり、車のキーをじゃらじゃら言わせたところで、ふと不動産物件の品定めでもするようなポーズで対象を——事務机の脇に立っている爪角を、上から下まで眺め回す。爪角は一瞬、依頼人と視線がぶつかったように感じる。濃い色のサングラス越しにも、依頼人のまなざしの訝しむような気配は隠しきれない。なんでまた、上流階級の顧客相手のこの防疫エージェンシーに、一見依頼人にも業者にも見えない老婦人がいるのかわからないというように、首をチラリとかしげながら。つい一〇年ほど前なら、依頼人からそうやって露骨に不信の目を向けられたり、首を振られたりした場合、たとえ自分に任された仕事でなくても爪角はその場で、わざわざ音を立ててフォールディングナイフの刃を出し入れし、ナイフを手の中で身体の一部のように動かすテクニックを披露して機先を制していたかもしれない。だが、次第にそんな真似もこの上なくくだらなく思えてきた。若い時分は女だという理由で、必ずやそんな目を向けられていたことを思い出したのだ。性別に続いて年齢と、見くびられる理由が追加されただけに過ぎない。

依頼人のヒールの音が階段の下に消えるのを聞きながら、ヘウはカネの入ったトランクを閉め、鍵をかける。

「お金ですべてが何とでもなると思ってる人間が、この世で二番目に嫌い。もちろん一番は、こういう依頼をしておいて、お金がないってパターンですけど。入ってくるなり問答無用でカバンを広げるんですよ。室長と事前に全部電話で話がついてるんなら、はじめにそう言ってくれなきゃ。いったい何様のつもりで、一番金を積んでるって感じに偉そうにするんだか。うちがどんな人たちから、いくらもらってるかも知らないくせに」

ヘウのブツブツいう声に、爪角は笑いを漏らす。

「やりかたは多少えげつないが、そんな客、一人や二人じゃないさ」

「ぱっと見ただけでも、「あたくし、福夫人〔投資的に不動産を購入する女性を揶揄する言葉〕ですの」って顔に書いてません？　あれやこれやキラキラしたものを指にはめたり首に巻きつけたりして。いくら光り物集めたって、ちっとも似合わないのに」

「ねえ、ソン室長は最近、お偉方の顧客とあまりうまくいってなさそうだね。そんな案件、どっから拾ってきたんだって？」

「私が知るはずないですよ。どこのバーで出会ったもんか、わかりゃしません。でも、大おば様もご存じの通り、ソン室長がイマイチだからお偉方が寄りつかなくなったわけじゃないんです。時代が変わったから……みんな、頭は回るし勘もいいし、ＳＮＳ捜索隊はゴマンといるし、いまさら、昔みたいな防疫のやりかたでは通用しないって思いこんでるところもありますからね。昨日使ったクレジットカードは、今日はもうハサミを入れちゃったほうが安全だと思ってるし」

その福夫人が依頼してきた防疫のターゲットは、自分の娘に四年間たかり続けてきた二九歳のホストだった。そこまで聞いて爪角は思った。どうしてその程度のことで、ティッシュで鼻でもかむみたいに人一人消さなければならないのか。ただ普通に便利屋に頼んでも、土から頭だけ出して埋めてやれば、涙やら鼻水やらを流して、失禁して、気絶した末に自分から去っていくだろうに。

「大事なお嬢様がハンストでもしてるんだろうよ。他人の手を汚すことなんて、塵芥程度に軽く思ってるのさ、ああいう連中は。カバンの中の着手金がいくらあるか知らないけど、家庭のことは家庭で、法律にのっとって解決すりゃいいものを。こっちの手はどうせ汚れてるから、あと一回汚れたところで何でもないがね。下っ端のホストなら、あたしがお払い箱にしてやってもいいが、福夫人からすれば、金の使い道としてご不満だろう」

「あっ、大おば様がしてくださったらうれしいですけど、実は、それほど下っ端じゃないんです」

表面上の事実としては、福夫人の娘がホストに入れこんで抜き差しならなくなった、というところまでだが、娘の薬物中毒はかなり進行している状態だった。そのホストを叩き潰してほしいと、福夫人がいくつかの便利屋センターに依頼してよく調べてみると、彼は現在、主としてエンターテインメント産業やホテル業を行う比較的規模の大きい組織の、チンピラというよりはワンランク上の人物だった。ホストというのも上辺だけのことで、担当業務は不明だがチーム長と書かれた名刺を持った要注意人物であり、組織に属している人間にやたらな手出しはためらわれるという理由から連続三軒に断られていた。人脈をさらに広げて八方手を尽くせば、組織とは通じつつ牽制できる関係のまた別の業者にたどりつけたかもしれないが、そうこうしているうちに病院に監禁されていた娘は禁断症状に苦しみ、治療中に投与された薬物でショック死した。一人娘を失った福夫人にとって、残る人生の目標は、娘に最初に薬を与えた男への報復だけというわけで、その後も三軒ほど当たった末、該当の組織と多少コネがあるとうそぶくソン室長に出会ったという。

いつも通り、尋ねも問いつめもせずに処理すればいいものを、爪角はふと、大きなサングラスの濃密な闇に遮られた福夫人の目を思い出し、不自然なくらいプライドを振りかざしていた人の目にひょっとしたら宿っていたかもしれない、あきらめや衝動について想像する。

そうしていて、ソン室長の大言壮語に失笑がもれた。コネがあるとは、バカなことを。調子がいいにもほどがある。自分で築き上げたものなんか一つもなく、父親が整えたものを上げ膳据え膳でぺろりと独り占めした分際で。

「じゃあ、ソン室長に言っておいて。あたしの記憶が正しいかどうかわからないが、確か、そのエンターテインメント産業のナンバー2は、若い頃に室長の父親の世話になってるはずだよ。始末の仕方はこっちで勝手に決めるから、昔の恩に免じて、子飼いを一人失くしても黙って目をつぶれって連絡しときゃいい。恩がどうしたとシラを切るようなら、当分ヤクにはありつけなくなる、取引先の二カ所くらい、おじゃんにしてやるってね」

「うわあ、こういうとき、年の功のある方が事務所にいてくれてよかったですよ。でしたら、ソン室長と先方で一席設けるとき、大おば様も同席されます?」

ヘウの助かったような表情を見ると、はじめから誰に仲立ちを頼もうとしていたかは明らかだ。

「あたしを見てごらんよ。この顔にこの身体で、どうめかし込んで出かけたって逆効果だ。いっとき信用されて声がかかってたのも、そういう場にしゃしゃり出ていかなかったからだよ。ときには顔を合わせない方がいいこともある。そのくらい、自分でどうにかしろって室長に伝えるんだね。いちいちケツまで拭いてやらなきゃいけないかい?」

「いえ、わかりました。でも、どうして急にやる気になったんですか?」

爪角は答える代わりに、依頼人がアタッシェケースと一緒に置いていった書類を手に取ってヒラヒラ振る。

「話がまとまったら電話して。こっちも準備に入るから。こんな仕事を、まさかあの……あの子がするはずないしね。あたしにおあつらえ向きだろう」

突然の「あの子」という言葉にヘウは一瞬怪訝な顔をするが、すぐにうなずく。

「それはそうですね。あの子、最近忙しいんですよ。ひと月ぐらいの長期プラン中ですから」

「そんなこと、聞いちゃいないよ」

爪角は、仕事に入る前にもう一度、依頼人と個人的に打ち合わせをしてみようかと少し悩み、すぐにその考えを振り払う。一瞥してとっくに爪角の値踏みを終えた福夫人のもとを訪ね、防疫の打ち合わせをしたりしたら、事務所の信頼はガタ落ちだろう。中身はともかく、外見はもはや有能な防疫業者には見えず、顔に浮かんだ肝斑《かんぱん》や、歳月への無駄な抵抗をやめた目元、額の深い影を業務用の変装でごまかすのもラクなことではない。福夫人は、そんな出がらしみたいな老婦人がどうやって若い盛りの男を駆除できるのか、猜疑心を隠さないはずだ。無駄金を使わせられたのではないかと、わざわざ依頼人を不安がらせる必要はない。

ただ一つだけ。つつがなくことが済んだら、依頼人が自らこの世を去るのではないかという予感が、頭から離れない。正確に言えば、あの依頼人がひととき手にしていた家族、それを思いがけないかたちで失ったとき、人一人の精神がどれほど損傷を受けるか、果肉から切り離された林檎の皮のような生の残余を、そばで目にしていたことがあるからだ。たとえ分厚いサングラス越しに見えたのが深い悲しみに過ぎなかったとしても、爪角はそこに、あるべき瞳孔に代わって、支柱を失った蔓《つる》植物のよるべのなさのようなものまでとらえた気がした。彼女は四五年間、数多くの業務を処理してきた。防疫ターゲットのほとんどが家族持ちだったにもかかわらず、残された家族に何らかの感情を抱いたことはなかったし、その必要も感じなかった。長くない日々、リュウとチョという二人のあいだに割りこんで奇妙な形態の家族をつくったこともあったし、一時はリュウと二人きりで過ごしてもいたが、そのどちらも、一般的な家族には該当しなかった。リュウを頼り、リュウが世界のすべてだったとしても、彼に抱く感情は執着と愛情のもつれでしかなかった。血縁かどうかでいえば、九カ月半を自分の胎内で育てた赤ん坊は、臍の緒が取れる前に海外養子縁組のブローカーの手に渡った。乳腺炎に苦しみ、悪露《おろ》がおさまる前に、また別の誰かの首を絞めるため真夜中にハンドルを握っていたほどで、誰かと自分の人生を――人生と呼ぶには多少語弊がある、生の作動原理を――共有したり、それによってささやかな喜怒哀楽を得たりという日常は思い描けなかった。赤ん坊の写真は、顔かたちがまったくわからなくなるほど変色して傷んだ頃に暖炉の中へ放り入れたが、黒く萎《しぼ》んでいく写真を見つめていても何の悔恨も感じず、そればかりか、赤ん坊の写真をたまに眺めて触っていたその行為だって、生物学的母親なら当然に罪悪感や悲しみ、あるいは恋しさをもつべき、という考えの表れに過ぎなかったかもしれないと感じた。

そうだったはずが、いまさら他人の目に空虚が巣食っているのを発見して、憐憫《れんびん》の情を抱くとは。肉や骨について、改めて目を開かされるとは。老化や衰えのせいでないのなら、この一貫性のなさとは、いったい。

問題の「チーム長」なる人物は、行動隊長と行動部隊の中間に位置する行動責任者的な立場だった。自分だけ別のアパートに部屋も持っているから、少なくともチンピラではない。彼らが運営する観光ホテルのナイトクラブは、時間が時間なだけに静寂に沈みこんでいる。そこから一〇〇メートル先に、看板が出ていない事務所の建物が一つあり、行動隊員たちは全員そこで寝起きしている。チーム長のアパートはさらに一キロほど離れた場所で、行動隊長より上がどこに住んでいるかは不明だが、部下の近くとは思えなかった。

爪角は向かいのコンビニで、すっかり冷めた蜂蜜茶の紙コップを手に、ずっとアパートを見つめている。仕事に入って三日だが、いまだにチーム長の平均的な日課や動線がとんと浮かんでこず、焦りが出始めている。虫を踏みつけた痕跡をできるだけ残さないためには、相手の出勤前に動くべきなのだが、当人は長期の出張にでも出たか、アパートの近くでは姿を見かけない。同居している二人は、年の離れたきょうだいという話だった。組織のナンバー2は当初、自分たちが内規に従って処理するから手出しは無用、と高圧的だったが、ソン室長が先代カードを切ったとたん、悩みに悩んだ末に、そのきょうだいの目の前でだけは殺《や》らないでやってほしいと条件をつけてきた。その後、他の者はこの件に関知しないし協力もしないから、諸々そちらで勝手に進めろと通告が来たが、チーム長の仕事場でやるとなれば彼の味方に回る人間が多すぎるし、ナンバー2からは、自分たちの店の評判を落とすような真似をしたら、逆に報復すると警告されてもいる。チーム長の家には常に幼いきょうだいがいる。手段は潜伏だけだ。せいぜい二車線道路を挟んだくらいの距離だから、潜伏のポジションを毎回変えてアパートに出入りする人間を探っているが、話がそれとなく耳に入りでもしたのか、ターゲットは姿を現さなかった。三日目となったいま、事務所には進捗状況を問いあわせる福夫人の電話がかかり始めたらしい。まったく思い通りにならないようなら、配達員に変装して、きょうだいの前で殺らざるをえないかもしれない。

レジに背を向けた老婆が、全面ガラス窓の向こうを凝視しながら蜂蜜茶一杯で時間をつぶしていたら、おそらくあと数回はアルバイトの学生から横目で睨まれるだろう。陳列台ごとに監視カメラはあるものの、ドリンクコーナーのあたりまでは細かく映らない。まさか、ちょろまかしている品はないか。なんであんなに長居しているのか。そんな目線をさらに向けられ、顔を知られていいことなど何もない。

そうしてふと頭を上げたとき、アパートのほうの路地から、二〇代後半の男が出てくるのが見える。

アイツだ。

爪角は紙コップを握ったまま、コンビニのドアを開けて外へ出る。整髪料を何もつけていないのか、前髪がバサッと垂れ、よくあるジャージ姿だが間違いない。爪角は片手に紙コップ、もう片方の手でフィールドジャケットの内ポケットに入ったバックナイフをいじりつつ、彼との距離をゆっくりと縮めていく。ヤツがこちらへ渡ってくる。ああ、煙草を買いに出たのか。コンビニから十分に離れていないから、爪角は彼が肩をかすめ、通り過ぎていくのをだまって見送る。出かける恰好ではないから、煙草を買ったらまたアパートに引き返すだろう。いちばん人けがないアパートの中で始末しよう。ヤツが住んでいる三階まで上がる手前、階段の踊り場で、迅速に済ませる。爪角は、残った蜂蜜茶の最後の一滴まで飲み干すとそのまま紙コップをつぶし、もう一方のポケットに押しこむ。

煙草二、三箱とエナジードリンク数缶を袋に入れて出てきたチーム長は、手首に袋を提げたままジャージのポケットに両手を突っこみ、昨晩飲みすぎたというようによろよろと歩いていく。爪角は適度な距離をとって後を追う。さほど車の交通量がない二車線道路を、彼は左右それぞれ一回ずつ見るか見ないかの仕草でそのまま渡り、一拍置いて続こうとしたそのとき、突然どこから飛び出してきたものか、巨大な廃紙の山を積んだリヤカーを引く老人が現れてチーム長にトンとぶつかり、爪角とチーム長の距離は開いたままになる。正確には、リヤカーでも人でもなく、今にも崩れそうな段ボール箱の山の一部がチーム長の肩に当たったのだが、彼は「あ〜クッソ」という感嘆詞に近い悪態をつくと、反射的に腕を振り落とす。

そのせいで、たわみながらどうにか廃紙を縛っていた古いゴム紐がちぎれ、それでなくてもガタついていた箱や発泡スチロールが地面に落下して転がる。チーム長はそれ以上老人にいいがかりをつけずに背を向けると前に進むが、老人はといえば、廃紙が崩れるとドミノのようにリヤカーまで横倒しになるのをついぞ食い止めることができず、結局、半分傾いたリヤカーを起こして散乱したものを積みなおさざるをえなくなり、気が付けば二車線道路では、停まった車がクラクションを鳴らしている。リヤカーは廃紙の山とともに二車線道路を半分ほど占領した状態で、プジョーを運転する男は窓を下ろして悪態をつき始め、反対車線で急ブレーキをかけたベントレーの運転席の女は、状況が落ち着くまで黙って待ってはいるものの、今にも爆発しそうな苛立ちが顔にあふれるのを隠そうとはしない。

道路のど真ん中で不意の災難に襲われ、運転手から後ろ指をさされるのは慣れっこのことらしく、老人は、運転手たちが大声を出そうがクラクションを鳴らそうが泰然とした表情で慌てる気配も皆無、散らばった廃品をきちんきちんと載せはじめる。だが、一度決められた場所で山を築いていたものが勝手気ままに崩れ落ちたから、ただ乗せるだけでは不十分で、何度積みなおしても荷はずるずると崩れ落ちる。その繰り返しは、ほとんど運転手たちの怒りを逆撫でしようとしているようであり、だから、必ずしも手を貸さなくても老人一人でこの難局を切り抜けられそうではあったが、爪角は次の瞬間、手際よく箱を拾い集めて、それを歩道のほうへと運ぶ。五、六回は行き来しなければならない量だ。

「おじさん、リヤカーだけ引っぱって、こっちに来てください。早くっ」

すると、ようやく老人が仕方なさそうにリヤカーを動かし始める。対峙していた車は、道路に残された廃紙をそのまま轢こうとするようにそっとブレーキから足を離して前に進むが、すぐに爪角が道に飛び込んで残りの廃紙を集めるため、それさえ思い通りにならない。

やがて爪角が最後の新聞紙の一枚まで拾いきると、車は彼女の腰すれすれをかすめてスピードを上げる。渋滞していた二車線道路は、列を作っていたすべての車が行き過ぎて、再び交通量の少ないひっそりした道に戻る。

「いやいや、これはまたありがとうございました、奥さん」

「あとはここでちゃんと積みなおしてください。車があんなに待っているのに、道を全部塞いでたら……」

人に嫌われるのは当然でしょう。爪角は言葉の続きを呑みこむ。片方の足が不自由らしい老人が、趣味や小遣い稼ぎでこの仕事をしているはずはない。何も言わずに彼が廃紙を積み上げるのを手伝いながら、爪角は左右に首を振る。それでなくても狭い歩道が塞がれたため、コンビニのバイト学生はドアを開けて顔をのぞかせ、チラチラとこちらを窺っているし、歩道の通行人はしかめっ面で遠回りしたり、何も考えずに箱の山に歩を進めて、爪角が伸ばした手まで踏みそうになったりしている。軽やかに歩いていた人々はそのまま避け、あるいは通りすがりに足でそっと箱を寄せるしぐさをし、戦車のように巨大な車輪のベビーカーを押す者は、ガムを噛む音をくちゃくちゃさせながら、箱が全部片付いて道が空くのを待っている。

最後の箱の一つを片付け終わるや否や、ベビーカーは爪角の背に軽くぶつかって去っていく。遠ざかる赤ん坊の保護者の後ろ姿を見つめながら、爪角がつぶやく。

「少しは手伝ったら、もっと早く行けるだろうに」

すると、ちぎれた紐をどうにかこうにか結んで廃紙を固定させながら、老人が言う。

「なに、いいんですよ。あの程度なら礼儀正しいほうですから。なんにも言わずに待っていたじゃないですか。この辺に住むのがどんな人たちか。悪態をつかれないだけでも御の字だ」

再び巨大な廃紙の峰がリヤカーの上にそびえ立ったが、老人が古物商に到着するまで、それが土砂のように崩れ落ちずに形態を保っていられるか、爪角は心配になる。

「ありがとうございました、奥さん」

「リヤカーはもういっぱいみたいですけど、これだけの量を持っていったらいくらになるんですか？」

「奥さんもされますか？　こんなことをする方のようには見えないが」

「あ、ああ、息子夫婦のお荷物になりたくないもので。自分の食い扶持ぐらい、自分でどうにかしようかなって」

爪角はそう冗談めかして笑う。

「最近の廃紙の値段は二束三文だからねえ、このくらい……五〇キロくらいか、そのくらいなら三千ウォンほどですよ。一キロで六、七〇ウォンだと思えば。三度の飯を食べていけるんなら、しないほうがいい」

「まあ、おじさんの縄張りに手出しはしませんよ。このあたりに住んでいるわけでもないし」

爪角は、老人がリヤカーのハンドルを腰にかけるのを手伝って、肩を二、三度叩いた。

「お気をつけて」

「ええ、奥さんも、いい一日を」

老人が視野から消えるなり、それまで口元にたたえていた笑顔の気配をたたみこむ。身体の不自由な老人を手伝って目の前の防疫ターゲットを逃したばかりか、せいぜい通りすがりの相手と日常的な会話まで交わし、顔までさらした。この街とコンビニの前にかなりの時間いたから、明日も引き続きこの場所で監視することは不可能、接近ルートを変更せざるをえない。老人が廃紙を落とそうが、足を引きずっていようが、もっといえば軽く車と接触しようが、我関せずでターゲットを追いかけていれば、いまごろすでに事は終わってこの場を離れられていただろうに、一日を棒に振ったわけだ。一刻を争う依頼ではないにしても、意図せざる外部要素の乱入で持ち越しになったわけで、かつての自分の基準からすれば、とっくにこの仕事は失敗だった。

なんだってこんな重要な瞬間に、ターゲットを取り逃してまで他人を助けてしまったのだろう。これが単なる足の不自由な老人、自分と似た年代の人間が、危険な道路で新聞紙の一枚もあきらめられずにいる場面を目撃したとき、自然に生まれる同情や憐憫という感情だとして、彼女はいままで、そんなものなしでもちゃんと生きてこられた。それどころか、むしろそんな本能だの自然な共感能力だのが多少欠けていたからこそ生き延びられたのも同然だった。なのにいまは、あまりに自然じゃないか。転んだ人を立たせて荷物までまとめてやるという消耗的なふるまいは、あまりにも、人ならそうして当然のふるまいじゃないか……。

チーム長が未来永劫アパートにこもっているはずはないから、あと数日のうちに挽回すればいいと思いながらも、爪角は、自分が一般人と同レベルの行動と瞬時の判断を繰り返していると感じ、苛立たしさに思わず舌打ちする。

チッ。

その瞬間、舌打ちが自分の口の中からではなく、身体の外からした気がしてギクリとし、周囲を見回す。コンビニのバイトは、すでに閉まったガラスの扉の向こうでレジに向かって自分の仕事をしているし、他の通行人もそこにはいない。聴力が昔と同じではない状態で、悲鳴でも音楽でもない単発の舌打ちが、まるで耳の穴に唾を吐かれたみたいに聞こえる程度なら、おそらく幻聴や勘違いなのだろうが、そう決めつけるには明らかに嫌悪や軽蔑がこもっていた気がして、彼女は足を速め、ついさっき人影がちらついていた建物のあいだの細い路地に駆け込む。すると、路地の奥に灰色の服の裾が消えていくのが見える。かすかに漂うフージェールの残り香に、彼女は首をかしげる。

あの子が、どうして？

動線は変わらず仕事場とアパートの往復であると確認できたこのターゲットを数日中に駆除する際、人通りが多いとはいえない二車線道路のど真ん中で時間をつかって、周囲の商売人に顔をさらす危険を冒すのをよしとするか。はたまた、ひよっことはいえ少なくとも二人以上のチンピラが常時待機しているヤツの仕事先を場に選び、ターゲットに足場を確保させるという危険をよしとするかで迷った挙句、彼女は前者を選択した。身体がついてきてくれた頃なら、迷うどころか考えもせずに後者を選んだろうし、もちろん日帰りで実行に移していただろうが、いまは事情が違う。

それでも依頼人を待たせた責任は取らざるをえないだろうと考えながら、二日後に再び男のアパートの周囲をうろついていると、今度は向かいの中華料理店やらコンビニやら、付近の商売人がみな出て来てがやがや騒いでいるのが目に入り、爪角は足を止める。彼女自身は先日と違う身なりで帽子もかぶっていたし、コンビニのレジの顔も、おとといのバイト学生とは別のシフトの人間ないしは店長らしいから気づかれるおそれはないが、彼らがぐるりと集まった脇に空《から》のリヤカーがあるのを見つけるや否や、彼女の胸は奇妙な不安に動悸を打ち始める。

コンビニの男が私服刑事らしき相手に話している内容に耳をそばだてると、老人は普段からこのあたりを持ち場にしてよく行き来しており、ふと全面ガラスの窓から外に目を向けたときは、ふらふらしながら空のリヤカーを引いていた。ちょうど、店で出た空き瓶の箱を外に出そうと扉を開けたタイミングで老人がその場に倒れこみ、すぐさま救急車を呼んだが、救急隊員が到着したのはすでに息を引き取った後だった、という供述だった。

「だからァ、見てすぐに連絡したんですって。相手がどんな状態かもわからないのに、私がそこで、テレビでしか見たことのない心肺蘇生術とかを試してみるべきだったたって言うんですか？　それで肋骨が折れたらこっちの責任なのに？　それより、死体がいま病院にあるんなら、なんでここまで来て、ああでもないこうでもないと聞き回ってるんですか。それでなくたって経営が苦しくて店を人手に渡そうと思ってるのに、目の前でこんなことまで起きて、誰が後を引き受けるかっていうんですよ」

遠慮のない口調に、あふれる不満。どう考えてもバイト学生ではなく店長らしい。どうせ野次馬が集まっていることだし、あと一人二人が立ち止まっても目立ちはしないだろうから、爪角は他の人々と一緒にそばをうろつくが、空のリヤカーのことは直視できずに横目でうかがう。世の中のすべてのリヤカーが似たような見てくれだとしても、彼女がおとといつかんで起こしてやったリヤカーは、ただ一台だ。それまで数多くの人の死と向き合い、なかには昨日笑顔で会った人と今日遺影で対面するという場合も少なくなかったし、そのほとんどは自分の手で葬り去ってしまっていた。だが、まったく何の下心もなく、最低限の因果関係もなしに日常の範囲で接触した人と、あくる日、使い込まれた大きな遺留品を介して対面するケースはめったにない。彼女の年だけ考えれば、今後ますますそういう状況に頻繁に出くわしそうではあるが、そうした出会い自体を、生活の中で自制してきたのであって。

「そうカッカしないでください。ですから、こちらはもう病院にも行ってるんです。店長さんのお話の内容は、こちらでも把握済みです。ただ調べてみると、このお年寄りが亡くなったのは単なる心臓麻痺というわけでもなさそうなんですよ。なので、付近に他の誰かを見かけたことはなかったかと」

「誰がいるって言うんです？　一人でとぼとぼ歩いてたんですって。血の一滴も出してなかったから、ただうっかり転んだんだろうとばかり思ってたのに……単なる心臓麻痺でなけりゃ、他に外傷かなんかあるってこと？　そんなの、一般人にわかるはずないでしょうが」

外傷をほとんど残さずに心臓を止める方法を、爪角は知っている。彼女自身でいえば大昔、血気盛んだった頃に可能だったことで、いまやれと言われたら困るし、一般人がいつでも使える手でもないが、経穴《ツボ》を攻撃すれば決して不可能ではない。コンビニの店長はまだ文句を言っているが、私服刑事はこれ以上民間人に捜査内容を明かせないからか、あるいは仕事ではなく個人的に関心を持っただけの案件だからか、ご協力に感謝しますと適当な挨拶を残して立ち去ろうとする。店長は、店の前に放置されたリヤカーを指さして大声をあげる。

「ああ、まったく！　コレどうすんだよ、コレ！　ただでさえ縁起でもないのに」

「別のチームが来て回収しますから。それまで、手を触れずにそのままにしておいてください」

「また、いかにも事件現場って感じで、店の前をテープでぐるっと囲んだりするんでしょう？」

「殺人や交通事故の現場ならそうしたでしょうが、歩いてて自分で倒れた……その場所から何か証拠が出るとか、状況を明らかにするのは手遅れでしょうからね。当時は店長さんだけじゃなく、誰が見てもただの具合の悪い人だったんでしょうし。こちらの心証も同じで、明らかに事件だと思っているわけではありません。気にせずご商売を続けてください」

刑事があっさり立ち去ると、事件現場でもなく、単に人が倒れた地点というだけだからそんなに不安がることもないのだが、とはいえもはや店のイメージ悪化は避けられず、商売人たちは「なんでよりによってここまで来て倒れて迷惑をかけたのか」と話し込み、やがて「事件化しそうだが、必ずしもそう決まったわけではない」とはぐらかす刑事の態度に興がそがれたのか、それぞれの店に帰っていく。

爪角は、見えない手に髪を鷲づかみにされ、頭を地面に打ちつけられるような眩暈をこらえつつ、他の通行人と歩調を合わせ、最大限自然な姿勢とスピードで、その場から離れる。私服刑事がやって来て聞き込みをしているということは、片足が不自由である程度の老人に起こりうる自然死や事故死ではないという意味だ。彼は殺害された。誰に？　おとといの、あの躾のなっていないチーム長？　事態がさらにこじれたのでなければその可能性はないし、そうなるくらいだったらおとといの野郎は、外車がクラクションを鳴らしていようがいまいが、道路のど真ん中で老人の胸倉をつかんでいただろう。

彼女の足取りが次第に速くなる。行く当てがあったわけではないが、とりあえず人目につかない場所ならどこでもいい。過呼吸が起きそうな気配がして、ビニールを取り出そうとポケットを引っかき回す。万が一警察がこれを事件と判断したら、または、万が一あの場にバイト学生がいて、前日にリヤカーを引く老人とかなりの時間話しこんでいた老婦人の存在について言及していたら、周囲の監視カメラがチェックされるのは時間の問題だ。道路沿いの監視カメラ程度なら、彼女が防疫業務を完了したとき、どうしたって誰かに回覧されることになったろうが、それはあくまで後ろ姿、ないしは雰囲気や身なり程度しかわからないもので、他方、老人と一緒の場での彼女は、長いあいだ顔をさらしていたはずである。

目の前がかすんでそれ以上歩くのをやめ、とあるワンルームマンションの建物の地下に入って、ビニール袋にゆっくりと息を吐き出す。地下はビアホールだから昼のこの時間は店が閉まっており、建物は全体的に薄暗い。

呼吸を整えながら、空手四段でおそらくは特攻武術〔韓国軍特殊部隊などでの近接格闘術〕に通じているはずのトゥのことを思い浮かべる。トゥと一緒に路地の端に消えたフージェールの香りが、いまだに鼻の奥をくすぐっている気がする。何が狙いで、あの子は。自分の仕事だって忙しいだろうに。単に虫が好かず、一日でも早く引退してほしい年寄りの邪魔をするだけなら、他にもいろいろ方法はあるだろうに……。なんだって、こんなやり方で。

彼女の頭の中を混乱させて業務から手を引かせようという算段なら、計画は見事に成功したらしい。相手にとっては退屈しのぎの軽い悪戯にすぎないかもしれないが、突然の乱入に不快感をおぼえる以上に呆然とし、トゥの意図を探ろうとしてはあきらめることを繰り返したあげく、数日のうちに自分の失態に落とし前をつけようという意志が、米のとぎ汁の乳白色のごとく、ぼんやりと感じられてくる。

——大おば様、どうしたんですか？ 今になって別な誰かに任せたいってことですよね。接触に失敗したことは脇におくとして、あちこちに顔を知られたっていうのが過剰反応の可能性はまったくないんですか？ やだ、本当に何か怖いものでも見たみたいに息が上がってますよ。らしくない。狭心症かなんかじゃないんですか？ そんな話、一言も聞いてなかったから、体調は平気なんだと思ってたのに……ひょっとして本当に認知症とかなら、正直に言ってくださいね。刃物を持って出かける現場にスプーンやフォークを持って行ったとか、すっかり打ち明けちゃってくださいってば。そもそも、間違ってティースプーンや爪楊枝を持って行ったって、状況に合わせてちゃんとナイフ代わりに使える方だと思ってたのに、こんなのってアリですか？……ああ、それはいいです。了解しました。ターゲットの動線はだいたいつかめた、相手組織からは暗黙の同意もとりつけてある、と。なんとか他の人を探してみますから、大おば様は病院に行ってきてください。今回はうやむやにしたらダメですよ。身体がいったいどの程度か、日常生活くらいはなんとかなるのか、あるいは、この仕事を継続できるくらい最適化された身体なのか。診断書をもらってきてください。……ええ、そうなったら私のレベルではどうしようもないです。室長の知らないところで進めるわけにはいきませんから。診断書を持ってきていただいて、秘密保持誓約書ができ次第、お支払いを精算しますので。大おば様はかなりペイが貯まってて、全額一括払いっていうのは難しいので、四半期毎のお支払いにならざるをえませんけど……あっ、これこそ私の管轄じゃないんで。ええ。じゃあ、近いうちに顔を出してくださいね。こういうこと言うのは申し訳ないですけど、ぼけちゃったりしたら、そばで介護してくれる人が必要になるじゃないですか。お金ぐらい持ってないと……手遅れとかになる前に、来てくださいよ。

前々からヘウは、エージェンシーの最古参であるこの初期結成メンバーに対して、いかにも礼儀正しく必要以上にペコペコするタイプではなく、分け隔てのなさが時折礼儀のなさにつながることもあったが、自分の娘でもないので見て見ぬふりをしてきた。だが今回、爪角が防疫業務を中断して、それを再開するのも収拾するのも難しいと宣言してしまうと、目立って物言いが不親切になった。防疫に入門したてで最初の任務に派手に失敗し、ぐちぐち言いながら逃げ出した、まだ耳の下の産毛もぱやぱやした新入りをとっつかまえて、千切りにしたり油をしぼったりするときだって、これよりはもう少し言葉を選ぶはずだろう。ぼけちゃうだの、ペイは四回に分けて払うだの、あからさまにそんな言い方をしていい立場ではなかった。やりとりの最初のあたりは、とはいえそれなりにヒステリックな反応をするくらいには、業務の失敗自体にかなりガッカリしたことをにじませていたが。話が長引き、後になればなるほどに、面倒な老人はお払い箱にしてしまって、使っていた部屋に脱臭剤を撒くタイミングだと確信を抱いたらしい。

ヘウにそんな態度を取られても、爪角は返す言葉がないばかりか、目を剝く精神的な余力もない。相変わらず頭の中は、ひたすら一点のみに向けられている。

あの子は、何がしたいのか。

以前、邪魔をしたら追いかけていって殺してやると口走ったことはあるが、単に言ってみただけのことで、実際に邪魔をされる状況が来るとは思ってもおらず、それより背筋が凍るのは、もしあの子が無辜の市民を殺害してこんな混戦をもたらさず、何の邪魔だてもしていなかったと仮定した場合、それでも自分は、前日に逃したターゲットを追って完璧に駆除できただろうかという疑問のためだ。そう思うと、ますますトゥの真の望みがわからなくなる。ババア、オレを無視したな、オレはこんなにすごいんだぞと誇示する方法としては幼稚この上ないし、だったら一般人ではなくターゲットを横取りして先に始末をつけてしまうほうが、彼女に精神的なプレッシャーを与えるにはよほど効果的なはずだった。過去にない失態で爪角がパニック状態になり、内面崩壊の末にみじめな引退をしたとしたところで、トゥにはさして得るものはないはず。そもそも、働き盛りの子がこんな、すっかり老いぼれの年寄り相手に勝利感に酔いしれて、何のメリットがあるだろうか。天に唾するようなものだろうに。

だが、そんな真似をしたのが必ずしもトゥだと確定したわけではない。望みは何かと訊くためだけにあの子と接触するつもりもないし——それは、単にある人間との接触を避けるというよりも、彼の口から発せられるであろう言葉、彼の頭の奥にひそんだ意図は、知らないでいたほうがいいという、不吉な予感や恐怖に近い——、いま爪角の目前に迫っているのは、ヘウに言われた通り病院に行くことだけである。たとえ急を要さなくても、このまま家に引きこもって無用相手にぶつぶつ言いながら呆《ほう》けていくよりは、チャン博士に業務遂行不可能な状態になったと打ち明け、診断書をもらうほうが、よほど建設的に思えた。

力が抜けて握ったナイフを何度も落としてしまううえに、ターゲットに密着して接近することと自体が怖くなり、しょっちゅうではないが場所と相手を軽く物忘れして仕事をしくじりかけたこともあると、言わば現在の自分の状態を若干水増しした説明をして、離人性を含む可能な限りドラマチックな内容の診断書をとるというのが当初の予定だった。なのにここにやって来た目的を見失い、ただ風邪っぽくてお腹がしくしく痛むという話になったのは、いま目の前に座っているのが、チャン博士でなくカン博士だからというだけではない。

カン博士は、もちろんその老婦人を一目見るなり思い出した。「当然です、ここには誰も来ませんでしたし、僕は何も見ませんでした」。いくら意図的に認知不調和を約束しても、明け方の診察室で点滴の瓶を割って大乱闘を演じた老婦人、それに彼女の服から出てきた数々の道具を記憶に残さないほうが大変だったはずだ。だが彼は、一瞬目を大きく見開いたかと思うと、すぐに取り澄ました笑顔をつくってうなずいて見せるだけで、その姿に爪角は、この人なら自分の職業までは知らなくとも、正体のごく一部はわかっているのだし、事情説明なしで有用な診断書を書いてくれるかもしれないと考えた。

にもかかわらず、「唾を飲むたび、少し喉が痛い気がする」とだけ言い、リストまで作っていた詳細な症状を伝えることはしなかった。たとえその症状すべてが事実だったとしても、知られたくなかった。何をどう言おうがそれは老いの証拠であり、自分が六五の老人だということを、いまさら並べ立てたくはなかった。この人の前では。

爪角が受付で診察待ちの患者リストに名前を書きこもうとすると、パク看護師が、今日チャン先生は事情があって来ていないのだが、他の先生の診察でもいいか、と声をかけてきた。彼女は、その老婦人にどんな事情があるのかは知らずとも、チャン博士がいるときにだけ来ることを承知している、勤続五年目の看護師だった。

「そんなことは今までなかったのに、チャン先生に何か問題でも……」

万が一博士が内科学会のセミナーに出かけているなら、他の日にすればいいことだ。セミナー、あるいは出張だった場合、看護師たちも「事情があって」と遠回しには言わず、ハキハキとはっきりした声で自慢げに伝えるはずで、爪角は、事情という言葉ににじむ苦渋や混乱を感じとっていた。待合室のイスに座っている他の患者たちが、壁掛けテレビのハイビジョン画面に映し出された再放送ドラマに夢中なのを確認して、パク看護師が声を低めた。

「少し、具合を悪くされたんです」

人間だから、当然体調を崩すこともあるはずなのに、医者は担当の患者の前でおおっぴらに自分の病気を明かさない。奇妙ではあるが、それは信頼問題と直結する不合理な固定観念である。

「少し、ではなさそうですね」

少し、ならわざわざ声を落とすことまでするかと思いつつそうつぶやくと、爪角とチャン博士は愛人関係だと信じるグループの一員のパク看護師だけに、老婦人への慰めのつもりで職務上の守秘義務を破り、憐れむような表情でこめかみを二度ほど軽く叩いて見せた。その仕草で、脳血管系の疾患だとわかった。つい昨日もヘウからは何の話もなかったから、単なる病気治療というレベルではなく、前触れなしに突然担ぎ込まれたのだろう。だったら脳出血の可能性も高いはずだった。数日中に再び出勤するという期待は捨てたほうがよさそうだが、この状況で博士がいないからと帰ってしまえば、それこそ看護師たちにさらなる話のネタを提供することになりそうで、爪角はそのまま手続きをすませ、待合室のイスに腰を下ろした。その段階でも心は千々に乱れていたものの、それぞれを順番にではなく同時に考えられるほどには、まだ頭の中の信号が働いているらしかった。一つは、それまで同様片時も頭を離れない、肋骨をすべて外して心臓を取り出しでもしない限り、その心理を知ることができないトゥ――かもしれない人物――の奇妙な妨害工作について。もう一つは、少し具合が悪い程度とはとうてい思えないチャン博士への、憐れみにも似た感情だった。その感じは、リヤカーの老人を手伝ったときとあまり変わらない軌跡を描いて、各人が消滅の一点を目指し着実に滅びつつあるというやるせなさを漂わせていた。最後の一つは、患者が医者を選択する特別診療制度でもない以上、自分で診察室を選ぶことはできないから、となれば残った内科医二人のうち、二分の一の確率でカン博士と出くわすという問題だった。そのとき彼女は、破れかぶれか一種の期待か、判断のつかない何かが肺いっぱいにふくらみ、力強い振動のうなりとともに干渉音を増幅させていくのを感じた。

そして、彼女は二分の一の確率に当たった。

聴診器を当ててから両方の耳と口蓋垂《こうがいすい》をのぞいて、カン博士はやや首をかしげる。

「心拍が、多少速いことは速いですね。まるで、たったいま運動をしてきたみたいにドクドクドク……間隔が短いんです。ただ、正確なところは心電図を撮ってみないとわかりません。僕の基準では、不整脈を疑うほど不規則ではないと思います。お腹は特に変な音はしませんし、喉も腫れてない。でも、腹痛があってだるいんですよね。心拍が速いなら甲状腺の問題かもしれませんが……ひょっとして、前より汗をよくかくようになったとか、体重が落ちたとかはありませんか？　お母さんが血液検査を希望されるなら、結果が出るまでには二、三日はかかりますが」

彼からだけは聞きたくない言葉だったが、あたしはあんたの母親じゃないという文句を、爪角は口にしない。

「ああ、いえいえ。たかがそれ一つ調べるのに、そんな面倒な……汗は特にかきません。暑くもないし、体重も食べるものも、これまでと変わりありませんので」

爪角が驚いて激しく手を横に振ると、カン博士は軽く吹きだす。

「ええ、無理にされなくても大丈夫ですよ。とりあえず、だるさがあるということですから鎮痛剤をお出ししましょう。液体のお薬も処方しますので、お腹がもっと痛くなったらそっちから飲んでください。熱はありませんから抗生剤は出しません。痛みが消えないとか、いまよりも心臓が打つ音や感覚が体の外からする気がしたら、大きな病院に行ったほうがいいかな……紹介状を書きましょうか？　それとも、とりあえず心電図でも撮ってみますか」

爪角は首を横に振った。

「大丈夫です。神経性のものかもしれませんし、とりあえず様子を見ます」

「ええ、僕の見立てでも、大したことではないと思いますよ」

カン博士が処方箋を入力しようとモニターに身体を向けるが早いか、横で待機していた看護師が、次の患者を呼ぼうとドアの外へ出ていく。

「じゃあ、外でお待ちください」

「桃が……」

「はい？」

「桃が、甘くて、おいしかったんです。そこの市場で、お年寄りが売っているのが」

爪角はすでに始まってしまった言葉を途中で止められず、一方で、お粗末なその言葉に菓子のような質感や形状があれば、外に出た瞬間ほろほろ崩れてくれただろうにと思う。何か意図があって最初の一言を発したわけではないが、話しているうちになんとなく、ある種の脅迫じみた言葉と受け取られかねない気がしてくる。切り出したときは「あんたの親御さんが売る果物は質や味がよい、そういう品を売る親御さんもまた、よい人のようだ」以上の意味を示すつもりはなかったのに、文脈や聴き方によっては、まったく別に受け取れるかもしれない。「あたしはあんたの親にとっくに目をつけているし、顔は全部知っている」。後が怖ければ、親の身の安全を願うなら、あの日のことは誰にも、酒の席の話でも口を割るなという、いまさらながらの再確認。加えて一段階にやけた顔つきをし、真綿のような娘の両頬のことや、薄紅色のぼかしが入った耳元の豆粒ほどのほくろにまで言及したら、楔《くさび》を打ち込むことになるのだろう。

しかしカン博士は、目の前の老婦人に偽悪の気配を読み取れないのか、それとも気がつかないふりをしているのか、ただ笑って同意する。

「ああ、あそこに行ってみましたか？　そうでしょう。どんなに甘くていいヤツばかりを選んできてるのか、それも初物で。僕は、人にもらって食べるまで、渋い果物もあることを知らなかったんですよ」

明らかな嘘だろうが、爪角は表面上うなずいて笑顔を返し、だが、すぐに緊張を取り戻して、ほころんだ口元の筋肉を引き締める。

「行って、病院の患者さんだって一言いえば、割引クーポンまではいかなくても、いくつかおまけをしてくれると思いますよ」

「とんでもない、売り物なのに、そんなことしてもらうわけにはいきません」

そうしながら、爪角は席を立つタイミングを逸したことに、さらにくっきりした感情として、実は簡単に立ち上がりたくなかった自分の本音に、この場に腰かけて聴いていたかったのは果物の糖度の話ではなく、ただただ彼の声だったことに、気づかされる。たとえ彼が柔軟に聞き流さず、彼女の意図をはき違えて「うちの親に手を出すな」と凄んできたとしても、彼女はその声をありがたく聴いていただろう。ただ聴くだけでなく、自分の中に取り込んだだろう。もしかしたらあなたは、日陰の世界に属する人間のケガを見て喜んで縫うばかりでなく、こんなにも落ち着いて、焦りや怒りのひとかけらも見せずに、ただの平凡で同等な一人の患者のように診ようというのか。もしかしたら、平然としているふりだけかも。実は心の中で震えているのかもしれないし、あるいは、小柄の年寄りに脅されたからといって、と笑い飛ばしてたのかも。何かよからぬ人間と関わりがあるらしいチャン博士がオーナーをつとめる病院をこれまで辞めないでいるのは、勤め人たる者、上司の闇ルート的なことには当然目をつむるべし、と考えるほどに大胆だからか。それとも、娘と両親のことを考えれば、渡り鳥のように転々とするのは難しかったり、大変だったりするからか。

そんなすべての疑問や好奇心を凝縮して、爪角はただこんなふうに尋ねる。

「あたしに、何か言いたいことはありませんか?」

たとえ特別頼まれなくても、彼の親と娘に危害を加える気はないし、希望とあらば市場方面に足を向けるのもやめるつもりだが、そんなことよりひたすら声そのものが聞きたくて、彼女はあおる。そこで初めてカン博士の表情に変化が現れるが、それは、今日を初対面にするという暗黙の約束を、なぜ老婦人のほうから破るのかと訝しんでのことらしい。やがて次の患者がドアを開けて入ってきて看護師と待機し、爪角は、答えは聞けずじまいかと思いながら立ち上がる。

「ああ、つまりアレだ……ありますね」

ドアを出る途中で爪角がサッと顔だけ向けると、混乱し、不承不承の表情で彼が付け加える。

「液体のお薬と鎮痛剤は、面倒だからって一緒に飲んじゃダメですからね」

絵を描いていた孫娘の隣で体を起こしながら、店主の女性が、お久しぶりですねえ、と声をかけてくる。ここへはせいぜい二度目の訪問の爪角は、店主の女が商売人のひそみに倣い、一度見た客を無条件にインプットする特殊な記憶力の持ち主なのか、それとも、思い出せないからいつも来る客ではないと当たりをつけ、とりあえず声をかけているのかがわからない。かつて爪角も、一度見た顔は忘れなかった時期がある。ちらりと一瞥しただけで、ときには袖振りあっただけでも、その瞬間の空気やにおいのようなもので、次にまた相手に出くわしたとき記憶をよみがえらせることができた。そうしてこそ生きていけたし、そうでなければ仕事ができない日々があった。だが、いつの頃からかその素質はゆっくりと消えていった。単に加齢のせいで、嗅覚をはじめとする感覚が衰えたからではないだろう。数えきれない死が折り重なって、以前の顔を新しい顔が覆ってしまうのだ。それを繰り返すうちに、すべての顔が真っ黒に上書きされる感じ……あとで錐《きり》でスクラッチしようと、総天然色に塗りつぶしたスケッチブックを一面黒で上塗りしている最中の、この孫娘のように。

「私がいつ来たか、覚えてるんですか？」

「何日前かまでははっきりしませんけど、うちの人がお客さんのバッグにぶつかったでしょ……。蜜柑のいいのが入ったんです。お味見どうぞ」

彼女が、半分に切った蜜柑を試食用の皿に載せて差し出す。サイズは小さいが、皮は薄い。

「蜜柑は遠慮しておきます。酸っぱいものが苦手で」

「そうです？　これ、蜜柑か蜜かわからないくらい甘いのに」

「じゃあ、せっかくなので」

手を差し出した女性に恥をかかせないために、蜜柑を受け取って皮をむく。柔らかい感触からいって、それほど酸っぱくはなさそうに思えたが、口に入れると女性の言っていた以上だ。蜜柑の粒が舌に絡みついてはじけ、すぐ口の中いっぱいに、甘く爽やかな感覚が広がる。セロトニンがさんざん上昇した状態で祖母と孫を眺めていると、二人が本当に愛おしく感じられる。それなりにつらいことはあっても、精神的、社会的には日の当たる場所にいる人々。コケなんかが生える隙間もない、確固たる日差しのもとで根を張る人々を見るのは、気持ちがいいことだ。長いあいだ見つめているだけで、それが自分のものになるのなら。ありえないことでもほんの一瞬、その場面に属している気分があじわえるなら。

とはいいながら、この祖母と孫がおさめられた画幅を眺め、叶わぬ幸福を求める代償行為は、実はカン博士へ向かうある種の熱情を認めないための努力であることに、爪角はうすうす気がついている。蒸したての餅のようにあたたかく柔らかな家庭を横目に見て羨むことで、自分の居場所を繰り返し確認しているのだ。たとえ自分が防疫業者でなく普通の女だとしても、女というよりは老女と呼ばれるほうが似合いの立場である以上、こんな感情を募らせるのはあってはならないこと……。考えてみると、業者でなければ出会うこともなかったろう。

「おじいさんは、配達のようですね」

スケッチブックに絵を描いている子供の顔と手に残る、一瞬痣と見間違う紫色のクレパスのあとを見ながら、爪角が言った。

「最近は、配達を頼まれることがあんまりないんですよ。商売あがったりで。あの人は向こうの、小商いの人が集まる集会に出かけたんです」

「ああ……集会ですか。最近市場で抗議してるって言ったら、大体が近くに来るスーパーのことでしょう?」

「そうなんですよ、本当にねえ。この辺は商圏保護区域とかなんとか言ってたのに、結局は、大企業と裏で話をつけなけりゃ食べていけなくて。おまけにうちの人は商人会の会長なもんだから、板挟みで苦労が絶えないんですよ。あっちこっちの偉い人から呼び出されるし、こっそり脅かされることもあるらしくって。表向きは、代わりにあれこれ気を遣ってやるって口ぶりで丸め込んできてるけど、要は、言うことをきかないのは面白くない、って話なんですよ」

「でも、スーパーの予定地はここから一キロくらい先だし、それほど影響はないんじゃないですか」

「とんでもない、みんな車で向こうに行くでしょうよ。駐車場もカードも使えるし、いまどき、どこも中に子供の遊び場があるしねえ。スーパーが米ちゃったら、うちの人ともちゃんと話して、店を畳もうかと思ってるんです。こんな古ぼけた店、誰も代わりにやらないと思うし。商人会会長ってことで、簡単ではないでしょうけどね」

店主の女性の溜息を前に、自分がカン博士の母親のために――この家族のために――できることは果物を買う以外になさそうだと思い、爪角は蜜柑を一袋くれと言う。ネットに一〇個あまり入って八千ウォンとは安くないと思いながら財布を開けていると、彼女の脇に一つの影が落ちる。紙幣を数える指が不意にのろくなる。悪寒が走り、不安混じりの興奮が玉の汗になってこめかみを伝い、動揺した瞳に力をこめて隣を見る。彼女の肘にほとんどくっつかんばかりのところに、籠に盛られた甘柿の一つを取り上げ、弄《もてあそ》んでいるトゥの横顔がある。

「熟した柿があったら、ちょっと見せてもらえますぅ?」

トゥは、わざと爪角に知らん顔をして女性に言う。爪角は顔を上げて彼を正視することはないが、声を聞いただけで笑顔を浮かべた口元が想像できる。

「熟柿は来週入るんですよ。でも、今熟れてなくても何日か部屋の中に置いておけば、ほとんど熟柿みたいになりますから」

「いや、全然違うでしょ。出直さないとダメかあ」

トゥが迷うふりをしているあいだに、爪角は抜きとった紙幣を女性に渡し、袋を受け取る。

また来ますという挨拶を囁くようにつぶやき、背を向けて歩きだす。

できるだけ走らず、人から急いでいると見られない程度の早足で行こう。ヤツがついてこれないように。そのうち急に考え直す。あの場所で、こらえるべきだったか？　一家をヤツの前に置きざりにしたことになるのでは？　ヤツは、奥で絵を描いていた娘を見ただろうか？単にあたし一人にあれこれちょっかいを出したいだけなんだから、考えすぎだろうか？　だが防疫業者の本能として、考えすぎはいつでも、いくらでも、やりすぎではないことを知っている。できるだけトゥがまっすぐ自分を追うように仕向け、少しでも一般人を彼の視線にさらさないほうが賢明だったはず。そもそも、あの子が自分のシマでもないこんなところまで来てうろついているのだから、あたしを追ってきたのに違いない。

そんな思いが糸玉になって胸のうちに積みあがっていくあいだに、アーチ形をした市場の出口が目の前に現れ、まもなく日向に足が一歩出るというそのとき、彼女は肩をつかまれる。反射的に持っていた果物のネットで後ろに殴りかかりそうになるが、すぐ脇を通り過ぎた自転車の警笛が耳に入って、我に返る。

「どこに逃げたんだよ、このバアちゃんはさあ」

トゥは、彼女の一方の手がビニール袋を握ったまま震え、もう一方の手がジャンパーの中に差し込まれているのを見て、あどけない笑顔を見せる。

「ここでやんの？　人がいるけど」

爪角が内装工事で閉店している店舗脇の狭い路地を目で示し、二人は前後になって通りの奥へ入っていく。

閉店中のまた別の店の前に転がったイスにビニール袋を乗せ、爪角は息を整える。「心臓の音が身体の外からするような気がしたら……」。カン博士の声を思い浮かべる。今がまさにそうだ。ついさっき、ひとかけらの蜜柑を納めた内臓をはじめとして、体中の筋肉や神経から破裂音が聞こえてくる。しかし、川《カン》のようにのどかさに満ちていたカン博士の声を思い浮かべると、耳の穴から外に飛び出しそうだった心臓の音は、本来の軌道とリズムを取り戻す。

「じゃあ単刀直入に聞く。あたしの邪魔をしたのは、あんたか？」

「そっから手を出してから訊いてよ、バアちゃん」

いくら人けがないとはいえ、市場の目と鼻の先でやり合う気はないというように、トゥは両方の手のひらを広げて見せる。爪角も、懐でナイフをいじっていた手を外に出す。

「あんたが、あの老人を始末したのか。なんの関係もない人を、ただあたしを痛い目に遭わせるために」

「痛い目に遭わせるため、じゃないけどね、俺がしたっていうのはアタリ」

「わかった、じゃあ次の質問だ。あんたは目が悪いのか？」

「ん？　ああ、コレ？」

トゥは、かけていたオーク色のスイスフレックスのサングラスを外してみせる。

「まっさか。両目とも2・0なのに。ただ変装用の習慣……」

爪角の拳がすばやく重く、確実にトゥの左頬を直撃する。普通の人間なら、すぐ後ろのゴミの山に倒れこむくらいの力を込めていたが、トゥは若干姿勢を崩し、持っていたサングラスを思わず落とす程度である。

「あんたは、このくらい避《よ》けられるんじゃなかったのか？」

「バアちゃんにスカッとしてほしくてさ。で、気はすんだ？」

「まるで、だね」

トゥが腰をかがめてサングラスを拾い、埃を払うのを眺めながら爪角が言う。

「万が一、あの人があんたの業務遂行に関わる目撃者だったり、参考人だったり、あるいは証人みたいなもんだったんなら、あたしが首を突っ込む話じゃないだろう。でもね、まったく無関係の一般人を平気で逝かせるのは、あれが何度目だ？」

トゥは首を回し、口の中に溜まった血を吐き出す。

「初めてではないよね。それに、無関係でもない」

「あんたの仕事がらみの人間だったのか？」

「いや。でもあのジイさんのせいで、おたくが仕事をやっつける決定的なタイミングを逃がしたじゃん」

その言葉を聞いた爪角が呆然と立ちつくし、恐怖で顔色を変えるのを楽しそうに見つめながら、トゥが続ける。

「それが面白くなかっただけ。見てらんなかったから、ってことにしておこっか。たかだかゴミの山とリヤカーのせいで、おたくが前後の判断をできなくなったことがさ」

「あんたね。あたしが気にしていたのはリヤカーや廃紙じゃなく、それを引っ張っている人のほうだったとは思わないのか？」

「だからあ、あの大事な場面で、なんで人を助けんの？　人の情け？　人への礼儀？　出てって死ねって言ってやれよ。いつからそんな心がけで暮らしてたのさ？　一緒に老けてってる仲間だから、赤の他人を見ても鏡に映った自分を見てるみたいだったわけ？　おたくがあの日、あの時までやってきたことや、生きてきたやりかたを考えたら、それってあまりに図々しいんじゃないの？」

言葉遣いはいきりたっているものの、トゥの表情は依然どこかうれしそうで、それはまるで、すっかり忘れていたお気に入りのおもちゃを、思いがけず何年かぶりで屋根裏部屋で見つけた子供のように興奮した目つきだった。

「でなきゃ自分が、あの廃紙の山の真ん中の、一番小さくて薄っぺらくて、破けてだらーんと垂れ下がった段ボールの一つかなんかに思えたとか」

トゥの言葉の一つひとつが痛風のように関節にしみるのを感じながら、彼女は歯を食いしばる。いままで、死者や死にゆく者なら三度の食事と同じくらい見てきたし、いまさらリヤカーの老人に罪悪感を持ちはしない。口をはさんだり手伝ったりしたせいで最悪の結果を招いたことも、忘れるはずだ。

「あの後からだって、自力でいくらでも仕事を挽回できたし、何日かすれば業務も終了できただろう。なのに、あんたのせいで完全にその道が塞がれたとは思わないのか？」

そのときトゥにうっすら浮かんだ嘲笑は、彼女が結局は目標を達成できなかったろうという部分に、重きが置かれているらしい。

「だからぁ、事をしくじったのは俺のせいってことにしときなって。言い訳があったら、ちょっとはマシでしょ？」

爪角は再び内ポケットのナイフをいじる。ナイフの柄の感触に少しずつ落ち着きを取り戻すと、突然、置きっぱなしだったビニール袋を開け、ネットをナイフの刃で切り裂く。

「蜜柑、食べな」

この場面で蜜柑とは、それでなくてもだんだんに近所の普通のおばあちゃん化が進んでいるのに加えて、トゥの言う通り図々しいことこの上ない。そう思いながら蜜柑を一つ取りだして放り投げる。外気に長いあいださらされた蜜柑は、シャーベットのように凍えている。トゥは腫れた顔に蜜柑を当てて言う。

「こっからは俺がちょっと聞いてもいい？」

「ああ」

「さっきの人たちでしょ？　あの店主の女と、ちっちゃいガキ」

爪角の手から袋が滑り落ち、飛び出した蜜柑がいくつか転がって、トウの爪先で止まる。

「俺の読みが間違ってなければ、あの人たちだよね。あんたをこんなふうに図々しくさせた張本人ってさ。いや、「たち」は取ろっか。正確に言うと一人しかいないもんね、あんたが見つめてる場所にはさ」

――見せたい相手が、いるんじゃないの？

知っている。トゥは知っている。あたしが何を見て、何を聞きたがっているか、むしろあたし自身よりはるかによく知っている。そこまで考えて、爪角はすぐに、肺気腫でも患ったみたいに息苦しくなってくる。

「自分でも、それがどれほどバカげたことか、わかってるよね？」

その瞬間、爪角は、自分をとらえているものの本質が恐怖なのか羞恥心なのか区別がつかなくなる。

「なんの話かわからないし、なんだろうが余計なお世話だ」

「どうして？　デレーっとした顔で、心ここにあらずで歩き回ってる人がここにいんのに？」

彼女はトゥの興奮したまなざしを避けずに直視する。この子はカン博士よりせいぜい二、三歳若い程度だろう。なのに、カン博士を見るときと同じ重さをこめてこの子を見つめられるかといえば、それはありえない。彼女の頭はようやくクリアになり、いつも以上に、自分の置かれたポジションを明確に認識する。

「だとしても、それはあたしの問題だね。あんたがどういうつもりか知らないが、リヤカーの時とは違う。あの人たちに髪の毛一本でも触れてみな。黙っちゃいない。絶対に、生かしておかない」

後ろにいくほど、むしろ言葉は悲鳴に近くなる。

「本当の目的はなんだ？　どうして、あたしを苦しめられなくて苛ついてる？　いや、不満があるなら、いっそあたしに絡めばいい。罪のない人を巻き込まずに」

「目的。そうねー。俺の目的は、なんでしょーか？」

トゥが一歩前に足を出して蜜柑を踏みつぶし、つぶれた蜜柑のにおいが路地をたっぷりと湿らせ、広がっていく。

「人って、自分がどこに向かってるかはわかってないくせに、他人には必ずしつこく行き先を訊くんだよなー。おたく、いま自分が何をしてるか、本当にわかってんの？　わかってることはただ一つ、目的地はわかんないけど、とにかく進んでるってことだけでしょ」

次第に近づくトゥの声に、万が一の場合いつでもヤツのやたらと滑らかな舌を切り落としてしまえるよう、爪角はナイフを握り直す。

「たった一つだけ、誤解してほしくないことがあるんだけどね。俺がバカげたことって言ったのは、あのお兄ちゃんが三六で、おたくが六五だからじゃないよ。めっちゃ美しい恋じゃん。なんと、我が子ほどの相手とさ。人が聞いたら、不釣り合いだのどうのから始まって、ババアがいい歳して何トチ狂ってんだ、汚らわしいって後ろ指差すだろうけどね、老けちゃったらみんな同じだってーの。おたくにはいくらでも、あの人のことを見つめて想う自由がある」

トゥは、爪角の肩の横をすれ違いざまに中腰になり、耳元に、ほとんど囁きかけるように付け加える。

「でもさ、資格はないよね」

甘酸っぱい蜜柑のにおいでフージェールの香りが覆い隠されているのだろうと思ったが、顔を上げると、トゥはいつのまにかその場を抜け出し、消えている。

玄関に入るや否や、袋の外まで漏れ出したにおいを嗅ぎつけて、無用が後ろをついてくる。食欲がわいたからではなく普段と違うにおいがするからで、それを見て爪角は、自分がミスをしたことに気づく。どうせ無用と二人きりの暮らしなら、何を買うにせよ無用と分け合えるものを選ぶべきだったのに。蜜柑のような酸性の果物は、犬に与えないのが基本だろう。この前も、桃を買った後でもしやと思いインターネットで検索したところ、愛犬掲示板に「ワンコに桃はあげないで」というタイトルをずいぶんと見かけた。問答無用でやるなと言うものをわざわざやる必要もないと、食べさせなかったことを思い出す。あのときちらっと、葡萄や蜜柑なんかも禁止リストに見かけた気がするが。

そういえば、桃。あれから桃をどうしたんだっけ？　すっかり忘れていた。地下鉄駅の年寄りに思わず一個渡してしまったとしても、三個は残っていたはずなのに。いや、カン博士の母親は一個おまけをしてくれたから、四個がそっくりそのまま残っているはずだが、無用にやらないことにして、いつあれを全部むさぼったものか、思い出せない。

爪角は冷蔵庫を開ける。一人暮らしで食料を蓄えておくこともないから、冷蔵庫の容量は三〇〇リットルである。二〇年前、買った当時はそれでも中型以上だった覚えがあるが、いま、世間の大部分の人は最低でも五〇〇リットル以上の冷蔵庫を使っている。新婚夫婦は家電を選ぶとき、基本八〇〇リットルの両開きタイプから品定めするのであり、三〇〇リットルなら、脇にサブで置くキムチ冷蔵庫の容量にしかならないだろう。冷蔵庫は大型化し、そこに収められたきり忘れられる食べ物も増え、結局は捨てられる。爪角は初めて八〇〇リットルの冷蔵庫が発売されたとき、処理が難しい死体を一定期間保管する以外にどんな使いみちがあるのだろうと思ったし、もちろん買わなかった。冷蔵庫の奥に押し込んだ総菜の保存容器に何度か霜がつき、修理の技師を呼ぶたびに、お母さん、もう部品も期限切れだから買い替えの時期ですよ、と言われたが、首を縦には振らなかった。冷凍室の氷がすべて溶けてしまうくらいならともかく、まだ平気です。騒音も我慢できる範囲だし。

部品も、期限切れだから。

故障。期限切れ。

もう、捨ててください。

これ以上、持ちませんから。

交換。

爪角は、冷蔵庫の中をゆっくりとあらためる。あらためるまでもなく、まばらに置かれたキムチと総菜の保存容器数個しかない。そのわずかな食料さえ、不規則な仕事で外出しているあいだに放置され、変質したものが多い。この機会にいっぺんに掃除しなければと思いながら、下の段の野菜室を開ける。

そこに、崩れてドロドロになる寸前の、茶色く、もとは桃だったと思われる物体が三つ、塊になっているのが見える。帰宅して一個だけ食べ、後は忘れてしまっていたらしい。

甘く、爽やかで、柔らかな頃を忘れたその茶色い塊を捨てるため、爪角は生ゴミ用の袋を開く。一番いい季節に誰かの口を一杯に満たすべきだったのにそれが叶わず、いまは鼻を刺すような死臭を漂わせている塊へと手を伸ばす。つかみ上げようとした瞬間、彼女の手の中で崩れ、そのまましたたり落ちる。野菜室の壁にへばりついているのを取ろうとして、少し力が入ってしまった。仕方なく、崩れたかけらを一つひとつ掬って袋に入れ、まだ貼りついている果肉の破片を剝がそうと、爪でこそげる。冷蔵庫で咲く霜の花に未練でも残しているのか、それらはなかなか剝がれない。彼女は鼻の奥にもぐりこんでくる、やや酸味の強いにおいを嗅ぎながら、ふと涙を落とす。まもなく肩が震え、うめき声が漏れ、すると無用が近づいてきて、低くつぶやくように吠え始める。

白い煙が二本、虚空にゆらゆらとたなびきながら絡み合うさまは、子供を胸に抱く母親の腕にも似て、そんなふうにチョと赤ん坊が、手では触れられないある種の複合的な成分になって消えていくのを見上げるリュウの横顔を、爪角は言葉もなく見つめていた。リュウの横顔には、いますぐ表に出してしまえばいっそ楽になるかもしれない悲痛や惨憺より、こびりついて払い落とせないやりきれなさや名残といったもののほうが強くうかがえ、こともあろうに、そんなときに爪角は、チョと赤ん坊の冥福を祈るより先に、心の中で許しを乞うていた。黒いスーツを着て、腕に白い喪章を巻いた彼の肩、まっすぐ伸びた背中や足を、ずっと見つめていてごめんなさい。肩に手をのせたくなって、背中に頰を寄せたくなって、いや、そのすべてをしたいと強く願う以前に、とっくにそうしている前提で感触を想像していて、ごめんなさい。

リュウのスーツ姿を目にするのは初めてではなかったが、たいていは明るいネズミ色か紺色で、それだって、多少名前があったり権力者だったりの顧客に会うときのことだった。なんとか物産、なんとか工業、なんとか食品といった一〇種類あまりの名刺をとっかえひっかえして印刷していた頃も、肩書は常に「室長」で、それが小規模の家族経営的な自営業者だろうが、看板ばかりがころころ変わる幽霊企業だろうが、リュウがスーツ姿で名刺を差し出せばよく客がついた。爪角の目にひどく不思議だったのは、当の顧客の中に、その会社を本当の物産や工業だと思っている者が皆無なことだった。力と金がある人々はつまらないことで自分の手を汚すまいとリュウのもとを訪れたし、その逆の人々は切羽詰まって、ほぼ全財産と全人生をかけてリュウの前に跪《ひざまず》き、リュウをまつり上げた。のちに軍需品をはじめとした外国製品を主に取り扱う故買人《こばい》〔盗品と知りながら、品物を買い取ったり交換したりする者〕と本格的に取引が始まり、会社の名刺に「防疫」、名前の下に※印で「各種　ネズミ・害虫駆除」と詳しい説明をつけるようになるまでは「物産」や「食品」を使い回していたが、リュウを訪ねてくる人々は、どうせ全部わかって来ていたのだった。彼がどんなことをし、どんな願いを聞き入れ、どんな面倒を一手に引き受けて処理してくれるかを。

　そして、リュウの仕事の半分は、彼の「素質があるな」という独り言めいた呪文にかかった爪角が処理していた。初めて外国人兵士の喉に鉄串のようなものを突き刺してから四年をかけて、リュウの知る怪しげな技術すべてを受け継いだ後のことだった。

　チョはその仕事に関わっていなかった。やってみたこともなかった。ただの、普通の女房だった。子供を産み、平凡に子育てをするのが当然で、その子を育てる費用がどこからどう調達されているか男に問いつめることもない、我慢強くて口の重い女だった。リュウがしていることを具体的には知ろうとしなかったが、その仕事がクリーンでないうえに危険であるくらいのことは知らないはずがなく、その仕事に役に立つからと、夫が夫の拾ってきた子と二人、たびたび長い時間を外で過ごしていても、じっと耐えていた。次第にその子が大きくなり、もはや子供と言えなくなってからも、チョはその日のうちに戻る保証のない二人のために食事を用意し、身重なのに大きな茶色のゴムだらいで洗濯物を踏み洗いし、水の中で絡み合う夫の下着とその子の靴下を、多少は奇妙な悔しさとともに見下ろしていたのだろうが、生まれてくる赤ん坊のため、最低限のほほえみを忘れなかった。それでも万事に大人になってばかりもいられず、時折、ほほえんだ口の端をわななかせ、明らかに鬱憤をこらえているのがわかったから、爪角はリュウとできるだけ長く見つめあわないよう気を遣い、一人で防疫をこなせるほど仕事が板につくと、二人の家を出たいから別に部屋を借りてほしいと頼みもした。

「お前の稼ぎもかなりのもんだし、それでなくてもちゃんとしてやれなくて悪いとは思ってるから、部屋の一つくらい、準備するのはどうってことない。だが、女一人で、どこでどう暮らすんだ？　お前くらいの年頃の女が一人で住んでたら、他人はみんなそういう女だと思うから身動きがとりづらくなる。つまり、結局は俺たちの仕事の損だ。いまだって二階の広い部屋を一人で使ってるのに、俺たち家族と暮らすのがそんなに嫌か？　確かに、赤ん坊がしょっちゅうギャアギャア泣くし、疲れはするだろうが」

そうじゃ、ないから。

「あの、奥様に……」

リュウは、チョとは五歳しか違わないのだから姉妹のように気楽につきあえと言ったが、爪角はリュウへ向かう心に防波堤を築くため、あえて場違いな「奥様」という呼称を使い続けていた。

そういうんじゃ、なくて。

「返事は短く。話は途中ではぐらかすなと言ったろ」

訓練を受けていた頃と同じ厳しい口ぶりに耳元を弾かれて、爪角はびくりと身をすくめた。おそるおそる顔を上げると、リュウが煙草をくわえていた。彼女は、座布団の脇に置いてあった六角形のマッチの箱をつかみ、マッチを擦った。火を点ける手が、必要以上に震えませんように。平然と、最後まで嘘をつき通せますように。

「……お世話になっているのが……ずっと、申し訳なくて」

あらゆる感情をひっくるめて「お世話」と遠回しに言う爪角の頭に、手に、腕や足や背中に、そして首筋に、リュウと一緒にいたすべての瞬間が、くっきりと焼き印のように刻みこまれていた。人けのない、銃声ばかりが響く森の、草の青臭さと火薬のにおい。背筋をまっすぐ伸ばせ。腕をもっと上げろ。姿勢を正すため、背後に立ったリュウが自分の身体に加えた手の力が、あちらこちらに残っていた。靴の先を爪角の両くるぶしの内側に順に当て、足をもっと広げろ、頭を下げすぎるな。だから、彼女の身体は、あらゆる姿勢や態度は、リュウの手によってつくりだされたものだった。たとえ現場ではそのうちの一つも役に立たず、いつも腰をかがめたり、横寝をしたり、ひどければ逆さ吊りにもされなければならなかったとしても、一度鑿《のみ》を当てられた岩は常に自分の形を記憶し、むやみと乱れることがなかった。

そして、終わりまで乱れを見せないために、最後にすべきことがあるとすれば、これだけだ。ささやかで淡々とした嘘。

「ああ、何つまらないこと言ってんだ」

リュウが横に手を振った。

「用意してあるメシに箸を一膳足すくらい、大したことじゃない。お前は誰かの手を煩わせるようなガキでもないし、自分のメシ代の三、四倍以上稼いでるんだから、そんな余計な心配するな」

違う、食事代の問題じゃないのに、このおじさんは。どうして奥様の気持ちがわからないんだろう。それともわからないふりでもしているのかと溜息が出そうになるが、リュウの言葉は続いた。

「お前がいないと、もう俺が困る。だから言うな」

そのあらたまった表情や声が、一人の女を引き留めるためではなく、手足のように思っている部下や秘書に向けられたものとわかっていても、爪角の心のどこかにできた溝に、ぬるい湯が満ちていく。

「あたしは、仕事をやめるって言ってるわけじゃありません」

「同じことだ。遠くから通勤でもするのか？　この稼業で？　よく言うよ。お前にあれこれ教えてやったことを後悔させないでくれ」

「後悔なんて。室長と奥様からの御恩を、私が仇で返すと思いますか。他に会社を始めるわけでも、顧客を奪おうっていうんでもなくて、ただ、今までみたいに……」

「それはわかってる。お前がそんな真似をできないってことは、なおさらよくわかってる。なぜかといえば、お前は」

……あたしは？

俺以外に、関心がないから。ひょっとしたらそれに似た言葉がリュウの口から出るのではないかとひやひやしながら、テーブルの上にガラスの灰皿を置いた。

「なんでもない。だが、もうこの話は終わりだ」

押しつけるように煙草を消すリュウの手つきが、やや苛立っていた。

そこに、一〇カ月になる赤ん坊をおぶったチョがやってきて、ふたりが向かい合って座る小さなテーブルに果物の皿を置いた。陶磁器の皿の底が、テーブルを覆うガラスに触れた音さえ聞こえないほど、静かな仕草で。その表情はきっと落ち着いていて優しげなはずなのに、爪角は顔を上げて彼女を見ることができず、一方で、リュウが頑なな態度をとったそのタイミングに彼女が現れたことに、心の底から感謝した。見たでしょ。聞いたよね？　あたしがいけないんじゃない。あんたの旦那が、あたしにしがみついたの。だから、どうかその目で、言葉でなく態度で、あたしを罪人にしないで。身の程知らずの夢を抱いていることは、永遠に口にしないから……たとえ、あんたがいなくなっても。

そして、いまやチョは、まもなく初めての誕生日を迎えるはずだった赤ん坊とともに、いない。

一種の出張で五日間家を空けて戻ったとき、リュウと爪角は、二階の部屋で、赤ん坊を胸に抱いた姿勢のままベッドに横たわったチョの死体を発見した。背中と胸、腕と脚を含む六カ所に刺された痕があったが、直接の死因は鈍器で後頭部を強打されたことらしかった。チョは、一階玄関から居間につながる場所で突然襲われ、途中、テーブルの上の電話機に走るより先に、とるものもとりあえず子供を抱き上げたらしい。侵入者が近づいてくる方向だから玄関側には逃げられず、赤ん坊を抱いたまま、血を流しながら、二階の爪角の部屋まで行って部屋の鍵をかけたものとみられる。二階の窓は片側が金属製の防犯窓、もう片方はナイロンがピンと張った網戸だったから、おそらく彼女は網戸を破って外へ出ようとした――発見当時、爪角の机のペン立てにささっていたはずの学生用ハサミが、網戸を半分ほど切ったか切らないかのところに引っ掛かってぶらぶらしていた――。網戸を切り終わる前に、斧のようなものでドアが無残に破壊されたらしく、侵入者が襲いかかるや、チョは本能的に、ベッドに寝かせていた赤ん坊のそばへと駆け寄った。そして、確信に満ちた崇高な身振りで、もうダメだとわかっていながら、子供を抱きしめた。赤ん坊の死体に傷はなく、相対的にきれいな状態だったが、泣き声が外に漏れる前に首を絞められたと見られ――手を伸ばせば届くほど人家が集まる地域でもなし、仮に誰かが通り過ぎざまに泣き声に耳をとめたとしても、赤ん坊というのは食べれば泣き、大小便をすれば泣き、寝ていたって泣くものだと思ったに違いないのだが——侵入者は死者への最後の礼儀のつもりか、息絶えた赤ん坊をチョの死体の隣に寝かせ、腕を回すことまでしたようで、チョはその姿勢で死後硬直が進んだと見られた。

あたしが……あたしが言ったじゃないですか。

爪角はリュウの肩を何度も拳で打った。

全部投げうって早く帰ろうって、あたしが、何度も言ったじゃないですか。

もちろん、その不吉な予感がしたときにすぐに仕事を中断し、車で片道四時間の道のりを急いで帰ったところで、二人は救えなかったろう。爪角がそんなふうに言ったのは、地方での仕事に入って二日目のことだった。地方に出ているあいだの毎晩の習慣通り、リュウは赤ん坊がむにゃむにゃいう声を聞くために家へ電話を入れたが、いくら待っても呼び出し音ばかりが続いた。首をかしげるリュウに、家で何かあったのではないかと不安が広がった。リュウがこわばった表情でターゲットの家を見張っているあいだ、爪角は一〇〇メートル先の路地裏の雑貨屋まで走り、公衆電話からまた電話を入れてみた。再び徒労に終わると、戻って来た彼女は時代遅れの竈《かまど》の練炭ガスの事故や防犯の問題まで持ち出して、若干大げさに懸念を訴えた。チョに何かよくないことでも起きたら、自分がしたのでなくても必ずや自分の妄想——叶うはずがなく手も届かないのに、いつか妻も子もいないリュウの隣に自分が唯一の相手として残り、寄り添うイメージ——のせいである気がしたからだった。だからチョに何かあってはいけなかった。最初に爪角が不安がったとき、リュウは、子供の世話が忙しくて女が電話を取れなかったり、電話機自体を置きまちがえたりするのはよくあることと、深刻には受け止めていない口ぶりだった。それから一時間おきに電話を入れ、とうとう爪角が帰ろうと言い出すと、他のことに気をとられてずっと持ち場を離れる気かとむしろ叱りつけ、あと一回でも家に電話をしに行ったら、指の爪を全部剝いでやると凄みもしたが、それはひょっとすると、自分にもわき上がっていた不安を、必死に抑え込んでいたからかもしれない。その仕事はお偉いさんから指示された小さくない政治案件で、状況からいってとうてい中断できそうになかったし、止めたり失敗に終わったりした場合、信用や費用の問題どころではなく、彼らの身に直接的な危険が及ぶ依頼であることを、爪角もよくわかっていた。

だからこそ、リュウに張り上げる声はだんだんと慟哭に変わり、彼の肩に下ろす拳には力が加わった。そう口にすることで彼女は、それまで表向きは誠実で思いやりのある家族を装いながら、いっそ何でもいいからドカンと起きてしまえ、と思っていた自分のひそやかな願いを隠すことができた。

リュウは、少しずつ規模が大きくなり、何より深入りしはじめたその事業が、いつか自分の家族に刃《やいば》となって返ってくるかもしれないと思わなかったわけではなかった。手を汚す血が多くなればなるほど、仕事が成功裏に終わる回数を重ねれば重ねるほど、家族を標的にする不特定多数の人間や団体が増えるであろうことも、予想できなかったわけではない。よって、今度の仕事さえ終わったらまた引っ越しをしようとか、次の仕事さえすんだら家に常時人を張り付かせなければとか、妻があまり怒ったり怯えたりしない範囲で、自分の職業の危険性を警告しておかなければという具合に、いくつかの方策を練っていた。今回の仕事は、これまでのどの時よりも大きく、重要で、今回さえ無事に終われば家族だけでも外国に送り出すつもりだった。具体的な計画が固まるまでは、平凡な顔つきやありがちな言葉遣いで近づいてくる化粧品だとか全集だとかの訪問販売にも、むやみに玄関を開けたりするなと言い、それと、町内会の婦人会長に、警察官に……あとは誰だ？　指折り数えて挙げたりもしたが、どう考えても、そもそも妻子の存在を誰にも明かさないことより安全な方法はなかった。よろず屋の頃からそうするべきだったが、当時リュウはそこまで考えておらず、自分の仕事がこれほど本格的になるとも計算していなかった。

しかし、一度やる気が出て上り調子になった仕事は、どうしたって「このあたりでおしまい」と満足や安堵をもたらしてはくれないもので、やればやるほど範囲が広がり、依頼のレベルも上がっていき、次第に彼は緻密ながらも果敢になっていった。そんななか、最も神経を尖らせるべき人間を、細かく心を砕くかわりに、クリスタルの額縁にはめ込んだも同然に仕舞いこんで起きた結果がこれだった。もはや彼の妻と子は、文字通り永遠に額縁の中だけに残ることとなった。

チョと赤ん坊の灰を川に撒き、その後何をしていたかは不明だが、長い時間をかけて家に戻ってくると、リュウは着替えもせず一口の水も飲まないまま、二時間ほど何も言わずに居間のソファーに身を沈めていた。そのまま眠ったのだと思い、向かいに座って見守っていると、リュウはふと薄目を開け、目を合わせるのかと思いきや、引き出しの上にあったチョと赤ん坊の写真の額縁を爪角めがけて投げつけた。少し酔いも手伝ってか、その動作は、ターゲットを捕捉して駆除するときに比べれば正確さや速度で一〇分の一にもならなかったが、爪角が身体を翻して受け身をとる前に足先で割れ、飛び散ったガラスの破片の一部が頬骨のあたりを引っ掻いた。下手に身体を動かしていたら、むしろその重い額縁に足の甲を叩きつぶされかねなかったというその状況が、これまで起きたすべての過ちや悲劇の原因が自分にあると伝えている気がした。

たとえリュウがそう思ったとしても、あながち間違いじゃない。爪角はソファーから降り、身をかがめて破片を拾い始めた。

「放っておけ。ケガをする」

リュウのしわがれた声に、爪角は一瞬、自分でも知らないうちにため息のような笑いを漏らし、慌てて口を塞いだ。こんなときに、いくらぼんやりしてたからって、笑うなんて。爪角がどこかを切ったり折ったりするとすれば、それはたいていリュウの指示した仕事のせいか、リュウが直接負わせた傷だった。いまさら、たかがこんなガラスの破片で「ケガをする」だなんて。こんなのは、ケガをしたってしたうちに入らない。爪角は、蛍光灯の光を受けて輝く微細な破片を最後の一つまできれいに拾い集めると、空箱に入れた。写真は外しづらそうだからそのままにしたが、再びつなぎあわせるのは難しいだろう。

向かいのソファーにまた背筋を伸ばして座る爪角に、リュウがフッと笑った。

「いいから、部屋に行って休め」

言葉尻でひどく声がかすれるのを聞いて、爪角は返事をする代わりに台所に行き、麦茶を注《つ》いできた。リュウは、彼女が黙って差し出すコップをただ眺めるばかりだったが、しばらくしてようやく受け取った。

彼が一杯の麦茶を完全に飲みほすまで、爪角は視線をまっすぐ足もとに落としていたが、そんなときますます際立つ罪悪感とは、たとえば麦茶を飲んで動く彼の喉仏の音のように些細なことにさえ、心臓が弾んでいるという事実だった。そんな想いは、どこかに種として蒔かれるのではなく、冷たい砂利の上で干からびていくほうがふさわしいはずだった。

「気が利かないヤツだな。一人でいたいって、わかりやすく言わなきゃダメか」

「わかりますが、すみません、それだけはできません」

「俺は死なない。行って、寝るなり仕事するなりしろ」

「室長が……」

あなたが行って休んだら、あたしもそうします。爪角は適切なタイミングで、適切にその言葉をのみ込んだ。今日みたいな日に、チョのいない部屋で、チョと使っていたベッドに入って休めと言うところだった。あの部屋の夫婦のベッドの脇には、空っぽになったベビーベッドも並んでいた。かといって、二階のあたしの部屋に上がってくださいと言うわけにもいかない。血痕をはじめとした惨状はだいぶ片付いてはいたものの、チョが命を失ったまさにその場所だ。

爪角自身、なんの気がねもなく熟睡できる日が今度いつやって来るのか想像もつかないが、それでも自分は台所部屋だって慣れっこだから平気だった。しかし、目の前の人を置いては行けない。

「あたしは、自分がいたいところにいます」

「じゃあ、俺が動く」

リュウが身体を起こして書斎に入っていくのまでは追いかけられなかった。爪角はソファーで膝を抱えたまま、向かいの空席をにらみつけて座っていた。

何の夢を見たのか、びくりとして目を開けた爪角は、ふと、正面にあるはずの空っぽのソファーに代わって、かすかな闇の合間に、アイボリーの壁紙の模様がぐるりと取り囲んでいるのに気づいた。いつのまにか、部屋に来てたんだ……だが自分の部屋ではない。横向きに寝た肩には布団がかけられ、その上に載ったまた別の腕から、重さと温度が感じられた。もぞもぞと布団から抜いた指には、絆創膏が巻かれている。

「もう少し寝ろ。まだ四時だ」

腕の中での動きに気づいて、ぼそっとつぶやくリュウの声が、うなじに伝わった。

「あたし」

爪角は、自分でも確信の持てない口ぶりで、いっそ独り言といったほうがいいくらいの声音を保ったまま言った。

「あたしは、室長がもうよそうって言うなら、いまからだってやめます」

しかし、その言葉がどれほど虚しいものか、想像はついていた。広くて深い河をすでに渡ってしまったうえに、戻りの筏《いかだ》も大破されたことを、二人とも承知していた。自分たちはあまりに遠くまで来すぎたし、去った者たちは戻ってこない。仕事から手を引けば、迫りくる口封じの報復はさらに増し、やりかたはますます残忍になるはずだった。すでに、地位や権力をもつ人々と仕事上の関わりができている以上、それを勝手に断ち切れば、残りの人生は死ぬまでずっと逃げ回るしか選択肢はない。ここにきていまさら命が惜しくなったわけではないし、もともとこの仕事自体、命を投げ出してするものだから、手を引けない口実としては適切ではない。

ただ、二人が乗りこんだ車両に一度加速度がついたからには、燃料が底をついたり、不慮の事故で車自体が横転するまで運動は止められず、その果てに待ち受けているのは、全身が木っ端みじんになるのにおあつらえ向きの絶壁のはずだった。絶壁を飛び出して身体が宙に浮いた瞬間、岩にぶつかって砕け散るその直前に、二人の人生はようやく完全になるはずだった。

「お前には、近いうちに新しい身分証とチケットを用意してやる」

リュウの腕を枕に横たわっていたから、彼のかすれた声は皮膚を伝い、頭にそのまま響いた。その言葉が意味するところを敏感に感じとったがゆえに、爪角は急いで言い直した。

「いえ。要りません。ここまできたんだから、このまま続けます」

あたしを切って一人で死ぬつもりなら、いっそ最期まで一緒に行って、並んで地獄に落ちたい。どうせあたしたちはどっちも、チョと赤ん坊がいるところには行けないんだから。

ひょっとしたらそれは、深い哀悼の一種だったのかもしれない。どんなつまらない言い訳も合意の過程もなく、自然とそうなったくちづけも、すべての指を絡ませ二つの異なる手をつないだことも、絶望と悲しみの鎮魂行為。だから、一見一つになったようでいて、徹頭徹尾一つではなく。この瞬間死なないと決めたからには、ただ現在を耐えるための、同時に、目の前に生きる相手の呼吸を確かめるレベルにとどまる儀式。だから爪角は、夢でばかり思い描いていたリュウの隣にいながら、彼との密着を実感できなかった。明らかにあたたかく、柔らかく、いとおしいのに、その感覚さえ、当然のように鎮魂に捧げられてしまったいま。

「社員をあと二、三人置くか」

「本当の会社みたいですね」

「じゃあ、俺は社長で、お前は副社長」

「そんなに急に偉くなったら、後でよくないことが起きそうです」

「俺が先に死んだら、次はお前が社長」

「そうなったら」

後を追いましょうか。

「雇われ社長を別に連れてきて、やってもらわないと。トップの器じゃありませんから」

「好きにしろ。だが、何より大事なのは」

他愛ない冗談を交わしながら足をもぞもぞさせる布団の中は、どんなときよりも無防備だった。

「お前も俺も、守らなきゃならないものは、もうつくらないことにしよう」

いまこうして両腕を回し、むしろさっきより強く抱きしめて言うセリフとしては不適切だろうと思いながら、爪角は黙って聞いていた。彼が信じて言うのなら、その言葉は正しいはずだった。腕にこもる強い力は、この奇妙な祭祀の瞬間の高まる体温と合わせ、二人がこういうやりかたで一緒にいるのは、これが最初で最後であることを意味していた。

家の中のどこかの窓が開いていているのか、吹きこんできた風で、ベビーベッドに吊るされたモビールのかけらがぶつかり合い、風鈴のような泣き声を上げた。

守らなきゃならないものは、つくらないことにしよう。

ヘウがよこした最後の依頼とそのターゲットを目にしたとき、リュウのその言葉が、爪角の頭に改めてこだました。

これまで通り、ヘウは関連書類をチェックし準備しておいてくれた。本来ならありえないが、この会社は大おば様がつくったも同然だから、気持ちの整理をしてもらうという意味でソン室長が特別に任せる仕事だ、だからこそミスなく、見事に有終の美を飾ってほしいと念を押す。

「聞こえましたよね？　大おば様。何かよく見えないとか、わかんないこととかあります？」

爪角は気乗りしない様子で頭を振る。

「ああ、大丈夫だよ。ところで、個人的に気になるんだけどね。こんなこと、訊いていいものか……これは、誰の依頼だい？　どう見ても、特別なところのなさそうな人だけど」

「いつも、特別そうな人ばかり選んで駆除してるみたいな言い方ですね。これまで通り、私も詳しいことは聞いてません」

「ヘウさんが関知してないってことは、つまらない案件じゃなく、スケールの大きい話だと思うから訊いてるんだよ。財産規模といい、している仕事といい、とうてい、お偉いさんとつながりがあるようには見えないし」

「必ずつながりがなくちゃダメですか？　ご存じのくせに」

ヘウの言う通りだ。この世界は関わりの有無ではない。お偉いさんの進む道で彼の爪先を傷つけかねない砂利でさえ、平気で防疫のターゲットにされる。書類に貼られた顔写真のコピーを爪でツンと弾き、なにげないふうを装って言ったが、その顔は明らかにカン博士の父親である。個人的な怨恨の線でなければ、市場の商人会会長であるためにターゲットにされたはずで、通りの商圏を手中に収めた大企業の関係者が上にいるのだろうと当たりをつけた。だったら事は難しい。上を片付けたとしても、その上にはまた別の上が、分裂し自己複製を繰り返す細胞のように次々と現れ、ターゲットが消えるまで子を孕《はら》み続けるだろう。どんなに最盛期の爪角でも、トップを叩き潰すなど想像したこともなかった。申し訳ないが、彼は救えない。

「手に余るんだったら他の案件を訊きましょうか？　もうちょっとわかりやすくて、幼稚で、色と欲でドロドロしてるようなやつ」

あてこするような言い方ではあるが、ヘウには、引き受けてくれなかったら誰に頼めばいいんだ、という困惑がにじんでいる。写真には参考事項として「客相手の市場の老人なので、できるだけ平凡で親近感のある外見の年長者、かつ女性を希望」という、依頼人の希望と思われる※印の補足がついている。頻繁には活動していないとはいえ、五〇代の業者の数はそこそこいるし、女性の比率も少なくはない。だが、年長で女性の業者はただ一人だ。

「いいや。あたしがやるよ。他にはやらないで。よそにやったら、その耳飾りはあたしがいただくからね。もちろん、耳ごと」

ヘウは、耳元で揺れる〇・五カラットのダイヤモンドのイヤリングを示す大おば様の指からのがれようと、両手で耳を隠しながら一歩後ずさる。

「なんでそんな怖いことを。私が何したっていうんですか。大おば様、変ですよ。まるでその写真のターゲットと内縁関係か何かみたいに」

「そういう関係じゃないが、それ以前にあたしは、内縁の夫を二人、とっくに自分の手で送ってるからね。一度なんか、腹ん中に相手の子がいて。もっと聞かせてやろうか?」

「やめてください」

心底忌まわしげに爪角の視線を避けると、ヘウが給湯室へと逃げ込む。爪角はカン博士の父親の顔を半分に折り、バッグに押し込んで事務所を出る。

どうすれば、可能な限り苦しませずに送れるだろうか。

爪角の頭にあるのはそれだけだった。彼女が断れば、この仕事は別の業者の手に渡る。別の業者は、商人会会長に苦痛を与える時間をできるだけ減らそうなどとは思うはずがないからもぎ取ってきたが、だからといって結果は変わらない。

バックにいるのがどういう種類の人間か、チラリとも予想がつかないくらいに、報酬のレベルは中途半端である。消失点《バニシングポイント》（平行な線が、合流するように見える点）が消えると、どこを目がけて集まっていたか見当がつかなくなるように、市場の商人たちを混乱させて結集を断ち、その機に乗じてスーパーを無理やり持ってこようという大企業の指示と見るにはあまりにもお粗末な金額であり、かといって個人的な怨みの線での依頼としては、やや規模が大きい着手金。カン氏は、商人会会長という職責以外に何か重大な情報を入手し、それをチラつかせて上の人間をゆするような人物ではないし、血気盛んな活動家タイプとも思えない。正式な許可を得て国会議事堂に立ち入り、「流通産業発展法を改正せよ」という記者会見を開き、「零細企業へのあたたかく公正な視線を期待する、これを無視するようなら、国会前での闘争や大規模集会も辞さない」との宣言文を読み上げる程度のもので、職業人であればそのくらい誰だってしているだろう。カン氏だけが特別あちこちと衝突しているわけでもあるまい。慢性の腰痛に悩まされ、自転車に乗るのも大変な人が、たまたま内から不可思議なパワーを引っ張り出して統率力を発揮しているからといって、抗議が突然戦闘に早変わりすることもなさそうだった。

だが、報酬のレベルを見ても、活動内容が整理された関連書類を見ても、正体不明の依頼人からは「必ずやこの人間が消えてこそ自分は生きられる」という切実さより「いないほうが何かと好都合」くらいの雰囲気が強く漂う。確かに、今まで超ハイレベルの御仁から任された仕事は、かなりの数がそんな調子だった。近頃のように、対面はせずeメールや携帯メッセージで一方的に命じられるような関係ではなく、最低でも末席秘書あたりと直接顔を合わせていた時代はますますそうだった。ウジ虫どもをちょっと駆除してくれればいい、嫌なら別に構わない、あんた以外にやりたがっている人間は列をつくっているからな。ただし、無傷で帰れるとは思うなよ。そう言って、中国や東南アジア行きの航空チケットを目の前に置く人々がいた。仕事を終えてしばらくぶりに外国から帰ると、世間は彼女がしたことを忘れていた。

ふと立ち止まって顔を上げる。知らないうちに市場へと向かっていた足を引き返す。そんな自分の姿を、時折顔を合わせていた徘徊老人がじっと見ているのは気になるが、頭がはっきりした人でもなし、顔ぐらい見られても支障はないだろう。この市場で何かするつもりもないし、たとえ何かしてあの男の目に留まったとしても、恋しさも愛しさも憎しみもすべて過ぎ去った昨日に固定された老人の記憶からは、すぐに消去されるだろう。

いま爪角が考えているのは二つの戸惑いについてである。一つは、カン博士の父親を生かす道を探るより、すでに死を前提にしている自分の最後のプロ意識であり――ターゲットがカン博士の父親ではなくカン博士その人なら、話は違っただろうか――、もう一つは、ターゲットの味わう肉体的苦痛を最小限にとどめたいという、本質的に不可能な願いを抱くのが、これで二度目ということから来るものだ。一度目は、海外養子に出した赤ん坊の生物学的父親がターゲットのときだった。手続き上の問題というよりは、赤ん坊がその筋の人間から駆除されることが懸念され、急いで送り出すために名づけもそこそこに手放した子の、父親。以降も彼女はたびたび顔見知りを防疫してきたが、二度と同じ悲哀や無念、焦燥を感じることはなかった。

それから彼女は想像する。カン氏の口を背後から塞ぎ、自分のナイフが首に引く曲線を。苦痛を感じる間がないよう、一瞬で正確に線を引かなければならない。……ダメだ。身長差がかなりあるから、彼が座っていない限り、そんな場面は見こみ薄だろう。だったら両太もも。ダメだ。できるだけ苦痛は短く、という当初の目的に適っていない。結局は心臓。簡単ではない。かなりの危機的状況に置かれないかぎり、深い位置にある心臓まで、一突きで正確に到達できる物理的な力は出ないはず。彼女には、もう昔のような力はない。想像の核心は次の場面につながり、とにかくそんなことをしている最中に顔を上げると、目の前で呆然自失のカン博士がこちらを見つめ立っている……もはや以前のように落ちついていたり、訝しんだりではなく、恐怖と嫌悪でいっぱいの目で。

そのとき、彼に何と言ったらいいのだろう。

忘れな。

彼女は足を止めた。

なぜだか、かつて実際に同じような場面があり、誰かにそんな言葉を口にした気がする。

彼女が防疫の現場を第三者に目撃されたケースは多くはない。いつだった？　一瞬悪寒が走り、鼻の奥がむずむずする。

「あのぉ、奥さん」

ハッとして顔を上げる。徘徊老人が話しかけてきたのはこれが初めてだ。果物を渡したときも、眼光鋭く見つめ返すだけだったのに。

「私、ですか?」

「うちの女房を見ませんでしたかね？　そこの老人福祉センターで」

びっくりした。爪角は大きく息をつく。

「このあたりに福祉センターはありませんよ」

「ここはK洞の、町内会館があるところじゃなかったかね?」

「ここはS洞で、市場通りです。道に迷われたんなら、ご家族に連絡してあげましょうか?」

同じ場所をぐるぐる歩いている年寄りがいるから、ちょっと保護してやってくれと交番に連絡するのがせいぜいなのだが、とりあえずは、世間様がもう少しあたたかで親切な言葉と信じたがる家族について言及する。ところが老人は、彼女の言葉にカッと怒り出す。

「道に迷うとはなんだ、家はすぐ目と鼻の先なのに。だけど、誰かが夕べ、柱を引っこ抜いて持ってっちまったのか、家も見つからないし、女房も一人でどっかにいなくなっちゃったんだよ」

その妻という人がこの世を去ってから、すでにだいぶ経つのだろうと想像しながら、爪角は老人から顔をそむける。

「ええ、とにかく、私は福祉センターにも行ってないし、おたくの奥さんにも会ってませんのでね、もう行ってください」

不意に彼女は、自分はまだかくしゃくとしているにもかかわらず、この人と同じように家への帰り方も含め、置かれた状況をいっそ忘れてしまえたら、楽になれるかもしれないと本気で思う。死のその日まで、無限に反復される「昨日」に閉じ込められて生きる人。自分がもし同じになったら。過ぎた昨日に関する行為が、口からぞろぞろと数珠つなぎに出てきたら。さぞ見ものだろう。各種未解決事件の真相を聞かされた人々は——その頃になって周りに人がいるかどうかも疑問だが——耄碌《もうろく》しての戯言と言いつつ、彼女を鉄格子で囲まれた精神病院の閉鎖病棟に幽閉するのだろう。中には実話と受け取る向きも必ずやいるだろうから、それほどしないうちに、彼女の口を塞ぎたい者たちの指示を受けた防疫業者が、見舞い客やら医療関係者やらを装って訪ねて来るはずだ。そして、看護師の注射薬に何かを混入するんだろう。

そのとき、爪角の背後から老人の独り言が聞こえてくる。

「どこ行ったんだよぉ……一人で動くのもしんどいヤツが。わしがつかまえてなきゃならんのに。わしが、守ってやらなきゃならんのに」

だから、守らなきゃならないものは、つくらないことにしよう。

彼女は、カン氏の苦痛を減らしたいという自分の思いも、守りたい気持ちの一種なのだろうかと思いながら、駅に向かう。

そういうことを言っていたあの人は、最も愚かしい方法でこの世を去った。

当時爪角は二六歳で、会社は名刺だけの幽霊企業ではなく、防疫業の名を掲げ、ちゃんとした事務所も構えていた。電話番や書類整理の担当者と倉庫管理の担当者の二人の常駐スタッフがいたが、彼らは、自分たちの勤務先がネズミや虫を退治するサービス業でないことぐらいちゃんとわかっていて、にもかかわらず、自分たちが駆除するのは根本的に、誰かにとってのネズミや虫と同じであるという事実もまた承知していた。そのうちの倉庫管理担当者は、物品を安全な場所に隠して新しいものを持続的に取り寄せ、のちに専門の故買人として独り立ちしていった。

その頃リュウはほとんど現場に出ず、大部分のケースは爪角一人で処理していた。依頼人のお偉方との打ち合わせや新たな関係先との顔合わせに同行する程度で、新顔の防疫業者をどこかにスカウトしに行っては地道に引き入れていた。勧誘の方法は昔あたしにしたのと同じかと、爪角はたまに皮肉を言いたくなることもあったが、訊きはしなかった。新顔の大多数は男性で、ほとんどが顔の深い傷や腕の鮮やかな入れ墨とともに、過去にさんざん無辜の人間を殺めてきた自信をのぞかせていた。

業者が二人以上になって規模が拡大すると、自然に高位高官から信頼され、仕事を任される事業体となり、各防疫業者の懐に入る分け前も幾何級数的に増えたが、それに反比例するように仕事上の安全性は低下していった。熟慮に熟慮を重ねて人選をしても、だまって言われた通りにしている業者はおらず、それぞれにひそかな欲望を抱き、ときにそれを噴出させ、共有可能な秘密と秘密厳守の案件は錯綜しはじめた。挙動不審な防疫業者を追い出すのはいつも後手に回り、追われた業者の実力なり行動力なりは侮れないものがあったから、後に不安が残ることも少なくなかった。

チョと赤ん坊を失ってから、二人は静かな小川と畑に囲まれた洋館を売り払い、少し歩けばロイヤルホテルが見える街の中心部に居を移した。事務所と家はしじゅう場所を変え、両方の引っ越しの時期が重ならないよう調整した。安全だけを考えれば、あてどないホテル暮らしを続けていたほうがよかったろうが、リュウは、たとえめったに帰らないとしても、人にはもたれかかり留まれる場所が必要と信じて疑わなかった。リュウのような人が、それも、残酷なかたちで家族を失っていながら、家に対する基本的な神話を頑なに信じているというのは不思議なことだった。家に存在するのは人間ばかりではない。簡素とはいえ、家具だの余分な服だの台所用品だのといった生活用品がある。そういう些細なものが後々の負担になるのであり、実のところ、負担こそが家をかたちづくる最重要要素だった。さすらう生活のなか、それらを全部運ぶ方法は引っ越し以外になかった。爪角にとって家とは、半分残った餅や噛んだガムをつけるときに必要な場所ぐらいでしかなく〔朝鮮戦争停戦後の貧しい時代、食べかけのガムなどを家の壁に貼り付けては何度も噛みなおし、空腹を紛らわしたという国民的エピソードがある〕、身ひとつで逃げるのに慣れっこだったが、意外にもリュウは家にこだわった。そのくせ、「いって」――「きます」という挨拶を聞きたがらず、明日という日がない人のようにふるまうのは、軽い神経症の一種のように映った。

　もっとも、いつでも立ち去れるよう準備をし、カバン一つでホテルを転々としなければならないほど、家や事務所が脅威に襲われる頻度は高くなかった。手製の爆弾や、カバンに詰めこまれたメッタ刺しの動物の死体は、疎遠になった知人からのハガキや、気まずい別れになった相手からの恋文のように、忘れた頃にぽんと舞い込んできた。高位高官を脅しているせいで送りつけられる物もあったが、会社の勢力拡大のなかで追われた防疫業者がグルになって歯向かってくる場合も多く、とうてい黙っていられないところまでくると、リュウは人を集めて大々的に一掃したりもした。

直接現場には出なくても、お偉方との会合にマメに顔を出して契約関係の維持管理に努めなければならなかったから、リュウはしょっちゅう家を空けていた。実際に常駐していたのは、家事を預かる五〇代の主婦一人きりだった。彼女は事務所で電話番を二年してから、仕事内容とは無関係に慢性咽頭炎のため退職し、その後、リュウとチョの家の管理を任されていた。引っ越しを繰り返すようになってからも誠実につき従ってきた、検証済みの人材だった。最低限の費用で家事を回し、料理をつくりながら家の中を塵一つなく掃除し、そうして余った生活費に月給を足して息子夫婦に仕送りをしていた。上司にあたる家主たちはほぼ一日中不在だったから、時折主人のソファーに横になり、テレビを見ながらうたた寝を楽しんだ。事務所にいたときのように電話で嫌がらせをしてくる者もいないし、十分な生活費はもらえているし、仕事に満足しているふうだった。爪角は、深夜に玄関に足を踏み入れて、焼いたサバのにおいやチゲの中でかぼちゃが煮える音の中に彼女の後ろ姿を発見するたび、どこか心やすらぐ気がしたが、そういうものがリュウの信じる家の機能であり、神話らしかった。

そして、あの日の未明。リュウと爪角が、例のお偉方の代理の代理レベルの人間と会って帰宅したときだった。普段爪角はそういう席を断っていたが、代理人がどうしてもと言うので、身なりも整えず、血のにおいも消しきれないまま駆けつけた。爪角が空いたグラスにこまめに酒をそそいでいるあいだに、代理人ははべっていた妓生《キーセン》まで下げさせて、あれやこれやとしきりに命じてきた。到着して向かいに腰を下ろそうとした段階から、隣に呼びつけて顔の品評をし、かと思えばスカートのスーツ姿で来なかった点にわざわざ難癖をつけ、髪や顔に平気で触れる一方で、こんなに細くて本当にちゃんと仕事ができるのかと、手首を潰れそうなくらい強く握りしめもした。それらをずっと目にしながら、リュウは顔色こそ少し青ざめさせただけで直接止めに入ろうともせず、爪角はそんなリュウに腹を立てていた。いつも自分の都合ばかり。あたしがどんな気持ちか考えてもみないし、気持ちってものの存在自体、ハナから忘れちまえって言う。どうして、これを見て黙っていられるのか。そうつっかかっても無意味なだけで、自分の身は自分で守るもんだと鼻で笑われるんだろう。コイツを殺ってもいいかと目で訊けば、やはり同じように目で、代理人に脱げと言われたら脱ぐんだな、と的外れな回答をする人。追いかけてきて肩をつかもうとするリュウの手を軽く振り払ってふと見上げると、家の窓からは灯りが消えていた。やはりこんなに遅い時間だから家政婦は寝たのだろうと思いつつ、爪角は玄関に鍵を差し込んだ。

ドアを押してできた細い隙間から、家の中の温もりはまったく感じられなかった。家政婦は練炭がもったいないからとあまり火を使わなかったが、それでも雇い主たちがいつ戻るかわからない夜は、家をあたためておくために、途中でわざわざ一度起き出して練炭を取りに行っていたのに。いまは明け方、一度練炭の火をかえたとしてもまだ残っているはずで、家で何か問題が起きたことはすぐにわかった。彼女が再びノブを引いて玄関を閉め、ホルスターからコルト45口径を抜いて握ると、後ろに立っていたリュウもすでに準備を完了した状態で、闇の中、横目で見あいながら二人はうなずきあった。

　爪角が足でドアを蹴破り、片膝で滑りこんだ。二人が撃鉄を起こして左右に銃口を向ける音ばかりが闇を揺らし、室内には何の反応もなかった。しばらくそのまま様子を窺ってから、立っていたリュウがリビングのスイッチを入れたとき、ソファーの後ろに垂れ下がっている家政婦の腕が見えた。爪角が近づいて確かめると、家政婦は比較的穏やかな表情で目を閉じており、目立った外傷もなかったが、後頭部から流れ出した血がソファーの革に澱みをつくっていた。

　次の瞬間、玄関上部に掛かっていた何かが落下して床を転がり、ソファーの下に潜った。衝撃で動き始めたように、荒々しい時計の針音が耳に突き刺さった。逃げろ。そう言う間もなく爆発が起きた。

　爪角は目を開け、肩と頭の上に重くのしかかっているリュウの胸から這い出した。フローリングの床が割れ、ソファーと家政婦の死体が跳ね上がってある程度クッションの役割を果たしてはいたが、リュウの下半身はそれらと一緒に吹き飛んでいた。バラバラになった下半身のうち片方の足首が、割れたリビングの窓の前に転がっていた。

　リュウの瞼が震えた。片方の頬に大量の血が飛んでいて、その震えが、瞬きが、何を語ろうとしているかよく見えなかった。爪角は、リュウの血をかぶった手を彼の顔へ運んだ。

「室長……」

　いつも、守るものは自分の身だけだって。歯を食いしばっているせいで言葉が続かなかった。彼が伝えたい最後のメッセージでもあるなら、きちんと聞いておかなければいけないから、その姿を見ておかなければいけないから、目の前を涙で塞いではいけなかった。残っている彼の上半身が大きく痙攣した。彼女の膝に頭を埋める直前、うっすらと安堵の微笑みを浮かべたような気がした。

その後、リュウに捧げる最後の贈り物であり誠意というわけでもないが、彼女は急性の躁病にでもかかったように活発に動き回り、山積する問題を一つずつ、老練たる態度で片付けていった。まずは、雑多な書類を年度別に分類した。一度に焼却するつもりだったのに大まかに整理したのは、そんなふうにカウントしながら、万が一の資料の抜けをチェックするためだった。常勤の職員を辞めさせ、フリーランスに契約解除を通告するかたわら、故買人や製薬会社の関係者、数人の薬剤師をはじめとした化学、工業、薬品関係の従事者と次々に会って回った。だが、検察と警察が同行した席で大企業の代理人らと会うと、信頼して仕事を任せられる人間も団体もないと、溜息まじりにしつこく復帰を求められ、それに一部の政治家までが加勢した。彼女は、自分は何も学ぶことができなかった、使いかたを心得ているのは我が身一つだけだから、リュウなしでは何もできないと、きっぱり意志を表明し、そうしながら心のうちでは二つのことを考えていた。この席で優しげに笑いながら車座になっている人間のうち、誰かがリュウを始末しろと指示を出したのかもしれないということ、そして、自分が背を向けた瞬間、刃物が突き立てられるのかもしれないという予感だった。

だが、席を立ち、回れ右をした爪角の背に刺さったものは刃物ではなく、ある大臣の言葉だった。

「あの状況で生き残ったのは、あきらかに、君に天運がついているからだろうな」

あたしをかばってくれたのは、神様じゃなくてリュウです。唾を呑むように言葉を喉の奥に押しやりながら、爪角は障子の引手に手をかけた。

「君が、ずっと仕事をしていく運命だからじゃないか。いいかね。一つの組織というものは、だ。ある日突然ボスという奴が、諸行無常だ、何もかも嫌気がさしたから足を洗いたいと下を呼びつけて、今日を限りにわれわれは解散します、とやったからといって、なくなるものじゃないのだよ。ボスが、とっくに動き出している組織をバラバラにしてしまったり、その組織の進む道を変えたりというのは、よほどのことじゃない限りできん。そういう意味では、ボスも組織の一番下っ端と変わらんのだ。一度完成した組織は、すでにより大きな秩序に取り込まれてしまっている。そこから先はその秩序が、組織を動かす。機械の部品が全部なくなって、これ以上代わりになるものがなくなるまではね。無論、代替品は消耗のスピードに負けないくらい、量産されるスピードも速い。君がトップになるのが難しいというのなら、これまで通り手足になってくれればいい。うちの、賢くて信用できる人間を選んで室長に据えてやるから。自分が、手足を全部切り落とされるには惜しい年齢とは思わんかね」

彼女が数カ月後に結局提案をのんだ理由は、道を歩いていて頭上から鉢植えが落ちてくるといった警告含みの小さな事件が、しじゅう周囲で起きたからばかりではなかった。すぐに後を追うことと、できるだけ遅くに追うこと、どちらをリュウが望むだろうとしばらく悩み、そのどちらも、彼は望まないだろうと思ったのだ。リュウの遺志を引き継ごうと考えたこともないし、そもそも遺志なんてものはなかったたし、防疫業を始めてからの人生は現在進行形ではなく、いわばずっと〈現在停止形〉だった。将来に何の期待も希望もなく、ただ生きているから、今日も目が覚めたから、道具を手にした。自分の存在理由を確かめたりせず、自分の行動に根拠を与えたり、意味付けしたりすることもなかった。生き残ろうという努力をせず、早く死のうと身体をいい加減に放り出しもしなかった。単に脈が止まっていないという理由で動き続けるのは、まさに部品からなる機械の属性だった。時折リュウを思い出すことはあったし、生前の彼の教えに導かれることも多かったが、使い込んで身体の一部になった道具がつくる手のひらのマメと同じで、それ以外の、リュウを思い出して全身が疼くようにざわつき、苦しくなるという感覚はもはやなかった。彼女は老いに向かっていた。

カン氏は、いつも通り午後四時に幼稚園の玄関チャイムに手を伸ばす。チャイムを押す感覚は、空気が漏れているように軽く、何度押しても音がしないから、妙に思って引いてみると、門は緩やかに開く。一階の廊下の奥にある職員室に近づいてドアをノックし、すると、ヘニの担任が出て来て挨拶をする。

「ええ、ヘニのお迎えで来たんですがね。その、先生、チャイムが故障しているんなら、ちょっと何か書いて貼っておいたほうが……」

担任は首をかしげる。

「チャイムはちゃんと動いてますよ。音がしませんでした?」

「ああ、いや、うちのチャイムも古いせいか、寒くなると冬じゅうジージー言って、そのうち音も出なくなるんですがね。ですが、門も開いてましたよ」

「えっ、本当ですか? うちはデジタルオートロックだし、盗難防止システムも入れているから、そんなはずは……」

担任が口にする外国語の意味と機能がピンとこないカン氏は、咳払いをして話題を変える。

「まあ、とにかく後で人を呼んで直してもらうなりしてもらってね、ヘニを呼んでください」

「ドアから手を離すと自動で閉まるタイプなんですよ。全面解除にしないと、外からドアは開けられないはずなんですけど。じゃあ、延長保育のクラスにすぐ連絡を入れますね」

担任は職員室に入って行き、上の階にインターホンで連絡を入れるが、数分後、真っ青な顔で飛び出してくる。

「おじいさん、大変です。ヘニがいません」

どういう意味かすぐには理解できず、カン氏は目をぱちくりさせる。

「バッグとコートはそのままなんですが、トイレに行ってくるって出ていってからもうだいぶ経っていて、今見たら、トイレにいないって……」

話を聞いてカン氏は頭に血が上り、心臓が激しく早鐘を打ち始める。原因不明の異変が日常を圧倒し、とらえどころのない恐怖が具体的な質感を帯びる。

「本日休業」とマジックで走り書きしたお知らせの一枚もなく、青果店は雨戸が閉まったままで錠前が下ろされている。爪角は、あえて店に来て自分が何をするつもりだったのか、慎重に振り返ってみる。駆除のターゲットと目を合わせるのが一度でも少ないほうがいいこんな時期に、わざわざ果物でも買いに来たのか。でなければ逆に、まさか店は閉めて、当分のあいだ家にだけ引きこもっていてと本音を吐くつもりだったか。カン氏が商人会会長である以上、店を閉めたからといって解決にはならない。会長職は他の誰かに任せちゃって、身を潜めていてください、ではどうだろう。いくら心をつくして警告したところで、相手に正体を伏せているうちは戯言にしかならないだろう。おまけに、一度ターゲットを指定した依頼人は、相手の立場が変わったからといって、おいそれとはリストから名前を外さない。彼女にできることはない。

にもかかわらず、店が閉まっているのが気にかかる。体調がいまひとつのようだったカン氏の妻が、とうとう寝込んでいるのだろうか。あるいはカン氏の腰がさらに悪化して、これ以上どんな果物も運べなくなったのかもしれない。妻は家でゆっくりさせ、店に若い学生アルバイトあたりを雇う、というのも難しかったのだろう。もう市場で果物を買う人はいないと言っていた。それでも、工業製品や何かに比べれば、野菜や果物はまだ市場に分があると思っていたのに。とはいえ人件費はともかく、力仕事ができる人間は必要だったんじゃないか。西瓜《スイカ》を丸々一個、両手で抱える力さえなさそうな老いた女が、孫娘と二人で店番をしているよりは。

そのとき、何者かが爪角の襟首をつかんだ。彼女は反射的に首を後ろに反らし、後ろに立った人間の鼻の下めがけて後頭部をぶつけ、相手に一音節の悲鳴を上げる隙も与えずに、そのまま肘で胸の中心部を打つと向き返り、胸倉をつかんで店の雨戸に押しつけるが、よく見るとそれはカン博士である。なんでまたこんな時間に、白衣でもない私服姿で親の店の前をうろついているのかわからないが、すると、相手のほうから先に口を開く。

「捕まえ、たぞ」

そう言うカン博士のほうが、胸倉を押さえつけられて身動きもできずにいる側なので、誰が誰に吐いているセリフかと爪角は失笑しそうになるが、無精ひげを生やして憔悴しきった顔やかすれた声が気にかかり、やめておく。

「あんたの、せいでしょう、うちにこんなことが起きるのは。そのうちどっかに現れるだろうと、見張っていたんです」

「こんなことって、何が……」

押さえていた手をゆるめると、カン博士は膝から崩れ落ちてしばらく咳きこみ、服の乱れもそのままにしゃがみこんで痰を吐く。前歯を傷めたらしく、唾に混じって血が泡立っている。

彼女は、やり場に困った手をそっとコートのポケットに入れる。

「口をケガされたようですけど、病院に行ったほうがいいんじゃないですか。すみません。でも、なんだって何もしてない人間を驚かせたりするんですか。こんな時間に、病院じゃなく市場で」

「いや、あんたのせいでしょうが！　一体、うちに何をしたんですか」

白衣を着ているときも脱いだときも同じであるべき、というきまりはないが、こんなカン博士の姿は想像したことがない。物言いはこれまでになく鋭く、険があり、身体は世間に対する、何より目の前の彼女に対する憎悪と軽蔑にあふれ返って震えているから、爪角は、自分の計画が何らかの形で外部に流出でもしたかと一瞬ギクリとする。だが、実のところはまだ何もしていないから、必死に平静を装う。

「だから何のことだか。私はただ、果物を買いに来ただけだし、お店が閉まってるから、どうしたんだろうと思っただけで」

カン博士はポケットから四つ折りにされたコピー用紙を取り出し、彼女のほうへ投げつける。ごわごわと折られた紙が回転しながら飛んできて、呆然とした表情で立つ爪角の鼻先に当たる。

「それを読んでも、知らん顔ができるんですか？　えっ？」

紙を開いて読む彼女の指先が震え出すのを無視して、カン博士は立ち上がる。
「子供が、いなくなったんですよ」
そして、彼はついに泣き声を上げ始める。

子供の父親は、ひとまず病院に休暇願を出すと、家で老親の手を取り、肩をさする。あなたたちのせいではないと慰める。そう言いながらも、何のために我が子がいなくならなければならなかったのか、まったく思い当たる節がない。ここ数年疎遠だった子供の母親の実家――子供の母方祖母と未婚のおばからなる、こぢんまりした世帯――には、すでに連絡済みだった。あの人たちはその気になればいつでも子供と会えるし、子供の母親が亡くなって、互いの苦痛にならないよう連絡が滞りがちだったとはいえ、カン博士と関係がこじれたことはない。おとしの秋夕には、わざわざ会う努力もした。何より、母方の親族が子供を連れ去ったり隠したりしたのなら、オートロックを壊すかわり、堂々と先生に呼び出しを頼んでいたはずだ。

五歳の幼児が失踪しただけに、警察から一部人員が老親の家へと送り込まれる。彼らのうちの何人かは、以前なら二四時間が経過する前に捜査人員が投入されるなんて、ありえなかったとかなんとか、鉢植えを灰皿代わりにして自分たちだけで中庭で煙草をふかし、自分たちだけで大昔の出来事の話をする。しかし、誘拐された子供の生存限界時間は長くて七二時間である。こういうご時世だから、単なる家出で結果として捜査人員の無駄遣いというかたちに終わったとしても、子供が行方不明となれば即通報が受理されるほど、ネット世論はかまびすしい。

警察官たちが町内の監視カメラを確認し、うち一つに、コートを着ていない小さな女の子を一人の女性が連れていく場面がとらえられている。不鮮明な画質、ところどころにじんで歪んだ映像、加えて祖母はすっかり魂が抜けている状態で、この子は孫かと訊かれても、そうなのかどうなのか目をぱちくりさせているだけだし、実際そうせざるをえない映像だ。画面が小さくて、被写体までの距離が遠く、拡大されているから画質が粗い。祖母は、孫娘が今朝どんな服を着ていたかをはっきり思い出せず、自分で服を着せていない父親はますますそうである。いずれにしろ、姿を消した時間帯と一致しているため他に可能性はなく、となればこの女を知っているかという質問になるが、いくら目をこすって不鮮明な映像を眺めてみても、見覚えのない相手なうえに、必ずしも女である保証もない。

警察は、幼稚園を通じて誘拐や迷子防止の事前指紋登録をしたかと尋ねる。カン博士も老親も何のことやらわからずおろおろする。いまどきの若い親なら当然していると判断したのか、警察側はパソコンのキーボードをカタカタ叩いて照会をかける。だがデータがないとわかり、呆れたように子供の父親を見上げる。登録しなかったってことですか？　先生もなんだ、あのアカのヤツらみたいな感じなんですかね？　個人の固有性を識別する指紋登録を、子供のものまで国家が収集管理することは拒否する、とか言って騒いでいたけど、なんだ、ああいう人たちのお仲間？　怒りがこみ上げるが、カン博士には警察官の胸倉をつかむ力が残っていないだけでなく、子供を探してくれと頼んでいる以上、相手のほうが立場は上で、だまって言われたことに従わざるをえない。実際カン博士は、子供の通園バッグをこまめに開け、幼稚園から週末ごとに届けられるおたよりを精読するほど、まめな性格にはなりきれていない。子供の母親がこの世を去ってから、母親役まで一手に引き受けるべきだと頭ではわかっていても、体や、状況や、生まれながらの性格がついていかないことを言い訳にしていた。とりあえずは老いた母があれこれ用意をし、面倒を見てくれていたので、たいていそれに頼っていた。間違いなく幼稚園からは、誘拐迷子防止用の事前指紋登録制度について案内文や申請書が送られてきていたはずなのだが、カン博士はちらりとも見た覚えがなかったし、老母は案内文を見ても何のことかわからず、出しておいて子供の父親に伝えなければと思いながら、互いに仕事に追われてなかなか顔を合わせる時間がなく、一日一日と伸ばしているうちに今日の日となったらしい。

博士とその父親は沈黙し、老母は気絶したような状態で向かいのソファーに横たわっている。詰めている警察官は、家の電話を囲んで録音や発信追跡装置を設置するが、カネを要求する電話はかかってこない。そのときふとカン博士は、誰かがカネを要求するなら――一体全体、閉店寸前の果物屋と雇われ医師の家に誰がカネを要求するのか知らないが――自分の携帯電話に連絡をよこすかもしれないと思い、病院に置きっぱなしの携帯電話をとってくると警察に伝える。この手の失踪事件では、児童虐待であれ精神疾患であれ、理由はともかく、まれに両親も容疑者になることを知らないわけではなかったから、当然任意の警察官一人が病院まで同行するだろうと思いきや、人手不足なうえに、前の日は終日病院で診察中だったと確認済みのカン博士は、一人で出かけることを許された。

病院に到着すると、たったいま博士宛てにファックスが入ったと、看護師が暗い表情で差し出す。全文を読んでカン博士はしばらく呆然とするが、事件にはあの怪しげな老婦人が関わっていると直感し、彼女の態度やしていたことから察するに、このファックスを警察に渡すより先に、彼女と会うべきだと心を決める。

「なのに、患者名簿の電話番号も偽物、挙句に名前も偽名だ。まあ、何か狙いがあるんだろうから、そのうち一度はこの辺をうろつくだろうと思ってましたよ。僕らに何を望んでるんですか？　なぜ、僕らがこんな目に遭わなきゃならないんです？　ヘニはどこなんですか！」

爪角は、頭の中で粉々の破片になった状況を一つひとつつなぎあわせるのに忙しく、カン博士の叫び声がよく聞こえない。

お子さんはちゃんと食べてよく眠ってます。あったかそうな新品のコートも買って着せてあげました。果物屋さんの孫娘さんだからか、フルーツには手をつけませんでしたが。代わりに、この寒いのにバニラアイスクリームを二カップ平らげましたよ。お腹はこわしていないのでご安心ください。夕食は青菜のスープと焼いた太刀魚、朝食は大根菜のキムチに目玉焼きを食べてますし、新しい歯ブラシを渡したら、自分で上手に歯磨きもできるお嬢さんなんですね。こんなエピソードで少しはご安心いただいて、お子さんに会いたければ、五日午後二時、あのバアちゃんに、下の住所まで必ず一人で来るようお伝えください。もう一度言っておきますが、五日です。すぐに警察に通報したりしたら、この住所で得られるものは何もナシ、お子さんが危険な目に遭うだけのことです。五日にバアちゃん以外の同行者が一人でもいれば、お子さんとは生きて会えないでしょう。

そして、どこかわからない住所が一行。礼儀正しく冷たく、どこかあざわらうような文体である。

「ここに出てくるバアちゃんっていうのが、あなた以外の他の誰かとは思えませんでした。まさか、ヘニの祖母のことじゃないでしょうし。こうしていられないんです、何か言ってくださいよ。僕らがあなたに、間違ったことをしましたか？　黙っていたじゃないですか、言われた通り、おとなしくしていたじゃないですか。いや、そもそもあなたがどんな真似をしている人間だろうが、興味はないって言いましたよね。なのになぜ、何もしていない人間に手出しするんですか。何が望みなんですか」

「ちょっと、黙っててください」

爪角が、穴が開くほどファックス用紙を睨みつけながら一喝する。とぎれとぎれになった思考回路が、それぞれ妙なところへ飛んでいってはくっつくのを繰り返した結果、彼女はようやく、このファックスの送り主であるトゥは自分を呼び出しているのだと気がついた。カン氏をターゲットにした依頼にも偽名を使ったのだろう。それは、カン氏本人が目的なのではなく、単にミスリードするためだったはず。トゥの目的はこの家族全体で、その先には彼女、爪角がいた。

なんだってあの子は、ここまでするのか。カン博士は泣いているが、本当に何が望みかと訊きたい気持ちは、むしろ爪角のほうが強い。ここ数年のあいだに、トゥからこれほど恨まれるような真似をしたものか、ゆっくりとたどってみる。いつも通りに仕事をし、いつも通りにすれ違っていた。顔は三カ月に一度合わせるかどうかで回数は少なかったし、その場合もほとんど会話はなかった。言いがかりをつけられれば、受け止めるか無視をした。大して気にも留めず、一方で実力は認めていた。あの子が皮肉ってくるときは、こちらへの明らかな敵意よりは精一杯膨らませた自我のほうがうかがえたから、喉元過ぎれば笑って流せる出来事だった。総合すれば、トゥを思う彼女の心理は、かろうじて団欒《だんらん》を保っていた家族のちゃぶ台をひっくり返し、忽然と姿を消したかと思うと年に数回舞い戻って、ああでもないこうでもないと文句を言ったあげく狼藉を働く末息子を見るがごとくだったのであり、握りしめた何かを決して手放すまいとする年齢をとうに過ぎていた爪角にとっては、彼は単なる「通行人1」程度でしかなかった。個人的に親しくなりたいとはこれっぽっちも思わない相手だが、少なくとも、一触即発の警戒対象と見なすことはやめていたのに。なのに……いつから状況は変わったのだろう。彼女が果物屋の孫をほほえましい気持ちで見つめたときから……正確には、彼女がカン博士を見つめたときから。

「カン先生のおっしゃる通りです」

気を取り直して彼女はファックスを畳み、カン博士には返さずに自分のバッグに入れる。

「正しい判断でした。警察に渡したら、この手紙の送り主を捕まえるのには役立ったでしょうが、子供さんを見つけるのは難しくなったでしょう。ここからは私が片を付けますから」

カン博士は口の中の唾を思いきり地面に吐きつけるが、おそらく彼自身にも馴染みのないそんな仕草はこれっぽっちも脅威とは感じられず、爪角はひたすら不憫に思いながら眺める。

「冗談はやめてください。どういうことかは知らないが、もうあなたが問題の原因なのははっきりしたんだ。僕はこれから、あなたと、その手紙を、まとめて警察に突き出すつもりです」

「それでも結構だけど、子供さんが本当に危険になりますよ」

「ああ、でしょうね！　僕の娘に手を出したら、この国の法律がどうだろうが、あんたも、そのファックスをよこした誰かも、僕が必ず殺します。どんな手を使ってでも、地球の果てまで追いかけてでも殺してやる。話からすると、僕らに何か恨みがあるわけではなさそうだし、そちらの揉め事に変に巻き込まれたんでしょう？　でも、なぜそれがよりによってうちの家族でなきゃならないのか、いまだにわからないんですよ。前後の関係から考えるに、あなたはこの辺のただのチンピラとかじゃなくて、僕が思っていた以上に危険な人物で、僕は、生かしておいてはいけない人を生かした、そういうことなんでしょうか？　でもだとしても、大分前に終わったことじゃないですか」

ごめんなさい。それはあたしのせいなんです。あたしの目が、あなたを見つめていたから、見つめながら心をときめかせて、うろつきまわっていたからなんです。実はあたし自身、なぜそれが標的にされる理由になるのか、いきさつはわからないのだけれど、あの子はそれが不満なんだそうです。そう爪角は口にはしない。ただ冷静に約束するだけだ。

「あたしが、子供さんを見つけてきます。なんとかして取り戻します。難しいでしょうが、あたしを信じてください。とにかく警察はダメです」

「何の罪もない人間に向かって、ああしろこうしろですか？　筋の通った話をしてくれよ。よしてください。全員刑務所にぶち込んでやる。大体、五日ってなんだ。明日、明後日までうちの子が無事でいられるのかって言ってるんです、どこかは知らないが、僕は娘を、ただの一秒もその場所に置いておきたくない。ファックスを返したくないなら結構です。どうせ携帯のカメラで撮ってあるんだ……」

顔を歪ませ、しどろもどろになりながらも、カン博士は最後まで後悔じみた言葉は口にしなかった。自分がどうかしていた、あの時生かしておくべきじゃなかったのに。いや、麻酔をしてすぐ警察を呼ぶべきだったのに……娘を連れ去られた悲痛からそう嘆いてもおかしくないものを、最後まで言わない。かわりに、何かに取りつかれたようながらんどうの目で、どこかに通報するかのように携帯電話のスライドを下げている。そんな目に、爪角は見覚えがあった。福夫人だ。あの件は、エージェンシーに所属する別な業者が完遂したと聞いたが、その後依頼人が、地上での任務を全うしたかのごとく、穏やかな表情の首吊り死体として発見されたかどうかは知るよしもない。

その瞬間、爪角は、自分でも気づかないうちにカン博士の手首を蹴りあげて携帯電話を一〇メートル先に飛ばしてしまい、唖然とするカン博士の表情にすぐ後悔する。いつも、問題はこの反射神経だ。ただ手首をつかんで捻じり上げてもよかったものを、手で叩き落としてもよかったものを。戸惑いを表に出さないように、低く早口で話す。

「そうだね。誘拐された子供が七二時間以上生存するのは難しいと言われている。でもそれは、ほとんどが金品狙いの場合だよ。いま、娘さんは無事だ。あたしが保証する。信じてもらえなくてもいい。ただ、娘さんに会いたければ、こっちの言う通りにしてほしい。先生の親御さんには言わないこと。突然態度を変えたら怪しまれるから、家にいるお巡りは撤収させずにそのままにして、これまで通り盗聴かなんかさせておく。四八時間以内に一本も電話がこなければ、警察は捜査方針を変更して勝手に撤収するだろうからね。あの携帯電話には、もう何か仕掛けをされてたのか?」

カン博士は半分魂が抜けたような顔で、あきらめたようにつぶやく。

「だったら、ここに一人で来てません。家の電話に何も言ってこなければ、携帯にも何か装置をつけるんでしょうが」

「なら、拾って持ち帰ればいい。どうせあれにも連絡は来ないだろうけどね。子供はいま無事だ。もちろん先生は、あの子がずっと無事でいることを願ってるだろうが」

彼女はバッグの中から再びファックス用紙を取り出すと、住所の部分だけちぎってからカン博士に返してやる。

「手紙の送り主の性格があたしの見立て通りなら、これを警察に渡した段階で、すぐに子供から始末するだろう。逆に、ここにある指示通りあたしが一人で行けば、どんなルートを使ってでもちゃんと解放すると思う。六日の正午までにヘニが戻らなければ、そのときは先生の思った通りにすればいい。それまで、辛抱強く待つこと。ここに書かれた住所に下手に期限の前に行って、事をしくじらないように」

カン博士をその場に残して背を向けると、煮え立った熱湯のような寂寥感が肺にせり上がるのを感じる。事がこうなった以上、彼をめぐる一連の光景をだまって見つめることさえ許されず、今後、人生の残りの日々で彼に会うことは二度とないのだろう。考える途中で首を振り、肩の上に埃のように積もった悲哀を払いのけ、かわりにその場所をトゥへの怒りで満たす。それが「自分は彼に勝てないに違いない」という恐怖へ変質しないよう、がんじがらめにする。

「だからって」

何かためらいがちなカン博士の声が、彼女のうなじを引き寄せる。

「だとしても、後悔しているわけじゃ、ありませんから」

彼女に、というよりは、自分が狂い出さないよう彼自身につぶやかれた呪文に近かったのだが、爪角はいま、渋々発せられたその言葉によって、底なしの地獄からすくい上げられたような気がする。

「わかってます」

それでも最後に聞いた言葉がこれだったから、顔を前に戻して歩き出す直前にちらりと見えた彼の表情に、憎悪よりも凄絶な悲しみからくる切実さのほうがうかがえたから、まだよかった。少なくとも、その表情が別なふうに変わる可能性は、残っているから。

しかし、カン博士の視野から完全に逃れたと思ったあたりで、彼の手首を蹴ったとき使ったた右足首と骨盤がズキズキし始める。片足を引きずり、もう片方の足にかかる重みをなんとか分散させようとするが、痛みに流れる涙を止めることはできない。

長いあいだ使っていなかったものの、通常分解の方式で手入れだけは欠かさなかったコルト45口径を取り出す。有効射程距離は四〇メートルほどで、まだ片手持ちで狙いを定めるのに大きな支障はないが、今の自分には、二〇メートルそこそこ離れたものでさえ、命中させられるかどうかわからない。もっとも、考えてみればあの子と四〇メートル離れて戦うことなんてあるだろうか。おそらくないだろう。

弾丸は七発、薬室にさらに一発入るが、ふと弾丸の古さが気になってくる。古いといっても買って一五年は経っていないはずで、密封状態にしていたから不発弾が出る可能性は大きくないはずだが、そう思った瞬間、些細な欠格事由がすべて、言うことをきいてくれない自分の身体と同じように不安になる。いくら構造が堅牢で成分が単純明快だとしても、人間の魂を含め、自然に摩耗しないものなどこの世にはない。存在するすべての物体は老いた肉体と同じに、連続性が遮断され、可能性は狭められる。銃身の寿命にもまだ余裕があるとは思うが、この機会に交換しておいたほうがよさそうだし、バックアップガンが必要になるかもしれないし、天然皮革の昔のショルダーホルスターはもはや重くて手に余る。そんなふうに一つひとつ口実を作って、彼女は結局、故買人のもとを訪ねることにする。

車のキーを取り玄関を出ようとして習慣的に無用を振り返るが、当の無用は長いあくびをするだけで、主人が出かけようが出かけまいが気にする様子はない。乾燥しているせいか水が干からびていて、無用は喉が渇いたように皿の底をしきりに舐めるばかりだ。必要な装備を慎重に選んでいたら少し遅くなりそうなので、彼女は家のあちらこちらにお湯で濡らしたタオルを六、七枚かけておき、無用の皿になみなみと水を満たす。そそぐやいなや、無用は喉の渇きを癒さんとばかりに駆け寄ってきて皿に頭を突っ込む。このところ一連の出来事に心乱れ、無用をおざなりにしていた気がするが、じゃあ特別心を砕いたり溺愛したりしたことがあったかといえば思い当たる節はなく、ずっとほぼ空気のような扱いだった。自動の機械のように、無意識ながら定期的に餌をやっていただけでも幸いなほどだ。家を出る前にはいつも通り、忘れずに突き出し窓の鍵がかかっていないかを確かめ、玄関ドアを閉めてから彼女は考える。今度のことさえ終わって、寒さがゆるみ次第、もう少し頻繁に散歩へ連れて行ってやろう。普通の老婦人とまったく同じように、リードをつけて犬を引っ張り、そのうち、人が犬を引っ張っているのか、犬が人を引っ張っているのか見分けがつかなくなるくらい小走りであたふた追いかけながら、やっぱり犬を散歩させている他の人々と、目で挨拶を交わすんだ。町内の他の犬にも会わせてやるし、目と目を合わせ互いを探りあえる時間を持たせてやる。ひょっとしたら他の犬の飼い主は、血統だの雑種だのうんぬん言って煙たがるかもしれない。はっきりしているのは、日常生活の一部でしかないそんな平凡な約束を、運命をかけるみたいに誓わなければならないほど、トゥがたやすくない相手だということだ。

プラモデルショップに直接訪ねてくる客はさしておらず、ネットでの注文に従ったパッキング、出荷、配送がほとんどだから、ショップというよりは倉庫に近い。連絡を受けたハン氏は、入口脇の呼び鈴の音に、目をこすりながら姿を現す。

「お父さんの具合はどうです?」

爪角が訊いているのは、目の前の四〇代のハン氏ではなくて父親のハン氏、つまり、設立メンバーの協力者だった人物のことである。大腸がんの治療を始めてそれほど経っていないが、治療というのはそれこそ象徴的、形式的なもので、一人息子の体面でしかない。父親のハン氏はすでに七四歳、運動を続けてきた爪角とは違って全体に貧弱で、手術の過程に耐え抜いたというだけでも驚異的だった。平均寿命が九〇だろうが一〇〇だろうが、それは誰かの健康を推し量る尺度となりえない。平均寿命が延びたのは、単に死が急襲するタイミングを科学と医学が遅らせただけのこと。それは、効率や質を完全に満たさないまま、生命の延長という夢の「延長」に重きを置いたものである。だから、平均寿命一〇〇歳時代の老人というのはあくまで、願いをかけるときに「若い姿で美しく」というオプションを言い忘れ、皺の寄った顔と曲がった腰で侘しい永遠の命を続けざるをえなくなった預言の巫女の運命に過ぎない。

息子のハンは、互いにさして関心のない安否確認の挨拶など省略しようという態度だ。

「別に、いつもの通りですよ。こっちにどうぞ」

奥の倉庫に、ハンは注文されていた品をずらりと並べる。

「昔の革製のやつって、いまの基準でいくと無茶苦茶重いんですよね。あれを何に使うっていうんです？　軍の装備で行軍でもするとか？　最近はコレですよ。どうです、フロントブレイクタイプにしたら？　これ、こうやって掛けててもしっかりしてて落ちないんです。不安ならボタン式もありますし。でも、抜きやすくないとマズいでしょ」

爪角は、ハンが差し出したナイロン素材のホルスターをいじりながら、彼が無駄のない手つきでマガジンポーチに弾倉を納め、続けてスミス&ウェッソン438とフラッシュバン《閃光手榴弾》を取り出すのを眺める。

「これ、マジで入手するのが大変でした。普通サイズのフラッシュバンより、まあ三〇％くらいは小さくなってますから。性能は同じです。でも、隠す、投げるがラクですね。力があまって、どっかとんでもないところに行っちゃいそうだな。もとのサイズがよければそっちを出しますけど。余計に用意しておいたんで。でも、ボクならミニにしますね」

「じゃあ、ミニをもらうよ。腕の力も昔とは違うからね」

これ以上ハンに知ったかぶりの説明を続けさせたくなくて、笑ってはぐらかす。

「腕の調子がイマイチなら、コルト45はやめたほうがいいのにな。ボクだって使ったら肩がはずれそうなシロモノなのに、持ってってどうするんですか。もう少し時間をくれれば、グロック26とか他のコンパクトなヤツをちょっと調べられるんですけど」

「大変なのはわかってるけどね。ただ、古いものは扱いに慣れてるから。年寄りの特徴でね。他は結構。時間もないことだし」

「じゃあ、よかったらあんまり無理はせずにこっち、438使ってください……それにしても、ホルスターとバックアップガンまでは理解できるんですけど、フラッシュバンはなんで必要なんです？　いや、大々的なゲリラ掃討戦に参加する予定っていうんならともかく」

「何が起きるか、あたしにもわからないもんでね。いいから入れといて。使わないかもしれないし。使わなくてすめば、こっちだって御の字だ」

包んでもらった箱をショルダーバッグに入れると、彼女は札が入った封筒をハンに差し出す。ハンは封筒を開けて大雑把に金額を確かめ、大きく目を見開く。

「お気持ちはありがたいですが、何かの間違いじゃないですかね」

「お見舞いに一度も行けなかったのが悪くてね、お父さんの看病の足しにして。代わりによろしく伝えてちょうだい」

ようやく喜びながら、一方でハンは、爪角の社交辞令を無視したことを反省する態度になる。

「まだそれでも意識ははっきりしてるんで、直接会いに行ってくれればよかったのに」

「それが難しそうでね。代わりによく言っておいて」

ハンは、予想外の収入が追加された安堵の表情とともに、中途半端に頭を下げ、彼女を見送る。

　夕方、ヘウと電話で話す。ヘウのいつもと変わらぬ日常的な口調からは、エージェンシー側がこの件を把握しているかどうかの判断はつかない。だが、普段から繊細とはいいがたいソン室長の性格からいって一般的な依頼と思ったのだろうし、着手金がスムーズに入金されたから、企業や代理人の名前の背後にいる真の依頼人の正体までは気にかけなかったのだろう。ほんの一瞬だけ、さして見るべきところのない厄介な年寄り――おまけにエージェンシーの信頼度を下げる失態まで犯したんだから、どれほどいい口実を与えたことか――の始末を命じられたトゥが、エージェンシーと共謀したのではないかという考えが頭をよぎったが、日頃のトゥの性格からいって、そういう話に応じるようには思えず、何より、年寄り一人を駆除するために、そんな非効率で煩雑なことをする理由がない。爪角は普段通りにヘウと話し、仕事が終わるまでは連絡が取りづらくなるから、折を見てこちらのほうから電話を入れると伝える。そうして、エージェンシーなりヘウなりが自分を呼び出すことのできる通信機器をすべて切る。遅い夕食として青海苔のスープとスプーン二、三杯の雑穀飯を口しのぎにし、やはり夕食を食べ終えた無用を久しぶりに浴室に連れていって、いつもより時間をかけて丹念に洗う。一種の儀式が執り行われているあいだ、無用はシャワーのお湯が当たるのが煩わしいのか、ぶるぶる身体を震わせ、耳を振る。

　それから彼女は、深い眠りをたっぷりとるためにコーヒーを抜き、にもかかわらず、明日起きうることを考えて寝つけなくなってしまう。主人が安らかに眠れるようにとの配慮からか、いつもは消灯後、寝床が整い次第もぐりこんでくる無用も、今日は居間で別に寝ていた。頭の中で柵を越える羊を一匹ずつ数え、羊毛一本一本の感触まで思い浮かべて、無理やりにでも眠ろうとする。

住所地をナビゲーションで探して模擬走行をした結果、どんなに道が混んでいても総走行時間は五時間を越えず、しかるべき確率での遅れや徐行を基準にすると四時間で十分そうだったから、約束の時刻まではかなりあったが、彼女は早くも朝七時に目を覚ました。それだって、普段は五時半の起床なのが、眠れずに寝坊したのだ。だが、先方は当然早く到着しているだろうと思い、彼女は突き出し窓を開け、バッグや各種道具のセッティングをすませ、餌の皿を山盛りにして、まだ寝入っている無用の頭を撫でる。

「いってくるよ。たっぷりおやすみ。家を頼んだからね」

その瞬間手に触れた冷気に、彼女はぎくりとする。

毛に艶がない。嗅覚がよくないほうだから気づかずやり過ごすところだったが、二、三度嗅ぐと妙なにおいがする。横向きに寝た無用の尻の下に、水っぽくて青黒い便が広がっている。彼女は、眠っている無用の首に指を置いて深く押し当て、やがて無用の前にへたりこみ、しばらくその姿勢のまま指だけを当て続ける。そっと揺すった無用の身体は重い。

ずいぶんと不思議なもんだね。一つの存在にとって、最も大きい比重を占める魂ってやつが抜け出ちまったのに、生身の身体は、さらに重みを増すなんて。

彼女はおもむろに立ち上がり、開けた突き出し窓を再び閉め、家を後にする。

最初に現れた高速道路のサービスエリアで公衆電話を探す。みんなが携帯電話を使うから、放置されたも同然の公衆電話のうちでまともに動くのは一台きりだ。彼女も、近頃公衆電話の通話が一回いくらか、何分経てば小銭が落ち、通話が終わるのかがわからず、ありったけの小銭をポケットいっぱいにつめこんで電話をかけ始める。

最初は間違い電話になった。初めて聞く女の声がした。通信機器をすべて切り、携帯電話まで壊して家を出たことを後悔しつつ、どうにかして正しい番号を思い出そうと必死になる。そうやって頭の中でぼんやり蠢《うごめ》くいくつかの番号をとっかえひっかえかけ、ポケットの小銭が軽くなり始めた頃、結局は最初にかけた番号が合っていたと知る。

「さっきの女は誰だい？　奥さんじゃないだろ？　おかげですっかり小銭が無駄になったよ」

「ほっといてください。どうしたんです？　こっちは今日は非番だってのに。あんまりじゃないですか、今日みたいな日に」

「頼みがあってね」

「大おば様の頼みなら、楽しい話じゃないことは聞かなくてもわかるしな。別の日じゃダメなんですか？」

墓地公園の中間管理人チェ氏のふくれっ面をしたような声が、受話器越しに聞こえる。

「別の日は、あたしの都合が悪くてね。ひどく急いでるわけじゃない。だが、遅くとも明日までにはやってほしい。うちの住所を知ってるだろ？　行って、階段の二段目の右端の石の蓋を開けたら、そこに玄関の鍵がある」

次の言葉を続ける前に、身体の奥から深く呼吸する準備の過程が必要になる。その対象を思い浮かべるたび、いくら「無意識で」が先に来るとはいえ、ともかくあの子のために改造した突き出し窓や、餌が乾いてこびりついた皿の底や、身体を揺らすたびに鼻の奥をくすぐった茶色い毛のかたまりのようなものが順に浮かんできて、胸のどこかに、饐《す》えた飯粒のようにつかえるからだ。

「そうしたら、居間に犬が一匹、横になっているから。よくしてやってほしい」

決定的な単語を口にせずとも職業的な本能で事情を察し、チェ氏の声はすぐに友好的なトーンになる。

「ああ、なんてこった。可哀想に。しかし大おば様、いつから犬を飼ってたんですか？　何か難しい仕事が入って、可哀想だからっていうんでそのまま逝かせてやったんですか？」

「飼ってたんじゃなく、ただだまって一緒にいただけだ。それに、あたしが殺ったんじゃない。時が来たから逝ったままでだよ。ほぼ天寿をまっとうしたようなもんだけど、あたしが直接そっちまで連れていく時間がなくてね」

「いやあ、わかりました。今日じゃなければおやすい御用だ。で、お支払いは？」

「後で連絡する。あたしから三日以内に連絡が入らなければ、ヘウさんからもらって。あそこにはあたしのカネが少しは貯まっているから、それくらい払ってくれるだろう」

チェ氏の答えを聞く前に何度か警告音がして、電話が切れる。ポケットは軽くなり、もはや残った小銭はない。単に小銭が底をついただけなのに、爪角は、これまでなんとか形を保ってきた自分のみすぼらしい人生全体が、空っぽになったような感覚にとらわれる。

灰褐色をした廃ビルが、雪の気配を含んだ空を頂いている。

カネの入ったカバンを持ってくる相手に無駄骨を折らせる目的でもない限り、人を拉致しておいて人出の多い都会のど真ん中に呼び出すはずはないから、指定された場所の雰囲気はある程度予想してはいたが、まさかこれほどまでに荒涼として禍々《まがまが》しい所とは思ってもいなかった。トゥが指定してきた見知らぬ住所に現れたのは工事が中断されたままの建物で、乾燥の具合かららいってマンションを建設予定だったようだが、打ち捨てられてからかなりの時間が経つのか、枠組みしか残っていない状態だ。こんな荒れ野に、誰が勇敢にもマンションを建てようと乗り出したものか。あるいは、誰かの口車にのせられて事業がダメになったのか。完成していたとしても、無理に山を削り、土を掘り返した場所のようだから、大雨に見舞われれば無事ではすまない気がする。

さかんにリュウと活動していた以前なら、四大門〔朝鮮時代にソウルにあった東西南北の四つの城門のこと〕の外に出ただけで、すぐにこんな荒涼とした場所が広がったものだ。しかし、いまの時代にあの子がどうやってこんな場所を見つけ出したものか、見当もつかない。彼女もこんなところでなら、真昼に死体の処理をして誰の目にもとまらない自信がある。山を囲んで冬の田畑が広がっているが、いまは何かを植えたり収穫したりする時期ではないから、周囲には人どころか犬一匹通り過ぎる気配もない。山を基準にして五〇メートルほど先に、家内制手工業の工場らしき平屋が一つ目に入るが、入口は固く閉ざされている。人影を探したり営業中の店を見つけたりしようとすれば、少なくとも二、三〇分は車を走らせる必要がありそうだ。

車のエンジンを切り、ぼうぼうの雑草に囲まれた廃墟へと慎重に進むあいだ、足を下ろすたびに下草が押し返してくる感触がある。

注意書きの書かれた表示板には名も知らぬ蔓性植物が絡まっていて、内容がうまく読み取れない。

—お知らせ—

この建設現場は事業者の都合により、長期に渡って工事が中断され、放置されたものです。危険ですので、建物の敷地内には立ち入らないでください。無断で侵入した場合、刑事告発の対象となることがあります。

動きやすいようにコートを脱ぐ。ごわごわしたジャンパーの下は綿のシャツ一枚だから、冬山から吹き下ろす風が乾燥した肌に突き刺さってくる。まだ何ひとつしていないのに、関節ごとに骨の軋む音が聞こえてきそうだ。始まる前から心臓がひくつく。彼女は歯を食いしばり、セメントで塗りこめられた階段を一段ずつ、音をたてずに上がっていく。建設途中の建物は骨組みにコンクリートが吹き付けられている程度で、四方は広々と開けている。外壁の二面が変色し、踏めば崩れそうな足場が周りを取り囲んでいるが、それさえも撤収が中断されたのか、はたまた歳月や気象現象で自然に脱落したのか、途切れ途切れだ。内部に遮蔽物になりそうなものはほとんどなく、どこを見てもネズミ色の壁とあいだの支柱ばかり、四角にくり貫かれた窓枠に紛れ、どちらが開いていてどちらが塞がっているのか、空間の感覚が麻痺してくる。

彼女は、踊り場で目を一度ぎゅっとつむって再び開けると、自分の体内にまだ残っているはずの神経の最後の一筋まで集中させ、足音を殺して外部の音を収集する。冷や汗が流れ始めるが、頰を伝い耳のあたりを下っていく一しずくにふとささやかな揺れを感じ、それが撃鉄を起こした振動らしいと思った瞬間、反射的に身体をひく。ついさっきまで彼女が立っていた場所に銃弾が飛んできて、突き刺さるのが見える。撃ち込まれた場所から灰色の埃が立つ。

それまで上がってきた何段にもならない階段を再び駆け下りると、すぐにさらに二、三発が叩き込まれ、階段の柱に埃が舞い上がる。上方のどこからも追ってくる気配はなく、いつ彼女が上がってくるかとひたすら待ち構えているらしい。弾丸を彼女の頭に食い込ませる準備をしながら、余裕たっぷりに。

つまり、あれはトゥではないわけだ。あの子はいま、理由は不明だが何かをあからさまに自慢したくてうずうずしているから、身を潜めて狙撃ができる精神状態にはない。オフシーズンで仕事のない業者を選び配置したらしいが、何人くらい引っ張ってきたのだろう。一フロアにつき一人ずつ待機中としても、五人は超えないだろう。特殊部隊でもない、烏合の衆をそれ以上集めたにわか作りのチームなら、たとえ目的は一つに過ぎなくても、必ず歩調が乱れるヤツが出てくるもの。一〇人あまりの集団がこれほど気配を消し、息遣い一つ立てずに忍耐強く待てるとすれば、それは少数精鋭の訓練を受けた軍人クラスでなければおかしい。

さっきの数発の銃声で、それがどういう意味かはわからずとも恐怖だけは確実に伝わったのか、どこからか子供のしゃくりあげるような声が聞こえてくる。彼女は爪先で飛ぶようにして建物を抜け出し、外から見上げて声の震源地が何階あたりか探ろうとするが、口を塞がれたか気絶させられたか、泣き声はすぐに止む。距離感は失われたが、おそらく七階より上の階ではないはずだ。

右手にコルトを握り、左手一本を支えにして、脇にある枯れかけた一抱えほどの木を登っていく。全身の筋肉が悲鳴を上げ、痩せた枝は乾いた風にいまにも折れそうである。冬場でクッションになる葉も残っていないから音は消せないが、幸い、冬の風が枝の揺れる音を目立たなくさせてくれる。二階にも一つ、ちらつく影が見えた。さっきと似た状況に備え、中央の階段に神経を集中させているらしい。さらに木を登り、ぽっかり開けた建物の三階を見ると、フロアを大きく行き来しながら彼女を待つ、一人の業者の後頭部が見える。

彼女は音を殺して深呼吸し、腕を持ち上げる。できるさ、だろ？　人差し指をかける。ちょうど第一関節の真ん中まで。おい、ちょっと待て。第二関節まで深くかけすぎると、弾が上に行くか左手にそれるぞ。もう一回。違う違う、第一関節って言ったろうが。誰がそんな、チラッと触るみたいに先っちょだけかけろって言った？　その姿勢じゃ右に曲がる。ちゃんと中央に、だ。そう、そのまま撃て。

頭に照準を合わせたときも業者はまったく気づいておらず、向こうの死角に静かに進んだかと思うと、またこちらのほうへゆっくり引き返してくる。何気なく顔を上げた一瞬、木の上の彼女と目が合い、業者はためらうことなく即座に銃口を向けるが、すでにじっと銃を構え、彼に狙いを定めていた彼女が引き金を引くほうが早い。弾丸が銃身の中で打ち震え、鋼線を滑走するように滑り出る感覚が手のひらに伝わり、手首から肘へと振動が走る。肩の骨がズレたような痛みと圧迫感が広がり、まもなく彼女は、業者の頭にできた赤い孔を照準器越しに見ることができる。

すかさずロープを投げて外側の柱に引っかけ、銃声に続く犠牲者の悲鳴に業者たちが動き出す音を聞きながら建物へと渡る。業者たちは、女ではなく男の断末魔だったことに慌て、もはや移動する音を消すこともできない。彼ら一人一人の力量はアマチュアでないとしても、そうした動き一つで典型的な烏合の衆の特性があらわになる。賢明な者はそんなときほど身を隠して沈黙するはずだが、あっという間に二階からは一人が駆け上がってくるし、四階からは一人が駆け下りてくる。かけっこのリズムやスピードから察するに、三階への到着は二人同時になりそうで、踊り場にひそんでいた彼女は、もう片方の手でヒップホルスターに挿してあったバックアップガンを抜き、上と下の業者それぞれにほぼ同時に発射する。二人のあいだにはほんのわずかな時差が生まれ、バックアップガンで命中し損ねた下の業者は、まさに彼女目がけて撃とうと構えていた銃を落としただけだったが、メインの武器であるコルトが命中した上の業者は、下腹部中央を撃ち抜かれてそのまま階段を転がってくる。銃弾は腹部の大動脈を貫通したらしく、回転に合わせ大量の血液が螺旋《らせん》状にほとばしり、業者の身体は彼女の足に当たって止まる。下の業者が新たな銃を抜いて発射しようとした瞬間、彼女は身を翻してジャンパーを脱ぐとそれを放り投げ、相手の視界を遮ったところで引き金を引く。ジャンパーを貫いた弾丸が彼の頭に撃ち込まれる。

ジャンパーを拾い上げて再び袖を通すと、彼女はすばやく一階に目をやる。業者の手に握られていた銃が落ちている。頭を撃ち抜かれた業者は動かない。彼女は腹をぶち抜かれてのたくっているほうの業者にさらに二発撃ち込んでから、身体を足でひっくり返して確認する。手の中からベレッタを取り上げてショルダーホルスターの空いている場所に挿し、バックアップガンは元の場所に戻す。これ以上携帯品が重くなるのは望ましくないが、まだ何人か残っているはずだ。多少頭の回る者が、何階で息をひそめているかわからない。

いくらだだっ広い荒野にぽつんと立つ廃墟とはいえ、狩猟地区でもないのにあまりにも銃声がしすぎていた。冬山で人影こそないものの、山中に小さい寺くらいはあるかもしれない。その程度のことはトゥがとっくに調べをつけているのだろうが、一人二人山奥で朝鮮人参を掘る人がいないという保証はないから、あまり余裕はない。正気を失っているに違いない相手は、銃声が人家まで届こうが届かまいが知ったことではなく、不利になれば子供を連れて逃げるまでだろう。それよりいまは、四方が開けっ放しのこのコンクリートの建物で子供が長くは持たなそうなことだ。雪山での遭難の場合、基礎体温が高くて動きの少ない幼児が最後まで生き残るといわれるが、それは子供の肉体的苦痛が相対的に少ないという意味にはならない。何も物音を立てられないでいるところを見ると、子供はいま両手を縛り上げられているか気絶させられているのかもしれず、この気温で眠りこんだまま長く放置されたら、体温は急降下する。できるだけ、一秒でも早く子供を取り戻さなければ。

しかし、だからといって彼女が先に焦りを見せれば、その段階ですでに勝敗は決まってしまう。口を開き彼の名を呼ぶことはできない。こっちに姿を見せな、ちゃんと勝負をつけようとは言えない。そうすればするほど、川のようにあふれだす切迫感や焦燥感を、相手側に知られてしまう。自分自身の恐れや能力のなさが流れ出るのは一向に構わないが、その恐怖が純粋に子供のためだということが赤裸々になれば、トゥは例の皮肉な笑いとともに、ヒヨコの首を片手でへし折るかのごとく、ヘニの首をひねってしまうかもしれない。

窓の外に長く伸びた足場の一部をつかんで、彼女は身を躍らせる。そのまま外壁にしがみつき、すぐ上の階へとよじのぼると、下りてきた業者が腹をぶち抜かれたばかりだからか、ぱっと見たところ四階には誰もいない。だが、五階まで来たところで足場が互いの骨をぶつけあうような鋭い金属音を上げ、すると、にょっきりと一本の腕が現れて、彼女目がけて二発撃つ。

入り組んだ足場に銃弾が跳ね返されたのと同時に、彼女はすかさず窓の内側へ身を投じる。さらに四発の弾が撃ち込まれる。回転して柱の陰に身を隠すが、うち一発にかぶっていた帽子が吹き飛ばされ、もう一発で左腕が引き裂かれる。相手は、こちらに息をつく間を与えまいと柱に駆け寄るものの、彼女が後方に投げたロープに片方の足首をとられて転び、撃った弾丸は壁にめりこむ。何か悪態をつきながら邪魔なロープを断ち切るのに次の弾を使い、まもなく彼女が柱の陰から飛び出したとき、業者は次の弾を撃つまたとない好機を逸してしまう。よって、中途半端に銃口から飛び出した弾は、彼女のジャンパーではためいていたフードを貫通する一方、彼女が撃った弾は、業者の額を撃ち抜いて床に突き刺さる。

今度も頭だ。四人のうち三人の頭を。それほど頭にこだわっていたわけではないのに。そのとき彼女の脳裏に、これこそが過去をむなしく、何度も振り返ってしまうという死の気配かと思うほど猛烈に、リュウがよみがえってくる。最大限、何はなくとも頭だろ。ひょっとしたら防弾チョッキを着ているかもしれない腹部よりはな。もちろん、頭は頭で、延髄やら間脳やらが粉々にならなけりゃすぐには死なないが、それでも動きを止めるのには一番いい。心臓や腹は、弾を食う割に効率が悪いと思って構わない。命中させるのも難しいし、即死はますます大変だ。狙撃は無条件に頭、接近戦では心臓や腹を狙うより、むしろ手足を吹っ飛ばしちまえ。自分の腕から手首が落ちるのを見下ろす気分がどんなものかわかるか？　穴の開いた腹を抱えて地面を転げ回るより、そっちのほうが戦意消失には有効なんだ。血流量にかかわらずショック死も期待できるしな。しかし、二人が野山の射撃場や狩猟場を離れ、煩雑な都会をメインに動くようになってからは、お偉いさんの指示もあって、銃を使うことは急激に少なくなっていった。

年数にすればほぼ一〇年ぶりの銃で、運動能力をはじめ何もかもが昔とは違っていた。すでに息は上がり、全身の表面が砂利でこすられたように痺れている。血が流れている左腕は冷たい風にたちまち感覚を失い、彼女はリュウが恋しくなる。これまで、特にそうする理由がなくて延ばし延ばしにしてきたけど、とうとう今日こそ、あなたのそばに行くのを先送りにはできないようだよ。

カーゴパンツのサイドポケットからハンカチを出して腕を縛っていると、何かうんうんいう呻き声とともに、荷物が転がり落ちるような鈍い音が連続して聞こえ、しだいに近づいてくる。上の階からだ。

降りてくる階段に銃口を向け狙いを定める途中で、彼女の顔色が変わる。厚手の袋に入れられた塊は横にされた状態で階段を転がっている。トゥが足で押して転がしているのだ。中から、口をテープで塞がれたような泣き声がする。トゥの後をついて下りてくる最後の一人らしき傭兵業者は、彼女が動きを見せればいつでも袋を打つ準備があるというように、銃口を下へ向けている。

「子供を足で蹴るのはやめな」

依然銃を構えたまま一喝するが、彼女の声は大波のようにうわずっている。

「俺は、あんたじゃないからね」

言うが早いか、階段を二、三段残してトゥが袋を思いきり蹴り飛ばす。袋が膝にぶつかり、その反動で後ろに倒れそうになりながら、彼女は足の甲で子供の体重を支える。もちろん引き金は引けない。彼女が起き上がるより先に、傭兵業者が彼女の頭に銃口の向きを変える。

「退屈で死ぬかと思ったよ。結局こっちが痺れを切らして、降りてくるように仕向ける作戦？　そうやってこわごわと様子ばっか窺ってたら、あんたの名が泣くって。そんなにこのガキんちょが大事？　いまもじゃん。俺は丸腰で下りてきてんのに、何で引き金引かないでモジモジして、こうやって攻守逆転されちゃうかな。でしょ？」

「あんたが見せたかったのは、せいぜいこの程度の、つまらない茶番だったわけだ」

「まっさか。もうちょっとハデにお迎えしたかったんだけど、こっちも予算にそれほど余裕がなくてさ」

トゥの笑いが窓から射し込む午後の日差しに触れ、鮮明で奇怪なものになっていく。

「でも、あんまりレベルの差がありすぎて、あんたが俺に会う前に死んじゃったらつまんないから、あくまでもテキトーにね。で……少しは準備運動になった？」

それまでも、どういうわけかずいぶんと不機嫌そうな顔をしていた最後の傭兵が、ぴたりと動きを止めて目をむく。

「なんだと？　この若造が、黙っておけばいい気になりやがって。準備運動？　青二才のくせにナメた真似を……」

「前金は張り込んでお支払いしたのに、なんか問題あります？」

業者はトゥの皮肉にやや理性を失っている。爪角は心の中で舌打ちをしつつ、業者に気づかれない程度に、少しずつ袋の下から足を抜いていく。ほらごらんよ。歩調が合ってないんだって。

「前金だからなんだ？　お前のくだらないお遊びにつきあったあげく、他の奴らはみんな死んじまったんだぞ。俺がこの女の頭をブチ抜いたら、下で倒れてる奴らの分のカネもよこすのか？」

業者の言葉に、あんたにそれはムリだろ、という顔でトゥが笑う。

「それなりのカネを積まれて仕事を依頼されたんだから、弾受け要員だって、気づかなかったわけじゃないですよね？　殺られたの。おっさんらの実力が、そこまでだったってこと」

すると業者は、突然銃口をトゥに向けて引き金を引こうとし、その瞬間、床に座り込んでいた爪角の銃が業者の腕めがけて火を吹く。業者の弾はトゥの頭ではなく踊り場にめりこんで埃を上げ、手首を撃ち抜かれた業者は銃を落とす。彼は罵声とともに彼女に飛びかかると勢いよく押し倒し、爪角の肩を膝で押さえつけたまま、片方の手で銃を握った手首をひねり上げ、負傷したほうの手で銃を奪いとる。続いて台尻を額に振り下ろし、彼女が眩暈を起こしているあいだに立ち上がると、即座に両足で腹に飛び乗り踏みつけようとするが、それを彼女は身をよじってかわす。まもなく、がらんどうのコンクリートの建物が業者の悲鳴に揺れる。横転しながら、彼女が業者の両足首をバックナイフで切り裂いてしまったからだ。業者は床に腹ばいになって泣き叫ぶと、奪った銃を彼女の顔に当てて引き金を引く。だが、今度は空っぽの弾倉の音だけが響きわたる。

「畜生!」

新しい弾丸を買ってから、彼女は薬室に一発も残しておかないようにしていた。業者が銃を捨てながら吐き出す絶望的な悲鳴に、トゥは肩を上下に揺らして大げさに身体を折る。

「だからさあ、何度も言ってるじゃないですか。ラクな相手じゃないんだって」

それから彼は、かろうじてナイフを手離さずにはいるものの、息も絶え絶えでよろめきながら立ち上がる老婦人を、必ずや自分の手の中で握りつぶしたいくらい愛おしい存在にでもなったかのようにじっとりと見つめてから、業者に言う。

「おっさんがずいぶん張り切ってくれたことはわかってるんで、ソウルに戻ったらちゃんと面倒見させてもらいますよ。でもそれ、どうしよーね。運転できる? とりあえず、車のキーは渡しときますね。いまおっさん、手も足も両方イカレてて銃は使えないし、役立たずなんですよ。あのバアちゃんも、おっさんみたいになった人を追いかけてってトドメをさす気はないだろうし。だから、これを持って、這ってでも飛んででもいいから、とっとと消えてください。そんなに命が惜しいんならさ」

業者には残りの武器はなく、そのことよりは身動き自体できないほど深く斬られた足首の痛みと出血に戦意を喪失したらしい。トゥが落としてよこした車のキーを拾うと、憎悪と呪詛に満ちたまなざしでしばらく爪角をにらみつけてから、うつぶせのまま幼虫のようにもぞもぞと階段を這い降りていく。あの調子で五階を全部降りていったら、半日はかかるだろう。

爪角がふらつく姿勢をなんとか立て直すと、すでにトゥは袋を開けて子供を外に出していた。額を打ち付けられたとき、もう少し歯を食いしばって迅速に動いていれば、子供の身柄を確保できていたかもしれないと考えるが、きっと無理だったろうと結論づける。その前、トゥが子供を足蹴にして目の前に転がしてきたときだって、チャンスを生かせなかったのだ。業者が放り投げたコルトは柱に当たって階段の下に落ち、爪角は左手にナイフを握ったまま、右手で下の階の死体から奪ったベレッタを取り出してトゥの胸に照準を合わせる。だが、そのすぐ前を、恐怖に満ちた子供の顔が遮る。ヘニは新品らしい濃いピンクのコート姿で、両手両足をそれぞれ縛られている。トゥの片方の腕がヘニの首に回されており、もう片方の手は半円形のピーラーナイフを耳に押し当てている。ジャガイモの皮を剝くのがせいぜいの、全長七センチにもならないものだが、子供の小さくて柔らかな杏色の耳を切り落としてしまうには十分かもしれない。突然寒風にさらされて、恐怖におののく子供の耳から血の気が失われている。

この距離でなら、確実に頭を撃ち抜くことができる。かわりに子供の耳は無事ではすまないだろう。耳ひとつくれてやって子供を取り戻すのは、正しいことなのだろうか？　大人の耳なら迷うことなくそうしていたはずだし、何より彼女が学んできたのは、誰かを救う要領ではなく殺す方法だった。とはいえ、トゥが倒れながら切り落とすのが必ずしも耳だけであるという保証はない。彼女は一瞬、ヘニがどうなろうがこのまま突進するなり発射するなりして、あの生意気なガキの顎骨を打ち砕くところから始めたいという、動物的で苛烈な欲望と戦う。実際、業務の都合で計画が狂い、何度かこんな状況になったときも、リュウから教わった通り人質の安否は度外視で、まずはターゲットを仕留めることからしていた記憶がとぎれとぎれに浮かんでくるが、その一方で頭をよぎるのは、カン博士の怒りと涙の場面だ。

見ていなければ知りえなかったはずの、心情の渦。リュウが去ってからは意味を見出せなかったこと。そしてそれは、手の中で冷たくなっていった無用の艶のない毛の感触にまでつながっていく。

彼女は、ベレッタとナイフを順番に投げ捨てる。

「子供を放しな」

「まだボケてはないんだね。状況判断できるところを見るとさ。腰の後ろにつけてるやつも捨てようよ」

彼女はバックアップガンを挿していたヒップホルスターごと外し、床に放る。

「あんたがあたしにこんな真似をする理由を聞こうか」

「それは、あんたが自分で気づかないと、意味ないよね」

トゥなりに真摯な言葉のつもりらしいが、爪角はそっと鼻先で笑う。なるほど、狂ったヤツから理由だの理屈だのを引き出そうとするほうが、どうかしているんだろう。

「じゃあ結構。もうあんたの思った通りにしな。あたしがどうしたら、その子を返してくれるんだ？」

彼女は、すでに五人の傭兵業者と相対していたにもかかわらず、トゥが自分に望んでいるのは一種の敗北の証なのだろうと、常識的に、あまりにも安易に考えていた。女が、それも年をとった女が、一時名を馳せた業者であるという事実が、あの子の気に入らないんだろう。したがって、跪いたり何か別の方法で屈従を示したりするのが、まだ手っ取り早い方法なのだろうと思い込んでいた。

「なんで俺から返してもらわなきゃって思うわけ？　俺を倒して、あんたが直接連れてっちゃえば簡単なのに」

倒して？　あたしが、この子を？

とうていできるはずがないと思いながらも、彼女はとりあえず、捨てた武器の中からナイフだけをまた拾い上げる。どうやら彼の望みは、なぜよりによって自分がそれに付き合わなければならないかは相変わらず疑問だが、彼にとってややスケールが大きくて過激なお遊びにすぎないらしい。手足を縛られたヘニを柱に寄りかからせて座らせると、トゥはいつの間にピーリングナイフを服の中に隠したのか、軍用のガーバーナイフに握りかえている。

「殺ってもいいのか？」

そう言う自分の声が震えていることを、爪角は知っている。トゥも気づき、笑いをこらえて聞き返す。

「そのつもりじゃ、なかったんだ？」

声は真向いではなく、耳元から低く響く。気がつけば彼は隣にいて、彼女は頬骨の鋭い痛みと、そこから血がにじむのを感じる。それでも反射的に腕を持ち上げて阻んだから刃の向きを変えられたのであって、もとの狙いは額のあたりだったらしい。まともに額をやられていたら、流れる血で終始視界の確保が妨げられていたはずだ。

ヘニの泣き声が柱の前からではなく、かなり遠くでこだまのように聞こえると思いながら、彼女はトゥの肋骨の下のあたりを刺す。だが、刃に何の手ごたえも感じられないと思ったのと同時に、彼のナイフの柄が彼女の背を突き、続けて彼の足が彼女の膝の裏の関節を蹴り上げる。彼女が悲鳴とともにのけぞって倒れ、しばらく動けずにいるのを見下ろしながら、トゥは溜息をつく。

「これでもお年寄りご優待レベルで、足をちょっと引っかけただけなんだけど？　なに十字靭帯でも切ったみたいに大騒ぎしてんだよ」

そして一歩下がり、柱にもたれかかっている子供の髪の毛を引っ張る。

「このまま俺を楽しませてくれないんなら、この子から落っことしちゃうよ」

無事なほうの膝で踏ん張って体勢を立て直した瞬間、外から轟音が鳴り響き、彼女は再びかがみこむ。くり貫かれた窓の外に黒煙が上るのが見える。子供はまた刃物が近づいてくるかと、泣き出したいのを必死にこらえて鼻を啜っている。業者が車のエンジンをかけ、予熱が十分になったところで、エンジンに装着されていた爆弾が点火し、車が爆発したのだ。

「こりゃ大変だ。こんなに大騒ぎになったから、制限時間が減っちゃったー」

「あんた、一体なんのつもりで……最初から……」

つかえつかえそう言うと、爪角は立ち上る炎の中に業者の肉が焦げるにおいを感じ、鼻をぬぐう。

「勝ったほうが、あんたの車で戻ればいいもんね」

トゥはなんでもないように言ってもう一度子供を床につき飛ばそうとし、ふと、つかんだ髪が腕時計のベルトに絡みついているのを発見して、ナイフでその髪を切り落としてしまう。ヘニは、なんとか二人から離れようと尻で後ずさりするが、手足を縛られていて大きくは動けない。トゥはすでにヘニが動こうが動かまいが眼中になく、爪角といえば、トゥの肩越しにじりじりと身体を遠ざけていく子供を認めて、それでも自力で動く意志のある子でよかったと思いながら、次に飛んできた刃を手首で受ける。手首にできた赤い線から、瞬間的に血が飛び散る。彼女は横向きに腰を落として、ちょうど頸動脈目がけて飛んできた刃をかわし、バックナイフでトゥの太ももを水平に切り裂く。弾力のある固い筋肉がしっかりと絡みつく感触が柄から伝わり、するとすぐにトゥが身をよじって腕で彼女の目に殴りかかり、そのせいで彼女はナイフを引き抜く前にひっくり返る。彼女が眉間と寛骨《かんこつ》の痛みをなだめて身体を起こすのに比較的時間をとられたため、トゥは外側広筋の一部がブチブチ切れる音を聞きながらナイフを抜く時間をたっぷりと確保する。

「これ、俺にくれるんだ?」

血に濡れたナイフが羽毛のように軽やかに回転してトゥの両手に収まるのを眺めつつ、爪角はカーゴパンツのサイドポケットから予備のナイフを抜きとる。長さはトゥの手に渡ったナイフの三分の二ほど。これが最後で、もはや身に着けているものはない。ロープも、フラッシュバンも、すべて投げ捨てたポーチの中に入っていた。もっとも、こんな状況ではそれらに何の意味もなかったろう。殴られた衝撃でしばらくふらつくかと思いきや、彼女はすでに体勢を整えており、トゥはそんな彼女の隙を探そうと、片足を引きずりながらゆっくりと一歩ずつ近づいていく。

「どう考えても不公平だよね？　俺が一本捨てようか？」

「好きにしな。でも後悔するだろうさ」

虚勢が終わる前に、バックナイフが何度か宙に小さな円を描いて目の前に飛んでくる。身体を後ろに退いてなんとかかわしたつもりが、気がつくと太ももにナイフが刺さっている。

「ちゃんと返したからね」

「そりゃありがたい」

防疫業に負傷はつきものだが、久しぶりの足をえぐる氷のような痛みに、一瞬呼吸のリズムが乱れる。やがてその感覚に慣れると、何度か深呼吸をした後でナイフを引き抜き、小さいほうのナイフは捨てる。ありったけの力で刺しこまれたわけではなく、飛んできたナイフが刺さった程度だから、傷自体はトゥほど深いものではない。

彼らがそんなことをしているあいだも、ヘニは尻で後ずさりを続け、ふと階段に行き当たる。そのまま一段ずつ進んでもいいが、ここがどんな場所かわからないし、悩む以前に、液晶が割れてヒビが入った携帯電話を踊り場で発見する。必死に這い下り、車と一緒に爆発した男のポケットから滑り落ちたものだ。子供は突き出した唇に力をこめてホームボタンを押すと、「スライドでロック解除」の表示をやはり唇でスライドさせ、パスワードはわからないから「緊急

ＳＯＳ」に触れる。窓の外では相変わらず車体が燃える音が、柱の向こうからは、若干おかしなおじさんと弱そうなおばあさんが、互いをあざ笑ったり悲鳴を上げたりしては刃物を振り回すせいで、服や肉が切れる不気味な音が続いている。それをそのまま聞きながら、子供は１１２〔警察への緊急用通報電話番号。日本の１１０番と同様〕と唇で入力し終える。落ちている携帯に深くかがみこみ、耳を押し当てる。電話の向こうから応答の声がするなり、子供はついさっきまで泣いていたことも忘れ、自分でも驚くほど冷静に自身の状況を説明する。拉致された事実と父親の電話番号を伝えるだけで事態はもう少し早く展開しそうなものだが、子供の声での通報を疑う警察が確認のため何度も聞き返し、はかどらない。

そのとき、今度は爪角の鎖骨の下あたりを斜めに長く斬りつけて転ばせたトゥが、子供の所業を認めて近づき、電話をひったくる。無表情に電話を壁にぶつけて壊してしまうと、その流れで子供の顔に真一文字の線を引こうとするが、直前に爪角が彼の背中を斬る。子供は悲鳴を上げてトゥから逃れようともがき、何段か階段を転げ落ちる。トゥはすぐに爪角の首へと刃先を翻すが、彼女が身体を横にひねりながら彼の腕を殴りつけたせいで、なんとか顎を切られる程度ですむ。だが、鎖骨の下の傷からすでに大量に出血しているせいで、目の前がちらつき始める。車両の爆破に電話の追跡まで加わって、状況はさらにややこしくなったはずなのに、トゥはそんなことは何とも思っていないらしい。というよりもどこか正気を失っているふうで、彼女を相手に、ぐずぐずとお遊びを続けているのに近い。とはいえ飛んでくるナイフの刃は鋭くて正確かつ迅速、それをときにかわし、ときに斬られながら爪角は考える。痺《しび》れを切らしたカン博士がこちらに向かって結構経つかもしれないから、子供は父親と警察の到着をじっと待っていればいいだろう。しかし本部から地元警察に協力要請があったとしても、この山中まで到着するにはそれなりの時間がかからざるをえない。自分が先に死んでしまえば、それから子供がトゥの手にかかってどうなることか。彼女は、次第に重くなり、荷台に積めない荷物のようだった自分の身が、いまこのときだけは純粋に、トゥが子供に迫る時間を遅らせるために存在していると感じる。そして、まだ十分には時間を稼ぎきれていないと思った瞬間、彼女の肋骨の下をトゥのナイフが深く斬りつける。

「なに、ボーッとしてんだよぉ」

トゥは、そろそろ癇癪を起こし始めている。爪角の目に、勝とうという意志よりも精一杯時間稼ぎをしようという意図がうかがえるからだ。それを確認した瞬間、彼は屈辱感とともに静けさや空虚さで突如心がいっぱいになり、その重さの分だけ、自分の内部から抜け出していく何かの音を聞く。したがって彼は、全身の感覚を刻む失望と憤怒のリズムを保ったまま、彼女の息の根を止め子供の首も切ってしまおうと心に決める。あちこちにできた些細な傷からの大量出血で死亡だなんて、彼女にとってこれほどつまらない最期はないだろう。

こうして彼はナイフの刃を下から上へと垂直に上げるが、彼女が身体を後ろに完全にのけぞらせながらその場に膝をついたため、刃は頸動脈の代わりに虚空へと刺し込まれる。彼女がつまずいたふりで彼の下腹部を刺し、ほとんど肝臓に届くまで刃を引き上げたため、重心を失ったトゥは彼女の上に倒れ込み、傍から見れば凄惨な闘いの結果ではなく、雪原でじゃれあっていた恋人たちの抱擁のごとくに映ったはずだ。

もはや指一本動かす力もないが、だからといってこんな場所で、よりによってトゥの上半身に組み敷かれた変死体として発見されたくはないから、彼女はやっとの思いで彼の身体をひっくり返し、押しのける。彼の腹部からは生臭い死のにおいが漂い、外に飛び出した内臓の一部が血と絡みあってぐちゃぐちゃになっている。吐き出す血が気道に入らないよう、彼女は彼の身体を横に傾け、丸めたジャンバーを背中に当ててやる。だが、この状況で救急車を呼ぼうかと訊くのも意味不明だし、ただ苦痛を減らしてやらなければと思い、バックナイフをまっすぐにするのに必死になる。そんな彼女の手首の上に、血で染まったトゥの手が重なる。

「いい。このままで」

彼女は少しためらってからナイフを畳んでおく。

「あんまり、悔しがらないで。あたしもすぐに追いかけるはずだから」

それは、いまトゥに語りかけている言葉でありながら、かつてリュウに言えなかった言葉でもある。トゥの目はまだ開いていたが、呼吸は深さを失って荒くなり、口元に浮かんでいるものが臨終前の痙攣の一種なのか、ほほえみなのかわからない。血しぶきの飛んだ顔は、これほど近くでのぞきこむのも初めてだが、まるで、幼い頃に満たせなかったかのような悪戯心や茶目っ気、そして秘密めかした感じが漂っている。その顔を見下ろしながら、もちろん自分も先が長くないという前提で、彼女はいまの一瞬と場違いなことを思う。この子とは、ひょっとしたら別な場所で、別なかたちや別な姿で、出会えたんじゃないかと。

そして、お互いの首を斬りつけあったりせずに、ただ抱きしめることが、できたのかもしれないね。

そこまで連想して、ふと彼女は何の理由も根拠もなく、ただ森を歩き回っていて、あたりまえに素直で柔らかな草を踏み進めていくかのように、こんなつぶやきをもらす。

「あんたが、あの子か」

ただの独り言のようなものだったのに、次第に閉じかかっていたトゥの瞳が、再びそっと開くのが見える。

「ホントに覚えてる?」

自分がどういうつもりでそんな言葉を口にしたのか、わからない。ひょっとしたら徘徊していたのが記憶という名の森かもしれないことを、トゥが呼び覚まそうとしている何かを、彼女は理解できない。おそらく、訊かなければ結局はわからないまま終わってしまう何か。しかし彼女は、さまよえる記憶をリストにし、呑みこんでいた言葉を口の外に押し出しているのは、自分ではなく自分の心の中に住む、おぼろげでぬかるんだ自分の影法師である気がする。彼女はこれまで、数えきれないほど多くの人間を防疫してきた。トゥはもしかしたら、彼らの遺族の一人かもしれないし、あるいはまったく無関係な誰かかもしれない。だが、いまやリュウへとさらに一歩近づいた彼女には、そんな記憶の薄片はいちいち意味を持たない。自分は、記憶を撫で回したり、他の方法で感じたりしながら、その肌に刻まれた香気を吸いこんでいい存在ではないのだ……。たとえいま、トゥが永遠の空虚を前に、その記憶をかけがえのないものと感じていたとしても。

「どうしてわかった？」

だから彼女は、自分でも知らないうちに口にしていた言葉だとはとても言えずに、なんとなくごまかす。

「ほら、あれだよ、走馬灯ってやつ。逝くときが来ると、急に頭の中にぱっと広がるっていう」

彼女の態度から、結局は何も思い出せていないのだとトゥは気づく。自分の存在が、彼女の脇を通り過ぎた多くの残された子供たちの一人でしかないことを直感するが、失望は表に出さない。

「もう、いいさ」

その多くの子供たちみんなが彼女を探し出すことはできなかったはずだし、その子供たちのうち、彼女の隣で人生の幕を下ろすケースもめったにないだろうから、「いいさ」。トゥは、すぐそばの彼女の膝に、指で二、三度触れる。

「頭、ちょっと」

彼女が頭を膝に乗せてやると、トゥの呼吸が少し楽になる。広大な苦痛の真ん中に点を打つようなその一瞬の平穏が、向こう側へ渡る際に必ずや伴う過程であることを、彼は知る。自分の走馬灯には、何が映るんだろうか。自分が経験したことや選択したことをはじめとして、殺めてきたすべてが慌ただしく頭の中に放たれる。通り過ぎる出来事は、適当に停止ボタンを押しては再生した録画テープのようだが、意識が錨を下ろして停泊できる場面は、そのうちのただ一つだけだ。

「逝くときが来ると、浮かぶって」

トゥが二、三度顎を上下に動かしてフッと笑う。すぐに、口の中にたまっていた血が流れ出す。

「だから、簡単に言えば、あんたまだ、逝くタイミングじゃ、ないんだね」

薄れかけていた羊歯《シダ》植物の香りが消え、彼女はトゥの目を閉じたあとで、やはり気がつけばつぶやいている。

「もう錠剤、のみこめるのかい」

いまとなっては特殊目的高校（科学、語学など特殊分野の専門的な教育を目的とする高校）や自律型私立高校（独自の教育課程や学生選抜方式が認められている高校）のようなところでなければありえないとされる話だが、彼はかつて、ソウル大に最多の合格者を出した公立高校の校長だったと言い、その伝説はこれまでどの公立校にも破られていないと豪語する。だが彼の隣に座った者は、そんな新記録なんざ、たまたまある年そうだっただけのことを偉そうに、と剣突を食らわせ、そんなくだらん自慢話、次で千回目だとせせら笑う。二人は、ここにいるほとんどがそうであるように旧知の仲ではなく、通ううちに知り合いや顔見知りになった関係で、たとえコミュニケーションがうまくいってなくても自分語りを止めないし、聞く側もそういうものと受け流したり、持ち上げてやったりするのが常である。それでも、我の強い何人かは必ずやこうやってトゲのある言いかたをする。後から口を開いたほうは、元校長を黙らせるところでよしとすればいいものをさらに追い討ちをかけ、そんなふうに校長時代の歌ばっかり歌ってるから、マンションの警備員のときもねちねちと老害をまき散らしてふんぞり返って、結局は婦人会に嫌われて、追われるように退職するんじゃないか、と責めたてる。世間の変化を多少は理解している、勉強しているから少しは適応できていると言い、若い世代とそこそこ話が通じると自任する、いわば、中途半端に事情通で物分かりがいいために最も疲れるタイプの一種のこの人物は、海兵隊の出身である。除隊後、かなり大規模に養殖業を行っていたが、二度の火災と災害級の寒波で魚類が大量死し、それ以降は事業を畳んだという話だ。遠き日の軍隊と事業とのあいだにどんな因果関係があるのかは不明だが、何かといえば出身を強調し、何をやっても海兵隊精神を当てはめる人物で、誰彼構わず文句をつけ教えを垂れるその口ぶりは、元校長に引けを取らない。

　彼らを取り囲むように座っている老人は他に四、五人いるが、誰も止めに入ろうとはせず、やがて元校長と元海兵隊の養殖業者のあいだで諍いが起き、焼酎の瓶が飛んで割れ、宙を切り裂いた破片が、午後遅くの日差しを側面に浴びながら飛び散る。暇をつぶすネタがない彼らは、トイレットペーパー一切れほどの自慢の種を、具体的な証拠より、ほとんどが曖昧な記憶を頼りに召喚し、あっというまに一戦交える材料までふくらますことができる。ティースプーン一杯分の砂糖にすぎなかったエピソードは綿菓子のごとく膨張し、最終的にはじっとりと耐えがたいほどにベトつく。

　それよりはやや上品な光景として、脇の木陰に置かれた背もたれのないベンチで老人が二人、レンタルの碁盤を狭んで向かい合っている。一手打つごとにカチッ、カチッと音を立てながら、どちらのほうがより息子夫婦の目を気にして暮らしているかを競いあったあげく、話題は底をついた年金財政を経て政治関係を一周りし、近頃の若いもんはガツンと痛い目に遭わんとわからんのだという主張に落ち着いた頃には、囲碁の勝敗はいつのまにかどうでもよくなっている。

その隣のベンチでは、今日の新聞を老眼鏡でのぞきこんでいたトゥルマギ〔民族服の一種で丈の長い外套〕姿の男性が、向かいのベンチに座って何か探しているらしい、片手でバッグを必死にゴソゴソやっている老婦人を盗み見している。感じよく茶色に染めた髪や深くかぶった刺繍入りの帽子のせいで、実年齢はすぐに見当がつかない。見た目は上品だが、とはいえ多少うまくめかしこんだ、たまに見かけるバッカスレディ〔高齢男性が多く集まる公園などで、滋養強壮剤「バッカスD」などを勧めながら性売買を持ちかける中高年女性を指す言葉〕の一人だろうと思い、彼女の隣に移って座り直す。トゥルマギが近寄りすぎたせいで、バッグをあさる肘が彼の肩にぶつかった老婦人は少し尻をずらし、そのせいでトゥルマギはやや照れくさくなる。

「何か、お忘れ物ですかな」

トゥルマギは、このゴソゴソの後に滋養強壮剤の一瓶あたりがバッグから出てくるものと思いこみ、向こうで花札に興じている一団に目を据えたまま、声をかける。老婦人は顔を上げ、それが自分に向けられた言葉か一瞬戸惑ったあとで答える。

「ええ、その、携帯電話を置いてきたみたいで」

「我々のような人間に、急ぎの電話が入ることなどありますか」

「そうですけど、今日予約を入れていた店をキャンセルしようと思ったのに、電話番号は携帯にしか入っていないんですよ。じゃあ、ごめんください」

老婦人はバッグを持って立ち上がり、紺色のシフォンのロングブラウスの裾と片袖、それにヒョウ柄のスカーフが風にはためく。トゥルマギは、次第に遠ざかる後ろ姿に、苦い舌なめずりをする。

五〇代の院長は、やや苛立っている。もちろん彼女は、一つや二つの理由で腹を立てているわけではない。そもそもは、親しい顧客の知人の娘という理由で断りづらく、二級の資格を持つ二二歳の娘を新人スタッフとして自分のショップに雇い入れたことだが、この子が入った初日からなかなかの調子で、面接後に明らかに伝えられていたはずなのに、勤務時間外の店内清掃が一つ業務に加わっただけで、いまになってできないと言いはる。資格証まで持った人間はすぐに客をとるのが正しいのであって、勤務時間より早く出勤して見て学べ、という院長のお話も受け入れがたい。自分がこれ以上、何を習うことがあるのか、それも、ショップの掃除で何を学べというのかますます理解不能だし、顧客のケアで使ったタオルの洗濯なんて、研修生あたりがするべきそんな仕事を、なぜ自分がしなければならないのかわからない。せめてワンカラーの客でも任せてくれてこそ、仕事にやりがいを感じられるんじゃないか、という言い分だった。当初院長は、その子が世間知らずの苦労知らずで、これまで職に就いたことがないから目上の人間に臆さないのだろうと考えた。だが実際はその逆で、彼女は、それが労働者の当然の権利であり、たとえ使用者の指示であっても、業務外と判断されれば、単なる慣行や伝統という理由で受け入れるべきではないと、断固として主張するのだった。若者失業時代に、どうしてそんなに強気でいられるのかしら。嫌味半分、笑い半分にそう言うと、若者の不当な苦労を徹底して取り締まる法律が必要だ、などと切り返し、それこそ苦しい思いをして美容を学んできた院長としては、新人スタッフのはっきりした自己主張に驚かされるばかりである。自身は一ミリも譲歩する気がないという態度で身も心もパンパンに張りつめたこの子は、一つの店でどれほど長いあいだアルバイトをしたことがあるのだろうか？　よって院長は、本音ではいますぐ手を切り、出ていけと言ってやりたいところだったが、この子が身に着けている「上から目線」からいっても、そんなことをしたらすぐさま行政に申し立てをして事をややこしくしそうだと思い、それより何より、彼女の紹介者である重要顧客のメンツのため、我慢することにした。その顧客が紹介してくれたモデル、実業家などのレギュラー会員だけで五〇人ほどになり、年間を通してひどい閑散期もなく、売上が大きく変動せずにいられるのはその客のおかげと言えた。院長は、徳を積むための修行のつもりで、新人スタッフに丁寧に説明した。あなたの言葉は理屈の上ではすべて正しいが、個人事業主がそんなふうに法律を遵守してばかりいたら、みんな廃業しなければならなくなる。規模の小さなショップなら研修生を短期育成して使いたいと考えるだろうが、うちはレギュラー会員だけで千人に手が届こうというトータルアートショップで、ちょっと事情が違うのだと遠回しに言い、すぐ上にチーム長や室長やマネージャーもいるんだから、まずはその人たちをうまくサポートして接客の基本と態度を目で学び、その上でお客様を任せてあげようと約束した。資格は、技術を身に着けて実力を上げれば取得できるけど、実力だけではお客様を喜ばせられないでしょ……的な原則論での説得を試みると、新人は、そんなひどい扱いをされるためにお金をかけてネイルアートを勉強したわけじゃないと、突然身ぐるみ剝がされた被害者のごとく大粒の涙を落とし始め、ついに院長は、明日予約が入っている客の手を一度握ってみればいいと、破れかぶれの気持ちで許可を与えた。業種こそ多岐にわたるとはいえ、客商売を三〇年近くやってきた身として判断するに、電話越しの声はなんだかずっとためらいがちで、おまけに口調も自信なげで、他にもいくつかの理由から、店長はその予約客を、経済的にそれほど余裕のない一見さんだろうと結論づけていた。何よりその声は、ショップの口コミをネット掲示板にアップするとは思えない高齢女性のものだったから、新人がミスをやらかしたところで、リスク負担はさほどないだろうと踏んだ。

ところが、問題のその予約客は、当日午前からショップに到着する直前まで何度も電話をかけてきて、「どう考えても自分には分不相応」とキャンセルを言ったかと思えば、一〇分後には「気が変わったからやっぱり行く」と話がコロコロ変わった。年配客にありがちな気まぐれだと院長は当然理解したが、電話対応をしていた新人は、四度目の心変わりの電話でとうとう怒りを爆発させた。おやりになるのかならないのか、はっきりしてもらいたいんですけど。これが営業妨害にあたるって、わかんないんですか？　驚いた院長が受話器をひったくり、ネイルアートというのは一回やっても持って二週間程度ですから、そんなにご心配されなくても。一度気分転換を兼ねて、日常に刺激を与える女性だけの遊び、くらいのつもりでどうぞ。勤めて日が浅く、まだよくわかっていないうちの新人が失礼をしたお詫びに、全コース特別割引価格にいたします、ぜひお越しください、と事態を収拾した。

そんなふうにしてやってきた客はひどく小柄で、身なりはまあ悪くなかったが顔つきが暗く、肌色もさえず、全体として服と調和がとれていない老婦人だった。チップを乗せてイラストを描いたら、手ばかりが悪目立ちしそうである。こういう商売に携わる者がよくするように、院長はすでに初対面で頭から爪先まで観察し、当たりをつけていた。どう考えても、専門職の気品ある老年CEOないしは要人とかとは距離がある。自分を飾ることにさして関心がないのはもちろん、ディナーパーティに招待されてワイングラスを傾け、爪なり指輪なりを見せびらかす機会とも縁がなさそうだ。今回は、せいぜい友人の息子の結婚式にお呼ばれして何から整えたらいいかわからず、かといって何も塗っていないというのもマナー違反な気がするので仕方なくやってきたというような、世間慣れしていない風情だった。初心者なら、近所の商店街のミニネイルショップに行っても、それなりに満足のいく結果は得られるだろうに、わざわざ街の中心部まで……。予算に余裕はあるが自分に似合いのものはわからない、初めて何かに挑戦するお母さん方にありがちな過ちである。

ババひいちゃったよ、と顔に書いてある新人の脇腹をつつくと、院長はワンカラーで適当にすませるように持っていけと念を押した。芸能人や会長夫人あたりのチェックを受けていない新人を当ててトラブルを起こすわけにいかないのはもちろんだが、とはいえ老婦人の装いはショップの雰囲気を台無しにする感じでもなかったから、新人の練習台としては恰好だった。

ところが、しっかり念を押されていたはずの新人は、いざ客が差し出した右手をつかむと、単なる行きずりの客一人にもベストを尽くそうという情熱に胸をふくらませたか、はたまた自分のあふれる才能を試す場としては不十分とはいえ、せっかくだからアピールしようと思い立ったのかはよくわからないが、相手が聞いて理解できそうにないキューティクルがどうの、チップの上にストーンをのせるよりはシルクにグラデーション、などといきなり派手に始め、あげくの果てに、お母さんの手にはまず基本的な治療が必要だ、治療から入るのがいいだろうと恭《うやうや》しく勧めた。院長はしたいようにさせておくか止めるか迷い、ああいうのも固定客を一人つかまえて自慢したいという新人の気持ちの表れなのだろうと考えることにしたが、意外にも客のほうが、低い声で言い返した。

「治療が必要な手？　ちょっと。ショップで治療ですか？　ただのお手入れだろうが。ここは皮膚科の医者がいるの？　おたくが治療をしたらそれは違法行為だって、わかってます？」

治療と手入れの区別もつかなさそうに見えた人が豹変し、年寄りならではのせっかちさで揚げ足を取るので、院長がとうとう二人のあいだに割って入った。

「お母さん、わかりやすいようにただそう申し上げただけなんですよ。よく、ケアって言いましてね」

すると、院長が自分の肩を持っていると思った新人が、またもや立て板に水で言葉を加える。

「ええ、そうなんです、ケア。でもお母さんが希望されなければケアは省略して大丈夫ですよ。あえてされなくても、爪は整えますしキューティクルも除去します。基本ケアに含まれてますんで。アートをされるんだったら、ケアは省略したほうがいいですね。どうせチップを乗せるのに、ケアした上に乗せたら隙間に湿気が入りかねないんですよ。アートをするのにケアから？　そういうのは二流です。あんまり経験がないショップだと、そうなんですよね。私は単に、そういうのもある、できれば段取りを踏んだほうがいい、ってお伝えしただけなんです。お決めになるのはお母さんですから」

「じゃあ、そのアートだか何だかにしようか。割引で合計一〇万ウォンって話だったから、その金額で収まるようにやってもらうとして。やりかたや色、形はぜんぶ任せますよ。それと、一つだけ言っておこうかね。あたしはおたくのお母さんじゃないですよ。年寄りの客が来たら、誰でもお母さんって呼ぶの？」

下手をしたら、おとなしい客がクレーマーに早変わりするかもしれないと思い、院長はもう一度止めに入った。

「ああ、お気を悪くされたなら申し訳ありません、お客様。大変失礼しました。基本的な図案は、サンプルの中から選んでみてくださいね」

その言葉を最後に、あれこれやりすぎの新人に口をはさむのはやめにしたが、それはちょうど院長指名で予約を入れていたＶＩＰを別室へ案内するためでもあった。

ＶＩＰが長いケアを終えて休息しているあいだ、お茶を出せと言いにきた院長は、がらんとしたホールでしゃくりあげる新人と、それを取り囲む室長、マネージャーの姿を認めた。

「あなたたち、どうしたの？」

「あっ、院長。私たちみんながバタバタしていて気がつかないうちに、新人があのおばあさんのお客様に変な会計をしたっていうんですよ。呆れちゃって」

「どういう会計をしたの？　アートはしっかりやった？　だから言ったでしょ、ちゃんとワンカラーにしなさいって」

院長は溜息をつきながら、見た目と違ってネチネチしていたあの老婦人がカラーなりストーンなりが気に入らないと文句を言い、それで新人が、勝手に割引価格をさらに値下げしたに違いないと確信し、材料費を新人の給料から天引きしてやる、と心の中で歯ぎしりしたのだが、返ってきた新人の言葉は意外なものだった。

「もちろん、お客様は満足されてました。私がどんなに一生懸命やったか。でも、院長ははっきり割引価格一〇万ウォンっておっしゃったじゃないですか。だけど……私、ケアの話をしているとき、右手しか握っていなかったから気がつかなかったんです」

そこまで言うと新人は大きく一度深呼吸をし、たかだか三〇分あまりで、世間のありとあらゆる荒波に揉まれたといわんばかりの表情を浮かべて、こう続けた。

「基本ケアをしたときにわかったんですけど、あのお客様、左手がなかったんです、左手が。一〇本指じゃなくて五本指。だから、終わって帰られるとき、五万ウォンにまけてあげました。それって、本当に間違いですか？　片手がないお客様が、それでもあるほうの手だけでもきれいにしようと思って来たのに、指の本数通りに計算して、半額で会計した私って、本当にショップの質を落としたことになるんですか」

そう言うと、言葉の最後で新人は再び啜り泣きを始めた。その泣き声は、本質的には先輩の叱責への悔しさを訴えており、初めての客の片手がなかったことへの当惑や恐れはチラッと添えられているだけのようにも思えたが、なぜかその瞬間、院長は新人の涙を、おそらく二度と来ることはない老婦人への同情からきているものと信じたくなった。原則通りなら、最初に客の手を取ったとき、まず両手をアームレストに乗せて確認していない点に一言いうべきなのだろうが、この世で一番偉そうだったこの新人の唯一の長所が他者の不幸に共感できる能力なら、このままそばに置き、一人前になるまで育ててみてもいいと、あえて笑顔をつくって答えた。

「偉かったわね」

老婦人は、肘にボストンバックを提げて歩きながら、ふと腕を宙に伸ばしてみる。皮下脂肪のない痩せた甲と、その先で光る五つの爪を眺める。長い爪にはそれぞれに、彼女が着ているシフォンブラウスと同じ濃紺が夜空のように塗りこめられ、それを背景に、黄色、薄橙色、白、黄緑と、異なる色と模様の無定形の図案が、別々の座標から始まった同心円の広がりのように描かれていた。夜空を彩る花火を表現しようという意図だったのだろうが、手を高くかざして別から見れば、さまざまな種類の果実のようでもある。

初めてなうえに人工の爪がのっかっているから、ひどく居心地が悪い。他人の肉片や骨のかけらを剝がし、無理やり自分の指に貼りつけたような感じだ。だが、美しい絵をのぞきこんでいると、多少の居心地の悪さはすぐに消えていく。シャワーや入浴を思う存分されたとして、少なくとも二週間は持ちます。大分消えて見栄えが悪いから外したいってときは、またご来店いただいてもいいですし、自分で、ご自宅で外したいということなら、ネイルリムーバーも差し上げますよ。新人と呼ばれていた若い子が、自分の初作品に酔いしれるように携帯電話で記念撮影するのを許しながら、老婦人はこっそりと笑いを漏らした。礼儀知らずに見えたけど、純粋に喜ぶことができ、気の向くままに行動し、感情をあらわにするこの子が羨ましいと思いながら。

彼女は、この爪を誰にも見せてはやれないだろう。特に見せる相手もいないし。いや、わからない。シニアパス〔満六五歳以上で地下鉄などの運賃が無料になるパス〕を端末にタッチする、コンビニでガムを一つ買おうと財布をあさり紙幣を差し出す、そんな日常の些細な一コマで、すれ違いざまに、誰かがこの爪を目にするかもしれない。彼らは爪を見て、次に爪の主の顔を見上げて、途端に目を丸くするだろう。とてもじゃないが、あんたみたいな年の人間には不似合いの装飾だという偏見をまさか口にすることもできずに、ただ押し黙ったり咳払いをしたりしながら、横目でチラチラ眺めるんだろう。しかし、そのとき彼女は、ひび割れ、傷つき、よじれた爪を覆いつくしたこの作品を気に入る。何よりそれは本物ではなく、一瞬輝いて消え去るものだから、余計に。

消え去る。

すべてのいのちは、熟した果実や夜空に放たれた花火と同じ、散って消え去るから、ひときわ眩《まばゆ》い瞬間を、一度くらいは手にするのかもしれない。

今こそ、与えられたすべての喪失を生きるとき。

だから、リュウ、あなたのところに行くタイミングは、まだ来ていないようだよ。

訳者あとがき

果実の旬は短い。時季を逃せば、みずみずしさや色彩は嘘のように失われ、変質する。ある日、冷蔵庫の野菜室を開けてハッとする。頂き物の桃を、食べきれずに放置していた。薄暗い空間の奥で、果実はすでに原形をとどめていない。茶褐色のどろどろした物体は、鼻を刺す悪臭を発している。

喪失をまざまざと見せつけられる瞬間。失われた時間。腐り、崩れ、扱いに困るものになり果てたその物体を見たときの感覚が、物語の始まりだったと作家は語っている。

腐り、崩れ、扱いに困るものとなった命を前にして呆然と座り込んでしまった作家の感覚は、「老人」で「女性」で「殺し屋」という異色の主人公誕生へとつながった。

＊＊＊

本作は、ク・ビョンモの長編小説『破果』の全訳である。二〇一三年に発表されたが、当初はそれほど大きな話題にならなかった。それが刊行から数年を経て、突如ＳＮＳ上に主人公・

爪角（チョガク）「チョガク」には、韓国語で「破片」「かけら」の意味もある）のキャラクターを賞賛する声が上がり始め、二〇一八年に改訂版が刊行された。背景にあったのは時代の変化だ。世界的な #MeToo 運動の盛り上がり、韓国フェミニズムの勃興の中、「こういう女性の物語を読みたかった」と、いわば読者に召喚されるかたちで爪角は再登場した。著者によれば、改訂にあたって大きなストーリーラインを変更することはなかったが、文章を練り直し、より具体的なシーンも追加したとのこと。日本語版の翻訳には、その二〇一八年発行の改訂版を使用した。

六五歳の誕生日を迎えたばかりの主人公・爪角は、一見小柄で平凡な老女でありながら、実は四五年のキャリアを持つベテラン殺し屋だ。誰かにとっての駆除すべき害虫、退治すべきネズミを消す請負殺人は「防疫」と呼ばれ、彼女はかつて、防疫業界で名を知らぬ者のいない存在だった。迅速、正確にターゲットを仕留める高い技術と、人の命を捻りつぶすことに一かけらの逡巡も後悔も抱かないプロ意識。自分の胎内にいた子の父親も殺めた彼女にとって、ターゲットはもとより、遺族の人生など眼中にはない。

そうだったはずが。老境に入って、爪角の歯車は少しずつ狂い始める。身体がいうことをきかなくなったのは致し方ないとしても、心までもが、いうことをきかなくなる。最低限の荷物しか置かなかった部屋で捨て犬を飼い始め、よろめく老人に手を貸し、ターゲットを苦しめずに殺す方法に頭をめぐらせる。そして、とうの昔に捨て去ったはずの恋慕に近い感情までもがよみがえる。

そんな爪角になぜか敵意を剝きだしにするのが、同じ防疫エージェンシーの若き殺し屋、トゥだ。トゥは彼女が情をかけたものを次々に破壊しては挑発する。その真意に気づけないまま、ある事件をきっかけにして、爪角はトゥと人生最後の死闘を繰り広げる――。

二一世紀に入って二〇年以上経つのに、高齢であること、女性であることは日韓を問わず「弱み」のままだ。「高齢×女性」ならなおのこと。「弱者に配慮を」と言いながら、その一方で「生産性がない」「有用でない」と切り捨てる社会の態度はデフォルトになり、ときに当事者自身も、そうした位置づけを内面化している。

だが、もしそんなスティグマを覆せるだけの力、たとえば「たぐいまれなる殺人技術」を備えていたら？　典型的な老害を垂れ流す人物を一発で仕留め、女と見れば舐めてかかるターゲットを有無を言わさず斬り捨てる爪角の姿は、若干語弊はあるが「爽快」である。不正義を呑みこまざるを得ない日常に、ある種のカタルシスを与えてくれる。この爪角のキャラクターに魅せられる読者は多く、改訂版刊行から五年近く経ついまも、ネット上では「映像作品にしたら誰を爪角役にキャスティングするか」が定期的に話題となる。訳者が確認した範囲では、イェ・スジョン（性的暴行を受けた高齢女性の闘いを描く映画『69歳』主演）、ユン・ヨジョン（映画『ミナリ』で第93回アカデミー助演女優賞を受賞）が有力候補だ。最近ではさらに、「少女時代を演じるのは誰にするか」（キム・テリ（映画『お嬢さん』主演）を推す声も）まで話が及んでいる。

映像で見たい、実写で物語を味わいたい、と読者に思わせることからもわかるように、本書はエンターテインメント性を備えたノワール小説である。だが、本文を未読の方にあらかじめお伝えしておくと、結末が知りたくて一気読みできるほどライトな読み心地ではない。理由の一つは、ク・ビョンモの独特な文体にある。彼女は、「読みやすくてわかりやすい文章」に、あえて距離をとる作家として知られている。

「文章に関して心に決めているうちの一つは、〈読みやすくしない〉ことだ。目的地までスーッと通じる高速道路を行くのではなく、でこぼこした砂利道を案内すること。邪魔をするような文章で読者の行く手を阻み、疾走し続けられないようにするのが目的だ。ずいぶんひねくれたやり方のようだが、それ以外、可読性という神話に抵抗する手段を思いつかない」(中央日報日曜版『中央SUNDAY』二〇二〇年五月二三日より)

だから、彼女の作品世界を構成するのは、まるで壁を伝う蔦のように伸びていく、長く仔細な文章である。文章でキャラクターを撫で回し、その人物の到達と限界、できることとできないことを立体的に浮かび上がらせる。爪角は回し蹴りやナイフ使いは爽快でも、一方で老眼に難儀し、関節の痛みに涙を落とす。わかりやすさの対極にある文章は安易な思い込みを寄せつけず、それによって読者は、登場人物それぞれの人生の重さを、具体的に読み取ることになる。

もう一つ。作品を一つのジャンルに閉じ込めない作家の姿勢も、物語に奥行をあたえているだろう。先にノワール小説と紹介したが、実はそう言いきってしまうのにも抵抗がある。たとえば、朝鮮戦争後の韓国を背景にした爪角の少女時代のパートは、大河小説の佇まいだ。実際、韓国の読者からは、ミン・ジン・リーの小説『パチンコ』(池田真紀子訳、文藝春秋、二〇二〇年)との共通点を上げるレビューも上がっていた。

二〇〇八年のデビュー後、ク・ビョンモは年一冊以上のペースで新刊を発表しているが、いずれもジャンルの境界を軽々と超える作品である。幻想と現実がわかちがたく結びついた世界――「比喩が禁止された都市」や「隕石が衝突した後の地球」や「子供を三人もうける約束で安く利用できる公共住宅」が舞台とされ、「魚のようなエラを隠して生きる少年」や「傷を治癒する翼を持つ翼人」や「一七歳の少年の姿をしたロボット」が登場する。文芸評論家のファン・グァンスは、彼女のそうした作風をこう語っている。「現実から一歩も抜け出せない人々が直面する苦痛に端を発しているという点で、決して荒唐無稽な想像の産物ではない。〔中略〕だからそれは、むしろリアリズムの深化に近い」。

＊＊＊

とはいえ、本作は他の作品に比べて比較的文章が短く、作家の想像力はひたすら「老いと向き合う人生」に集中している。翻訳作業で一番の阻みとなったのは、むしろ訳者自身の固定観念だった。

「老いた女性」という設定にふと浮かんでしまう、昔話のおばあちゃんのような言い回し。爪角が意図して老婆を演じる場面を除き、極力そうした先入観を排したつもりだが、どこまで成功したかはわからない。もしそうした残滓があるとすれば、それはひとえに訳者の未熟さによるものである。

言葉選びだけでなく、高齢女性の心理への固定観念があったことを告白しておく。爪角がカン博士に寄せる感情について、当初訳者は、爪角がカン博士にリュウの面影を見たのだろうと考えていた。でなければ、我が子ほどの相手に心揺れるだろうかと。だが、翻訳中何度か交わした著者とのやりとりで、それがまったくの誤解であることがわかった。実際に著者はインタビューで、二人の関係の設定についてこう語っている。

「高齢の男性と若い女性の関係を扱う作品はとても多いのに、どうして高齢の女性と若い男性となると、大部分が母子関係的な、ヒューマンドラマ的なものになってしまうのか。〔中略〕作家の仕事の一つが、既存の固定観念にずっと異議を唱え続けることだとすれば、そういうかたちで、一度異議を申し立ててもいいだろうと思いまして」（ポッドキャスト『イ・ドンジンの赤い本屋』二七六回「破果 with 作家ク・ビョンモ　第二部」二〇一八年六月二七日）

タイトルの『破果』は韓国語で「파과《パグァ》」と書き、「傷んでしまった果実」と「女性の年齢の一六歳」の二つの意味にとれる。たとえ肉体は劣化しても、一六歳のみずみずしい心が消えるわけではない。ダブルミーニングでもあるタイトルは、老いへの偏見に向けられた強烈な一撃とも読める。

本作は、台湾、イタリア、フランス、アメリカに続き、二〇二二年秋にドイツでも出版された。「アクションシーンやぞわりとする場面を交えつつ、より広い社会的メッセージが伝わってくる」（ニューヨーク・タイムズ）「高齢者に対する社会の無関心、生きているにもかかわらず無価値のように扱われてしまう恐怖を、見事に描ききった」（ワシントン・ポスト）など、非常に熱いレビューが上がっている。韓国の版元によれば、二〇二二年現在で一一カ国の出版社が版権を獲得している。

作家は二〇二二年八月、短編「ニニコラチウプンタ」でキム・ユジョン文学賞を受賞した。舞台は四〇年ほど先の近未来。認知症で老人ホームに暮らす母親が、幼い頃出会ったという宇宙人「ニニコラチウプンタ」にどうしても会いたい、と言い出す。そんな母の願いを叶えるべく、娘は一計を案じ……。現実密着型のク・ビョンモの想像力は止まらない。この短編も含め、一作でも多く日本の読者に紹介できればと思う。

＊＊＊

最初に書いたように、日本語版の底本は二〇一八年刊行の改訂版である。翻訳に使用した一冊は作家本人から直接いただいたものだ。本の扉には直筆で、日本語で、こんなメッセージが書きこまれていた。

「私たちは壊れません」

新型コロナウイルスの感染拡大で国境が閉ざされ、家に閉じ込められていた期間は、まさに翻訳作業の時期だった。このメッセージを何度嚙みしめたかしれない。

果実だけでなく人もまた、傷み、枯れ、何かを失い、また喪いながら生きていく。それでも壊れないでいることは、できるのかもしれない。本書をお読みくださった皆様とも、この作者のメッセージを共有したいと思う。

最後に翻訳上のおことわりを。年齢の表記について、原則は原書の通り数え年としたが、幼稚園児のヘニの年齢だけは著者と相談し、より日本の読者の方にイメージしやすいよう満年齢に変更している。ご了承いただきたい。

度重なる質問に毎回丁寧に答えてくださった著者のク・ビョンモさん、爪角の最後の闘いを一緒に走りぬいてくださった編集者の堀由貴子さん、北城玲奈さん、登場人物に漂う雰囲気を視覚的に表現してくださったデザイナーの須田杏菜さん、訳文をチェックしてくださったすんみさん、鄭真愛さんに、この場を借りてお礼を申し上げます。ありがとうございました。

二〇二二年秋　　小山内園子

ク・ビョンモ

作家．ソウル生まれ．慶熙大学校国語国文学科卒業．2008年に『ウィザード・ベーカリー』でチャンビ青少年文学賞を受賞し，文壇デビュー．2015年には短編集『それが私だけではないことを』(以上，未邦訳)で今日の作家賞，ファン・スンウォン新進文学賞をダブル受賞．邦訳作品に『四隣人の食卓』(書肆侃侃房)などがある．

小山内園子

韓日翻訳者．NHK報道局ディレクターを経て，延世大学校などで韓国語を学ぶ．訳書に『四隣人の食卓』のほか，チョ・ナムジュ『私たちが記したもの』『彼女の名前は』(共訳，筑摩書房)カン・ファギル『大丈夫な人』(白水社)イ・ミンギョン『私たちにはことばが必要だ』『失われた賃金を求めて』(共訳，タバブックス)などがある．

装丁　須田杏菜

破 果　ク・ビョンモ

2022年12月16日　第1刷発行
2023年 6 月15日　第5刷発行

訳　者　小《お》山《さ》内《ない》園《その》子《こ》

発行者　坂本政謙

発行所　株式会社 岩波書店
〒101-8002 東京都千代田区一ツ橋2-5-5
電話案内 03-5210-4000
https://www.iwanami.co.jp/

印刷・精興社　製本・松岳社

ISBN 978-4-00-061576-1　Printed in Japan